落日

湊佳苗
王蘊潔—譯

推薦序

落日之後，天明之前

資深編劇・吳洛纓

來自波蘭的精神分析學家愛麗絲・米勒，出生於一九三二年，在她研究下的希特勒，是個來自童年受虐，成長以後依附在極端理念（所謂基本教義派），自認為擁有了理性（武器）。在這樣的自我欺瞞下，把傷害別人當作自我保護，甚至於自我建構，從而製造大規模的破壞行動。唯有傷害別人，才能迴避自己的痛苦。這並不是為他開脫，只有積極地找出什麼樣的成因，才能避免悲劇的苦果。

由於作劇本田調的緣故，接觸到許多兒虐、霸凌、人格變異、家庭功能不全等等議題，在每個充滿恨意與暴力的案例背後，都指向同一個讓人不忍直視的原因。這些加害者大多數的早期童年經驗，充斥著來自親密依附者（多半是父母）生理或心理的凌虐。被輕蔑對待或忽略基本照顧，則是第二大成因。

在湊佳苗的新作《落日》中，非常巧妙地運用了兩個第一人稱的敘事角度，共構出混合著懸疑、推理、犯罪、家庭各種類型的故事。令人驚豔的是兩個「我」，開啟這趟旅程是導演長谷部香，積極表現的是年輕編劇甲斐千尋，他們尋找答案的過程，不斷地透露出自身的紋理。一個從受虐的童年娓娓道來，另外一個從眼前調查的事件往回，探究出創傷背後隱藏的大秘密。

串連起兩人的是多年前曾被媒體熱議的無差別殺人事件「笹塚町滅門血案」：一個繭居宅男放火殺了父母和妹妹，媒體有興趣報導的不是男孩，而是謊稱入選少女偶像團體妹妹立石沙良，千尋的姊姊當時正是與沙良同校。因為近期另一樁類似案件加害者的精神鑑定報告，被投訴有失公允引發熱議。像是冷案重啟調查，重點不再是「誰」是兇手，而是「為什麼」殺人。

在他們探訪的過程，作家筆下對女性人物通透地描寫，出現不同年齡階層性格的女性：除了主角香和千尋，天才鋼琴少女千穗、急欲脫離困境的香的母親、出身良好思想進步的奶奶、照顧千尋的芳江阿姨、被好友背叛導致殘疾的逸夏、資深編劇家大昌老師，甚至是親身目擊過兒虐卻噤聲的鄰家大嬸，都在作家筆下細膩地出場，她們的情感、姿態、話語、心情都被照顧地無微不至，像是動態的示意，可以準備開始選角了。

追尋的本身就是一齣精采的戲，追尋的本身即其價值所在。高張力的戲劇性是湊佳苗一貫的特點，這從她的小說被改編成電視電影的比例就看得出來，她的小說幾乎是飽含文學成分的劇本故事大綱，因此每個小說的改編企劃都能吸引到相當優秀且高知名度的編導演，她自己也曾嘗試直接寫劇本，再改為小說，顯見對於文字創作以外的媒介的確有興趣。每篇小說改編後的作品是另一次再創作，姑且不論成功與否，小說中迷人甚至帶著點神秘魅惑的角色，相信對演員或導演都極富吸引力。

你的童年幸福嗎？這個問題會被挑戰的是幸福的定義究竟是什麼，但答案卻可以直觀面對。擁有幸福的童年，可以滋養人的一生。但傷痕累累的童年，卻得用一生在療癒童年的創傷。我們身邊一定有人始終憂鬱、否定自我、缺乏安全感、懦弱，甚至深陷重複的親密感情問題，童年無法再來，但我們已經比孩子時更有力氣更有思考力，面對童年並不為了推諉卸責，把一切歸咎於童年的不幸（事實上這樣的思考模式也是個大問題）。而是為了讓創傷得到最適合的撫慰，童年不可逆，但我們得有往前走的勇氣。願以這段話祝福在兒時沒有被好好對待的人，成為有意識的受害者，善待那些傷口，可以避免成為下一個加害者，更值得擁有傷痕成為勳章的人生。

「唯有當生命力得以發展，自我才可以發出聲音，開始生長，並產生創造性。過去那充斥著恐懼、空虛、自大幻覺的內心，而今能展現意想不到的生命活力。」

——愛麗絲．米勒《幸福童年的秘密》

台灣版序

致台灣的讀者：

感謝各位多年來的支持，如果讀者之前曾經看過我的作品，或許會好奇這次的新作品到底會是「黑湊」還是「白湊」？這部作品名為《落日》，就是「夕陽西沉」的意思，在日文字典中，也可以查到同時帶有「沒落」的意思。太陽沉落後，黑暗就會到來，也許有人因此想像這是一部「黑湊」作品，但是，太陽沉落之後，還會再度升起，我們才能夠迎接明天的到來。人生就是一天又一天這樣的重複。對我而言，「落日」這兩個字象徵了「重生」。「重生」這也同時是這個故事的主題。

作品的主角是兩個女生，不得志的劇作家千尋和嶄露頭角的電影導演香，我打算透過這兩個角色，探討「創作故事到底是怎麼一回事？」這個問題。我在寫小說時，有時候會把自己「想看」、「想瞭解」的事作為作品的主題，「想看」和「想瞭解」的意思似乎很像，在使用時也往往不會深思，但仔細思考之後，就會發現兩者的向量相反，如果用球來比喻，從球的中心向外側的方向是「想看」，從球的外側向中心的方向是「想瞭解」。但是，在創作故事時，必須同時具備這兩者，千尋「想看」的想法很強烈，香則是很強烈地「想瞭解」。她們能夠擦出怎樣的火花？

這個故事中也有關於開庭審判的內容，成為小說家之後，我第一次去了法院，旁聽了實際的開庭情況。實際開庭時，並沒有小說和電視劇、電影中的法庭戲那種有罪逆轉為無罪的激烈攻防，或是相互亮出王牌證據，讓人血脈賁張的場面，只有被告和原告淡淡地報告各自想要主張的內容而已。明明是基於某種負面的感情引發的事件，但在開庭時，完全無法感受到那種感情，正因為這個原因，所以我很想要在作品中觸及這個部分。

千尋和香產生交集的小鎮上發生了一起殺人事件。一名繭居在家的哥哥殺死了就讀高中的妹妹，然後放火燒了房子，導致父母也失去了生命，哥哥被判處了死刑。香說想要將這起事件拍成電影，於是委託千尋寫劇本。千尋和香拿到了法庭記錄和精神鑑定報告，瞭解了事件的「事實」，但是，光憑事實無法正確看到被害人和加害人真正的樣子。我認為沒有感情的行為是「事實」，有感情的行為是「真相」。當她們找到「真相」時，希望各位讀者內心所描繪的被害人和加害人也會發生變化。

我住在日本淡路島，可以看到夕陽沉落大海的景象，那一幕真的很美，但我已經習以為常了。在完成《落日》之後，我更加覺得能夠生活在這個地方是多麼幸福的一件事。

即使在黑暗中沮喪，太陽也一定會再升起。

人生中，可能會有好幾次脫胎換骨，變成全新自己的機會，《落日》不正是邁向「重生」的一步嗎？

C O N T E N T S

插曲 1

我回想起她白白的手。我忘不了她指尖的溫度、感覺，和曾經交流的心。

我至今仍然不認為那是虐待。

那只是管教。當時我這麼認為，媽媽也這麼說。但也許是媽媽這麼說，我才這麼認為。

爸爸、媽媽從來沒有對我動過手，但媽媽經常發脾氣。每當我打翻杯子裡的水，或是畫完畫之後，沒有把蠟筆放回盒子裡，媽媽就會大聲斥責「要說幾次才聽得懂」、「別再惹我生氣了」。

但是，我並不是因為這些原因被趕去陽臺。

從上幼兒園的那一年開始，每天吃完晚餐，就是我的「寫功課時間」，寫國文、算數和英文三個科目的習題。最初寫一些遊戲性質的學齡前兒童習題集，但小班的暑假之後就開始進階，升上大班之前，我已經完成了小學二年級生用的習題集。

我讀的並不是將來要報考名門小學的私立幼兒園，那時候住的地方根本和名校沾不上邊，也沒有私立小學，更沒有地方可以炫耀記住的漢字、英文單字或是九九乘法表。

所以我開始覺得有點奇怪。

我從來沒有寫過功課。九九乘法表不是上了小學之後才要學嗎？

也許是因為我周圍所有的同學都這麼回答我內心的小小疑問，所以我才覺得我們家可能有點與眾不同。但無論在任何團體內，即使是鄉下地方的公立幼兒園，也總會有一、兩個與眾不同的孩子。比方說，在進幼兒園之前就已經會背九九乘法表，還能夠記住一百年之後年曆的正隆，還有只要看一次樂譜，就可以完全背下來，然後按照樂譜彈鋼琴的千穗。

並不是只有我與眾不同而已，相反地，和他們相比，我所做的只是很普通的讀書而已，根本稱不上是與眾不同的孩子。

至少不符合媽媽的期望……

所以，我被關在陽臺也無話可說。

我沒辦法記住，所以是我的錯。是我太笨了，所以是我的錯。如果全都答對，媽媽就會眉開眼笑地稱讚我。妳看，得一百分是不是很高興？媽媽會這麼對我說，然後溫柔地撫摸我的頭。

但是，我的腦袋並沒有那麼聰明，無法過目不忘。也不是任何內容只要連續寫十次，就可以記得一清二楚。即使我目不轉睛地盯著看，也無法把所看的內容印在腦海中。

第一次在十題中錯了超過三題的那一天，媽媽把紅筆用力往桌上一丟，重重地嘆了一口氣後站了起來，滿臉痛心地皺起眉頭，幽幽地說：

「妳給我出去。」

出去？是叫我離開這個房間的意思嗎？從這個兩房一廳的客廳去其他房間的意思

嗎？我沒有自己的房間，家裡的兩個房間分別是全家人一起睡覺的臥室，和放衣櫃和其他雜物的儲藏室。

雖然我沒有立刻走出客廳，但知道遭到了媽媽的拒絕。惹媽媽生氣讓我感到難過，讓媽媽失望讓我感到愧疚，眼淚從瞪大的眼睛中流了下來。媽媽比剛才更大聲地嘆了一口氣，然後就像是畫上一個逗點似地咂了一下嘴說：

「媽媽最討厭哭哭啼啼的小孩，腦袋不靈光的小孩動不動就哭，因為他們沒辦法用言語說明。」

眼淚這種東西，並不是說停就能停下來，但我覺得不能再哭了，所以用雙手拚命擦著眼淚，結果媽媽用力抓著我的手臂往上拉。我被她拉了起來，然後她就推我的後背。我沒有反抗，被她推著往前走，眼前的落地窗打開，我感受到後背被用力一推，然後就獨自留在陽臺上，落地窗在我身後砰地一聲關上了。

隨即又聽到了有點卡住的鎖被鎖上的聲音，接著，嘩地一聲，連窗簾也拉了起來。

這是我第一次被關在陽臺上。

那時候的氣候既不熱，也不冷，如果是為了看星星走到陽臺上，即使在陽臺上一整晚也沒關係，但違反自己意志被關在陽臺上，就覺得那是一個令人極度不安的地方。

幼兒園教室後方的書架上最角落有一本沒什麼人看的繪本，其中一頁是森林中的可怕池沼中有一艘小船。我覺得自己好像坐在那艘小船上搖晃，難道是因為那一頁上寫的「那是一個沒有月亮，也沒有星星的漆黑夜晚」這句話，和我抬頭看到陽臺外的夜空一樣的關係？

第一天、第一次往往決定了日後的命運。這句話似乎也符合當時的情況，如果我被關在陽臺上因為感到恐懼而哇哇大哭，是否就會變成僅此一次，下不為例？距今三十年前，在那種鄉下地方，大家都還很愛管閒事。

但是，我一心不想惹媽媽討厭。聽到媽媽說，最討厭愛哭的孩子，當然不可能哭得比剛才更兇。人……至少是我這個人，為什麼感到不安的時候，就會縮成一團？

現在身為一個影視工作者，我猜想這個動作可能投射了內心希望自己消失的願望，但也可能只是不希望別人看到我的糗樣，或是可能源自潛在的防衛本能，努力縮小表面積，消除自己的動靜，保護自己不受包括酷暑、寒冷等天氣因素在內的外敵攻擊。

由於第一次發生時我沒有抵抗，那天之後，只要寫功課的正確率低於七成，就會被關去陽臺，漸漸變成了一種習慣。每個星期有一次，多的時候會有兩次。我被關在陽臺上的時間通常都是晚上八、九點左右，所以每天十點多才回家的爸爸，有很長一段時間並不知道這件事。即使如此，爸爸似乎對媽媽熱心地要求我讀書這件事頗有微詞。

有一天晚上，當我躺在被子裡時，聽到爸爸、媽媽在紙拉門外的對話。

「現在不需要把孩子逼得這麼緊，讓她開開心心長大不是比較好嗎？」

「在鄉下地方開開心心長大的結果，就會輸在起跑點，失去競爭力，你要怎麼負責？到時候是我被人看不起。如果你有意見，等你讓我們擺脫這種生活之後再說。」

爸爸沒有再說一句話。

雖然被關在陽臺上很痛苦，但我之所以沒有向爸爸求助，是因為即使沒有聽到他們之間這樣的對話，我也預料到爸爸根本不值得期待。

爸爸從來沒有罵過我。我這麼告訴幼兒園的同學，大家都說：「妳爸爸真是好脾氣。」有很長一段時間，別人問我爸爸是怎樣的人，我都回答說，他是一個好脾氣的人，但也許事實並非如此。

他只是漠不關心。但這並不是壞事。

我之所以會這麼想，是因為我現在還活著的關係嗎？還是我知道有人比我境遇更慘的關係？

即使季節改變，只要寫習題的正確率達不到七成的日子，我就會被關在陽臺上。無論酷暑的日子、下雨天，還是寒冬的日子都一樣，但我已經不會像起初那麼痛苦了。因為我知道，只要被關在外面一個小時，媽媽就會讓我進去。之後媽媽雖然不會對我特別溫柔，但也不會再挨罵，通常都叫我去洗澡，然後一天就結束，就像什麼事都沒發生過。

反正習慣就好。不僅如此，而且我發現在陽臺上可以聽到平時無法瞭解的、別人家的生活動靜，然後想像這棟公寓住了哪些鄰居，漸漸變成一件開心的事。

雖然媽媽經常很不滿地抱怨，這棟每個樓層有六戶住戶的三層樓公寓是破公寓，但其實不太聽得到隔壁人家的動靜。雖然有時候會感受到一些震動，但聽不清楚說話的內容，也聽不到隔壁住戶家電視的聲音。

兩個月前，住在右側的那戶人家搬走了，一個月後，又有新的住戶搬進來。媽媽在門口遇到了新鄰居之前，根本沒有察覺這件事。

但是我知道，每次被關在陽臺上聽到的西洋音樂，從某個時間點之後，變成了綜藝節目特有的笑容。

然後，就到了那一天。

我實在無法理解乘法的筆算，又被關去陽臺了。只有那一天，聽到媽媽說「妳給我出去」時，我露出懷疑的眼神看著媽媽，因為從幼兒園回家的路上，天空就飄著雪。

打開落地窗，看到夜空中仍然飄著雪，但難道是因為外面並沒有積雪，所以媽媽才沒有說「今天就算了」嗎？還是覺得我穿了毛衣，所以認為我不會凍死？

我在每次被關在陽臺上時相同的位置，也就是陽臺的正中央，背靠著落地窗，雙手抱膝坐在那裡等待，但那天實在太冷了。後背一碰到玻璃，就好像靠在冰牆上，一股寒意貫穿脖頸，而且風也不停地灌進來。

竟然把我關在這種地方、竟然把我關在這種地方……如果淚水湧上眼眶，我或許會哭喊著敲打落地窗，就像不久之前在連續劇中看到的那個女人，想要挽留為無聊的事爭吵後準備衝出家門的男友一樣。

你不要走，不要留下我一個人，你不要不喜歡我。如果我也能這樣直接說出我的感情，媽媽就會像連續劇中的那對情侶一樣走到我身邊，然後緊緊抱著我嗎？

討論這種幾十年前的假設毫無意義。

總之，我當時並沒有叫喊，而是在陽臺上尋找可以避風的地方。結果發現空調室外機和隔壁陽臺的隔板之間，有一個不到一公尺的間隙，而且正在運轉的室外機持續送出暖風。

我靠在水泥牆壁上，抱著膝蓋坐在那裡。雖然水泥牆壁不像玻璃那麼冰，但還是很冷。縮起脖子時，無法仰頭看天空。當我將眼珠子轉向旁邊時，看到隔板中央附近寫的小字。

「遇到緊急狀況時，請打破此隔板逃生」

雖然我當時已經開始學漢字，但現在已經想不起當時是否能夠看懂「緊急」、「逃生」這些字，但應該從「打破」這兩個字猜到了意思。

要怎麼打破看起來很堅固的乳白色隔板？用力敲？還是用力踹？或是用椅子之類的東西砸破嗎？如果真的這麼做，隔壁鄰居一定會嚇壞，還可能會破口大罵：「怎麼可以破壞隔板，擅自闖進我家！」所以除非真的遇到了讓人覺得不得已的狀況，否則不可以隨便打破。

到底是怎樣的狀況才能稱為不得已？有強盜闖進家裡，拿著菜刀追殺嗎？不，只有電視裡會發生這種狀況。
對了，火災。如果在客廳時，看到廚房著火，就無法從大門逃出去，所以就衝去陽臺，打破這塊隔板，向隔壁鄰居求助……差不多像是這樣的狀況嗎？大喊著「打擾一下」，用力敲打鄰居家的落地窗，請鄰居打開落地窗。但如果鄰居不在家呢？那就要再打破鄰居家和鄰居的鄰居家之間的隔板嗎？如果鄰居的鄰居也不在家呢？如果同一個樓層都沒有人在家呢？到了這個樓層的盡頭，最後要怎麼辦……？
是因為我一直想著隔板另一端的事，所以才會發現？還是因為太在意根本不可能看到的好幾塊隔板之外到底是怎麼回事，才會沒有馬上察覺到眼前這塊隔板另一端的動靜？
即使看著隔板，也無法透視，既然這樣，能不能從下方看到什麼？我這麼想著，將視線向下移動……然後忍不住倒吸了一口氣。因為陽臺的底板和隔板之間有大約十公分的縫隙，我發現那裡有一隻手。
我嚇了一跳，卻無法發出聲音。我不僅學會了不哭，受到驚嚇時也不會立刻發出驚叫聲。即使笑的時候，也不會噗哧一聲笑出來，更不會因為恐懼大叫。
但是，我並沒有感到害怕。那並不是幽靈的手。有人在隔板的另一端。那隻手和我差不多大小，不，手指可能比我的更纖細。那隻手很白，只不過指甲很髒，有點長。而且，那隻手在微微發抖？
她也和我一樣，因為惹父母生氣，讓父母失望，所以被關在陽臺上嗎？也許今天是第一次，所以才會害怕，才會難過得發抖。

她想告訴我，我並不孤單嗎？不，我只是為得到了可以壯膽的同伴感到很高興。我想告訴她自己的存在。只要我伸出手，就可以碰觸到那隻手，但絕對不是因為覺得那隻手髒，所以才無法伸出手。

我很怕別人碰我。比方說，老師要求我們和旁邊的人牽手時，我可以伸出手，並不會覺得討厭，但突然被人握住手，就會馬上甩開對方的手，然後把手放進口袋，好像要讓自己的手避難。

我也因為這個原因開始被幼兒園的同學討厭，被人在背後說自以為是小公主、很自大，就連老師也來提醒我。之後花了幾年的歲月，才能夠用言語說明，其實我只是需要一點心理準備，只是要在心情上針對這個行為做好調適。也許我至今仍然沒有克服這個問題。

雖然沒有任何根據，但我覺得那隻小手的主人和我很像。即使我碰觸那隻小手想要鼓勵她，她可能也會縮手。

無論是基於什麼原因，這個行為本身的選擇並沒有錯。即使對方是很開朗活潑的女生，如果有人在黑暗中突然碰她的手，她一定會嚇得縮手。

既然這樣，要怎麼告訴她，我也在這裡呢？

我坐在那裡伸出手，用指尖在比我的肩膀稍高，剛好在我耳朵位置的隔板上咚咚咚地敲了三下。視線仍然看著下方。這時，我看到那隻手的指尖抖了一下。她似乎聽到了動靜。

然後，我跪著調整了身體的方向，把手撐在從隔板下方露出那隻手的旁邊，再用另一隻手的指尖在隔板下方，就在撐在地上那隻手稍微上面的位置咚咚咚敲了三下。

希望在隔板另一端的她可以看到我的手。希望她在發現隔牆似乎有人而產生緊張之後，知道在隔板的另一端是和自己年齡相仿的孩子，能夠放鬆緊張。

隔板下方的那隻手微微抬了起來，中指好像在彈鋼琴一樣，在陽臺底部冰冷的水泥上咚咚咚敲了三下。

聽、到、了。

我覺得她表達了這樣的意思，我的手指也重複了相同的動作。對方又咚咚咚敲了三下，我又敲了三下。不知道重複了幾次之後，彼此的指尖輕輕碰觸了一下。既不覺得她的手指冰，也不覺得溫暖，是因為我們的手指都一樣冰嗎？只覺得指尖很癢。在覺得有點癢的同時指尖相碰後，我覺得兩個人好像都在笑。

不知道她是怎樣的女生？我很想和她聊天，但我不敢開口和她說話，因為會被媽媽聽到，也會被她的家人聽到。

我握起了原本晃動的手指，只留下食指，然後在隔板正下方的水泥地上寫字。

「香」。

我想要向她自我介紹。對方的手停頓了一下，然後靜靜地動了起來，手指寫下五個鋸齒。那不是寫字，而是畫了一顆星星。我對無法和對方順利溝通感到有點納悶，但立刻想到了答案。

隔板另一端的她還不會寫字。我既沒有失望，也沒有覺得她很笨。因為幼兒園也有很多同學不會寫字。有的會讀不會寫，也有的既不會讀，也不會寫。雖然有人會罵那些同學很笨，但那些罵人的同學很快就會被老師罵。

我也動手畫了起來。我畫了三個鋸齒，再加上一個半圓形和一條直線，兩側又畫了兩個橢圓形。我畫的是鬱金香。這次她的手指立刻動了起來。圓圈、三角形、三角形。是貓的臉，左右又各畫了三根鬍鬚，然後是眼睛、鼻子和嘴巴。嘴巴是向下的半圓形，和笑臉標誌一樣。也許在隔板另一端的她也正露出相同的笑臉。

我這麼想像著，準備也送她一張笑臉。正當我準備畫圓時，聽到落地窗打開的聲音。我立刻縮起了手，握起雙手放在膝蓋上，好像在表示我什麼都沒做。

「原來妳在那裡。」

媽媽似乎終於發現我坐在和平時不一樣的地方。

「進來吧。」

如果媽媽走到我面前說這句話，也許會察覺隔板另一側的動靜，但是，媽媽並沒有走到陽臺上。她為冷氣灌進了溫暖的房間皺著眉頭，站在落地窗前催我：「快進來。」

雖然我很想再度輕碰隔板另一端的指尖代替說再見，但如果我磨磨蹭蹭，媽媽可能會關上落地窗，然後鎖起來。我站起來的同時看了一眼那隻白白的手，然後走回了房間。

不知道她被關在陽臺上多久？雖然我很在意這件事，但完全沒想過要把隔壁陽臺上也有一個小孩的事告訴媽媽。難道是因為我覺得自己很快又會被關去陽臺，很希望到時候再遇到她嗎？

過去的記憶雖然變成明確的影像在腦海中重現，但影像中的自己當時到底在想什麼，也許只能回想起五成左右。所以，我對隔板另一端的她所產生的感受，也可能是事後在腦內補充的，即使如此，我仍然相信指尖回想起的感覺就是當時的感受。

我希望可以再遇到她。下次要畫什麼呢？如果我畫恐龍或是鱷魚這種很難的畫，她也許會很驚訝。

那天之後，我在幼兒園的休息時間經常畫畫。

「大家畫恐龍時都畫側面，香香，妳是畫正面欸，好酷喔。」

我忘了是誰對我說這句話。自從在陽臺發生那件事之後，我整天都在想隔板另一端的那個女生，根本不把周圍的同學放在眼裡。我不想只是在水泥上隨便畫一畫恐龍，而是想畫得很逼真。

雖然從那道狹窄的縫隙把信或是畫塞過去絕對不是一件困難的事，但當時還是小孩子的我，覺得不可以在那裡做那種事，不能為我們的交流留下任何證據。

一心不想被媽媽關去陽臺時，有時候連續兩天做功課的正確率都無法達到一半，在覺得即使被關去陽臺也沒關係之後，卻連做連對。這可能意味著我從小的抗壓性都很差。

在腦子完全沒有得獎這件事的時候，好像著了魔似地充滿了想要拍攝的欲望，沒想到不小心得了大獎，聽到別人說，下次一定要得更大獎的聲音之後，腦袋就變成一片空白。

這時，腦海中浮現出這些陽臺上的影像。

即使無法在陽臺上相遇，如果能夠在其他地方，比方說在家門口，或是附近的公園見到她，我絕對不會故意把功課寫錯。不會在算乘法時故意不進位，也不會在寫漢字時故意少寫一橫。我是個笨小孩，可能覺得故意寫錯答案就像是考試作弊。

但是，我在十天之後，又被關去陽臺了，而且媽媽並沒有發現我故意寫錯。那天雖然沒有下雪，但還是很冷，吐出的氣都是白色。我確認媽媽拉起窗簾後，走去室外機旁，在隔板的另一側看到了那隻白白的手。

我在蹲下來的同時，用食指的指尖在隔板上咚咚咚敲了幾下。那隻白白的手抖了一下，這次我用指尖輕輕碰了一下她伸出的手背。她的指甲比上次短了些，只是有點參差不齊，看起來並不是用指甲刀剪的，而是用牙齒咬的。

幼兒園也有同學整天啃大拇指的指甲，所以我猜想她應該也有同樣的習慣，就沒有太在意。指甲參差不齊的那隻手和我一樣豎起了食指，然後咚咚咚敲了三下水泥地。我敲三下是在問她「妳好嗎？」她也和我一樣嗎？

我正在思考該怎麼回答，白白的手指在水泥地上畫了一個圓圈，然後輕輕敲了兩次。接著又畫了一個心形，輕敲了一次。是不是代表這個意思？我畫了星星，輕敲了兩次，又畫了脖子長長的長頸鹿，敲了三次。那隻白白的手將大拇指和食指圈在一起，比了一個OK的手勢。

這是我們之間的摩斯密碼。有形的東西可以畫畫，但心情很難用畫畫表示，所以就靠輕敲的次數猜測相符的詞彙。三次就是「妳好嗎？」如果是四次就是「非常謝謝」，至於兩次……

我想要表達「朋友」的意思，在輕敲了兩次之後，畫了兩個站在一起的人。

我們像這樣用指尖總共交流了六次。在最後一次的第六次時，我看到她白白的手背上有一個直徑不到一公分大小的紅色水泡。妳怎麼了？這次我忍不住脫口問道，但隔板的另一端沒有聽到任何聲音。不知道是否因為我問了這個問題的關係，所以她改變了坐的方向，伸出了沒有受傷的手。

雖然是同一個人的手，卻讓我有一種陌生的感覺。我們只用手交流，兩隻手分別有不同的人格，和我成為好朋友的是大拇指在後方的左手，右手則是初次見面。但她的右手和左手一樣白，指甲也很髒。

我也換了方向，背靠著陽臺欄杆坐了下來，平時都用右手，這次伸出了和平時相反的左手。兩隻初次見面的手沒有像平時一樣聊天，彼此慢慢靠近，起初有點戰戰兢兢，最後用力握在一起。我們握得很用力，可以感受到溫暖一直擴散到指尖。

好想見面，想看看她長什麼樣子。

我要帶著畫，按門鈴去見她。

在我這麼下定決心的隔天，我見到了她。真的只是巧合，彷彿天上的星星聽到了我的心願。

那天傍晚，我跟著媽媽去附近的超市「晴海商店」買菜。走到肉品區時，媽媽對我說，她忘記買牛奶了，叫我去拿一瓶牛奶。我走回乳製品區，拿了一盒平時媽媽常買品牌的一公升裝牛奶，走回肉品區，看到媽媽正面帶笑容，對著站在她前方的一對母女微微鞠躬。

那個女人和媽媽差不多年紀，衣著很花稍，身旁的女生和我年紀差不多，頭上綁了一個很大的蝴蝶結。穿著附近一家托兒所的藍色罩衣。

我躲在媽媽身後，悄悄把牛奶放進推車上的購物籃內，媽媽轉過頭，露出眼睛完全沒有笑意的笑容對我說：

「香，這是住在我們隔壁的立石太太，妳來打聲招呼。沙良和妳同年，已經會自我介紹了。」

隔壁的……我無法吞下倒吸的那一口氣，看著名叫沙良的女孩。她皮膚很白，有一雙圓滾滾的大眼睛。可愛的樣子簡直可以上電視。

沙良對我嫣然一笑，好像我們是認識已久的朋友。她的雙眼露出了調皮的眼神，好像在說，我們早就認識了。

我也想回報像她那樣的笑容，但應該變成了只有嘴角上揚的不自然表情，事後媽媽一定會罵我冷冰冰，但這就是我的笑容，我也無可奈何。

媽媽似乎無意和屬於不同類型的鄰居太太當朋友，聽到我說「阿姨好」之後，就說了聲「那我先走了」，推著推車離開了。

沙良揮手對我說「拜拜」，我也向她揮了揮手。當我們擦身而過之後，我才想起她手上的傷。回頭一看，發現沙良和她媽媽仍然在直線的延長線上，但我看不到她的手背。

因為沙良和她媽媽牽著手。她的媽媽單手推著推車。我這才發現「我手上有很多東西」、「我很忙」無法成為不牽手的理由，但我也不會主動去握住媽媽雙手推著推車的手。

我的手上之所以還可以感受到沙良小手的感覺，除了在我痛苦的時候曾經激勵我以外，更因為在她之後，不曾有任何人像她那麼用心地以手和我交流，取代這份記憶。

在我見到沙良那一週的週末，偶爾會和我牽手的爸爸自殺了。

我知道即使不去陽臺也可以見到沙良，但我讀的是三點就放學的幼兒園，沙良讀的是托兒所。即使我有勇氣去按她家的門鈴，非假日也見不到她。於是我決定等到週末。

星期六下午，爸爸說他要出門看電影。他常在週末去看電影。我下午要寫功課，這也和平時的週末一樣，但那天媽媽心情特別差，要我寫的功課比平時多了一倍。

今天沒辦法和沙良一起玩了，明天的話……夜深之後，這份期待也落了空。因為有人在海裡發現了爸爸的屍體。

媽媽和我一起搬去了媽媽娘家的外婆家裡。

我無法向沙良道別。在公寓度過的最後一個晚上，我趁媽媽洗澡的時候去了陽臺，但在陽臺的隔板下沒有看到那隻白白的手。

如果有機會，我希望不是在隔板或是水泥地上，而是用指尖在她白白的手背上輕輕敲兩下。

再、見。

於是，沙良就會依依不捨，但很溫柔地向我揮手道別。我也會向她揮手。接著，兩個人的指尖會像在相互搔癢般交纏在一起，用力握一下手。雖然依依不捨，但我會鬆開她的手，最後再輕輕在她的手背上敲六下。我相信沙良一定能夠瞭解我想要表達的意思。

我、不、會、忘、記、妳。

雖然無法這麼做，但我在隔天早上離開之前，把一封簡短的信放進了沙良家的信箱裡。我並沒有留下新的地址，但我充滿真心誠意地在信上寫著——

「好想再見到妳。」

那天之後，我並沒有每天都想到沙良，甚至幾乎忘記了她。但是……

在想要一死了之，而且最好身首異處的時候。

我曾經想像跳向迎面而來的電車，血肉模糊、內臟四濺。但現在回想起來，無論流血的量、手腳斷裂的方式都只是想像力能夠承受的驚悚，所以才會在最後的畫面中呈現電車經過的鐵軌上，留下剛好在手腕處斷裂的右手。

宛如只有那個部分依然是純潔無瑕的我。

但是，我沒有勇氣跳向電車。並不是因為我用這種方式死去，家人會為我感到難過，而是想到他們還必須費心為我造成很多人的困擾善後。

所以我也曾經用美工刀放在手腕上。只要稍微用力就好。我這麼想著，用力閉上眼睛。不知道為什麼，指尖感到很癢。

不要，不要，沙良。

自從搬離那棟公寓之後，即使會回想起指尖熟悉的感覺，但那是第一次想起她的名字。那時候是十五歲，所以是相隔十年想起她的名字。

三年後的十八歲，在我不時閃過自殺念頭的那一陣子，沙良遭到了殺害。

然後就這樣過了十五年的歲月——

第一章

我在事務所準備打開桌上型電腦時，放在腳下的皮包中傳來了手機熟悉的鈴聲。那是爸爸傳來的電子郵件。

「神池的外公十七週年忌時記得回來。」

雖然爸爸在電子郵件中用了命令的語氣，但他並不至於真的要我只為了這種事，就去羽田機場搭每天只飛兩班的飛機，然後還要轉電車和公車返鄉。神池家是媽媽的老家，媽媽的姊夫，也就是我的姨丈會張羅法事，即使我從東京帶著伴手禮煞有介事地特地回去，所有親戚都會覺得我是回去辦其他事，只是順便去參加而已。

我沒有回覆爸爸，寫了一封電子郵件給姊姊。

「爸爸說要回去參加外公的法事，爸爸可能想要商量媽媽三週年忌的事，或是當作是預演。算了，那我就回去一趟。姊姊，妳不必勉強回去，很快就要去巴黎舉辦演奏會吧？加油。」

如果回去，又會聊那件事嗎？

媽媽的姊姊芳江阿姨在妹妹的葬禮剛結束的圓滿桌上，也面帶笑容地和大家有說有笑，然後用相同的語氣對我說話。

——真尋，我看了《茜色羅曼史》。安西杏奈演得真好，我看得提心吊膽，很擔心她最後死了，沒想到她手術成功，和青梅竹馬的感情也修成正果，對方在夕陽下向她求婚，簡直是完美結局，而且就在我們家後山出外景拍攝，真是太棒了。

我用力抓著脖頸，皮笑肉不笑地向她更正。

——謝謝芳江阿姨看了《茜色的旋律》。香西杏奈的演技真的很出色，聽說已經決定由她擔綱明年晨間劇的女主角。啊，目前還沒有正式對外公布這件事。

我壓低聲音說，阿姨用力拍著手。

——是嗎？佳奈子說對了！

——我媽？

——她之前在看電視劇時就說，這個演員一定會走紅，應該會去演晨間劇。妳看，她一臉得意的表情在那裡笑，說她早就說中了。

芳江阿姨看著我身旁的座位，但並不是她看到了我媽的幽靈，即使是五個人中有四個人可以看到的那種功力很強的幽靈，她絕對是最後一個什麼都沒看到的人。就和我一樣。

——甲斐千尋老師越來越了不起了，竟然連這種內幕消息也都知道。對了，可以幫我向杏奈要簽名嗎？目前離播出只有半年而已，應該沒問題吧？

——不要強人所難啦。

——真尋，妳不是編劇嗎？杏奈為了能夠演出妳的下一部作品，應該很樂意為妳簽名。

如果不是爸爸剛好來叫阿姨，真不知道她還會說什麼。不，與其這樣說到一半，還不如讓她把話說完。

阿姨，我並不是什麼厲害的編劇，是我的老師大畠凜子老師很厲害。每次都由我寫劇本的草稿，再由大畠老師完成，然後掛老師的名字，《茜色的旋律》那一次，老師剛好感冒，所以由我負責完稿，而且是在收視率超高的連續劇最後一集之後上演的那種並不受期待的兩小時電視劇時段，老師也認為這種時段沒什麼壓力，很適合新人編劇推出第一部作品，所以讓我掛上自己的名字。

啊喲，原來是這樣啊。阿姨聽了我的說明之後，會感到失望嗎？還是會用不同的方式為我感到高興，希望這部奇蹟般的作品，可以在自己的妹妹活著的時候播出。

媽媽是唯一贊成我從大學退學，改行以編劇為目標的人。

我想讀法律。當初我這麼告訴父母，然後去讀了東京的私立大學。學校內完全沒有一個同鄉的朋友，我很想結交新朋友，於是就和新生訓練時剛好坐在我旁邊的同學變成了朋友，又在她的邀請之下參加了電影製作同好社。她很漂亮，和姊姊有幾分神似，以後想當女明星，但我舉手加入了製作組。

高中舉辦文化祭時，我們班表演舞臺劇，我覺得在幕後製作布景、挑選服裝很好玩，所以我希望在大學生活中重拾這種樂趣。

但是，在一年級夏天，製作組的人都必須參加一個由劇本教室主辦的一日學習營，那次之後，我改變了志向。

一行有二十字，總共十行的稿紙稱為兩百字稿紙，兩張兩百字稿紙大約相當於螢幕上一分鐘的內容。可以在稿紙上創作劇中人物的人生，可以在稿紙上描寫不存在的世界、也許存在的世界，也可以在稿紙上重現已經離開自己身邊，卻對自己很重要的人的情感。

可以描寫全家人共度的幸福時光。

我在六張兩百字稿紙、總共三分鐘的單一情境劇中描寫了姊姊從海外演奏會歸來的一幕。

雖然是盛夏季節，媽媽做了姊姊最愛的關東煮。照理說應該在冷氣開到最大的房間內吃關東煮，但不知道為什麼，冷暖氣機送出來的是熱風。爸爸說既然這樣，乾脆當作是冬天暖氣開得太強，於是把暖爐桌搬了出來。妹妹非但沒有覺得受不了，反而把原本放在架子上的熱帶魚玻璃擺設換成了雪人擺設，連媽媽也拿出了冬天用的掛毯……這時，姊姊回來了，喜極而泣地說，她原本為沒有和家人一起過新年感到很難過，沒想到家人用這種方式迎接她。

我憑著這部作品，成為所有參加者唯一得到A的人，擔任講師的大畠凜子老師邀我去她的事務所打工，我高興得忘乎所以。

那是我有生以來第一次感到內心湧起一股暖流，覺得自己也可以駕著這艘船駛向大海，駛向姊姊所在的寬廣世界。

姊姊告訴我，那就是自信。

就這樣過了十年，我的船一直無法駛出港灣，在岸邊就可以清楚看到的可悲位置即將觸礁……

雖然我想像了很多事，但我猜想芳江阿姨這次應該不會再提劇本的事了。因為在

《茜色的旋律》之後，我的名字從來沒有再以編劇的身分出現在電視上。

她會覺得我終究混不出什麼名堂，心灰意冷地回老家了嗎？還是根本忘記我以前曾經寫過劇本這件事？或是和入贅的姨丈兩個人竊竊私語，說我都快三十歲了，還在東京做什麼自由業。

當我感受到這種氣氛抬不起頭時，爸爸就會對我說，回來吧。

他可能已經為我安排好工作。不，我只在小有名氣的大學法學系讀了兩年，沒有任何證照，哪可能在那種鄉下地方找到什麼工作，別人只會覺得我是自以為是讀書人的難搞女人。

能夠在國道旁的大型超市當收銀員就該偷笑了。

也許芳江阿姨會向我提相親的事。我覺得完全有這種可能。而且姊姊搞不好偷偷把我上個月被交往了兩年的男人甩了的事偷偷告訴了爸爸，爸爸才會傳電子郵件給我。

話說回來，姑且不談那種鄉下地方舉辦的相親聯誼活動，到底有沒有人在愛管閒事的阿姨當紅娘相親後真的結婚？即使真的遇到了理想的對象，如果被認為是不靠人牽線介紹，就連婚也結不了的人，那還能在那種地方生活嗎？

最好拋棄這種無聊的自尊心，否則大畠老師也很傷腦筋。

當初我認為自己找到了天職，不顧一切地決定休學時，老師雇用我在她的事務所任職，支付了讓我能夠在東京養活自己的薪水，但最後我沒有做出任何成果。

但是，並不是只有我坐在這種搖搖欲翻的船上，其實我根本還沒有自己的船，而是坐在別人的大船上。問題是那艘大船也已經岌岌可危。

——因為要交大綱給大畠老師，所以最近忙著看書。

我都忘了多久之前，在同好會的老友面前說這句話時，別人還會對我另眼相看。其他人都很踏實地找了工作。我記得最後一次在獨自不時造訪的大型影城牆上貼的特大海報上看到大畠凜子的名字，已經是兩年前的事了。

差不多在相同的時期，即使我根本沒有提起，老師開始強調「我是電視人」這件事，但這一年期間，大畠凜子的名字都不曾出現在電視螢幕上，目前手上也沒有連續劇的企劃正在進行。

該激流勇退了嗎？不，大畠老師曾經教我，這四個字原本並不是這個意思，並不是用來形容下臺一鞠躬的意思。未來的日子裡，我就要在鄉下的城鎮，看電視和電影的時候，像校對人員一樣，在內心吐嘈這些文字上的錯誤用法過一輩子嗎？

然後藉此作為我曾經一腳踏進過這個夢幻行業的證明嗎？

不，爸爸並沒有一直叫我回去。

他只是通知我要舉辦法事。只要去參加法事就好，但我不想馬上回覆他，以免他覺得我整天閒閒無事。我也有該做的事。要趕快寫完故事大綱給大畠老師。即使明知道老師不會採納，還是該做好最後一次工作。我把手機放回了皮包。

除非是節目重新編排期的大型特別節目，否則我才不想寫那種兩小時的電視劇。

之前曾經把這種掛在嘴上的大畠老師，最近雖然沒有直接說出口，但不時暗示性地問我，有沒有什麼有趣的推理小說。老師比任何人都清楚，一直緊緊抱著戀愛劇女王的招牌，真的會遭到淘汰。

我在劇本方面的所有知識都來自大畠老師。當初進這家事務所時，老師曾經對我說，除了事務工作和蒐集資料以外，也希望我負責寫故事大綱。從此之後，我就一直看書、一直寫戀愛故事，現在是不是也該開始看推理小說？

我不喜歡推理小說，這個世界上已經有太多悲傷的離別和令人髮指的事，為什麼還要在故事的世界讓人死亡？即使逮到了兇手，又有什麼好高興的？

比起這種推理故事，我更想寫能夠發自內心感到幸福的故事。即使自己不曾有過充滿戲劇性的戀愛經驗，但戀愛劇女王賞識這樣的我，這個世界簡直太不可思議了。

大畠老師曾經稱讚我對話的節奏掌握得很好。我自己也很滿意。我的腦海中總是響起姊姊演奏的音樂。

於是我決定在不同的場景選擇不同的樂曲。悲傷的場景時會響起貝多芬的〈月光〉；心情雀躍時就響起蕭邦的〈小狗圓舞曲〉。

我漸漸覺得自己很擅長愛情故事，但真的是這樣嗎？正因為沒有豐富的戀愛經驗，所以起初能夠帶著憧憬。大畠老師雖然沒有結婚，但身邊隨時都有好幾個可以稱為情人的對象，所以無法理解晚熟女人的心境，我可以描寫出這個部分，而且也應該曾經自負地認為，自己筆下的世界可以激發很多女人的共鳴。

但是，我已經對戀愛沒有絲毫的嚮往。每個星期造訪我狹小套房一次的佐佐木信吾曾經一臉落寞地問我，是因為他的關係，所以我有好幾個月都失去了笑容嗎？沒這回事。我一直覺得我在他面前時會露出笑容。

雖然是夏天，那天大畠老師說想吃松茸土瓶蒸，帶我去一家小餐館時，結果剛好在那裡撞見了信吾。在吧檯席坐在他旁邊的女人說：「我這輩子第一次吃這麼好吃的東西。」用小杯子喝著土瓶蒸的高湯後，露出了簡直讓人融化的笑容。照理說目擊這種劈腿現場會讓氣氛僵到冰點，但那個女人妖媚的笑容讓我的體溫也上升了將近一度。

——對不起，今天還是想吃肉。

大畠老師說完，向小餐館的老闆道了歉，帶我去摩天大樓頂樓的會員制餐廳，請我吃了厚切牛排。

——每個人心裡都有一個裝幸福的杯子，杯子的大小各有不同。有人的杯子很小，很容易溢出笑容。杯子很大的人屬於累積幸福的類型。真尋，妳的杯子比別人稍微大一點，有朝一日，當杯子裝滿的時候，妳的笑容絕對不會那麼膚淺，我會等待那個瞬間。

大畠老師這麼鼓勵我，我竟然還覺得她是一艘將沉的船，我為自己對她的不敬感到羞愧，甚至覺得根本沒有資格為她寫大綱。我還是來回電子郵件給爸爸吧。

當我再度拿出手機時，收到了一封陌生的電子郵件。

「甲斐千尋小姐

妳好，我叫長谷部香。很抱歉，很冒昧寫這封電子郵件給妳。我從迷人戲劇製作公司的佐佐木信吾先生那裡，問到了妳的電子郵件信箱。

我是電影導演，冒昧寫這封電子郵件，是想向妳請教新作品劇本的事。

雖然知道妳很忙，但很希望妳可以在百忙中撥冗和我見面。

請妳務必考慮，無論用電子郵件或電話聯絡我都可以。

長谷部香」

我閉上眼睛深呼吸後，再度看向手機螢幕。上面完全沒有「麻煩轉告大畠老師」的文字，沒錯，就是寫給我的。

大畠老師今天和別人聚餐，事務所內只有我一個人。我明知道這件事，仍然忍不住環顧四周，再度低頭看向手機。

長谷部香。即使不需要查維基百科，我也知道她是電影導演。她以前當助理導演時，就在業界深受好評。我在幾個星期前的新聞中看到，她第一次執導的電影《一小時前》，參加了被譽為僅次於世界四大影展的慕尼黑國際影展，在最佳國際電影獎中獲得了相當於第二名的特別獎。

是同一個人嗎？雖然我沒看過《一小時前》，但我確認了編劇是誰。看到了長谷部導演的名字。她自己寫的作品獲得了高度肯定，會找別人寫下一部作品嗎？而且找上了我這個沒沒無聞的編劇。

我和她之間沒有任何交集……

我用手上的手機搜尋了長谷部香。她的出生地是橫濱市，大學讀的也是橫濱的一所知名貴族學校。雖然我一度想到也許在自己短暫的學生時代，曾經在某個工作坊和她見過，但她比我大四歲，在我進大學的那一年，她已經畢業，在一家貿易公司任職。在那裡工作了兩年之後辭職，進了一所專科學校讀書，之後進入拍攝許多紀實節目的「十哩製作公司」，去年成為自由導演。

我還是找不到和她之間的交集。

有人冒用長谷部香的名字，想和我見面嗎？

什麼狗屁推理，這是最不可能的可能性。難道是欣賞我寫的《茜色的旋律》？不，這也不可能。

雖然導演在電子郵件上這樣寫，該不會是信吾對自己拋棄的女人發揮最後的仁慈，低頭去拜託她，希望給接不到工作的編劇一點機會，不管什麼工作都無妨。這是最不可能發生的情況。

一個人在這裡亂猜也找不到答案，只要見面問當事人就好。搞不好去了約定的地點，才發現根本不是長谷部導演，而是信吾，嘿嘿笑著說什麼因為即使他提出想要見面，我也不會理他，所以使出這一招，然後希望和我復合。

即使是這樣也無妨，反正到時候只要默默回來就好。

「姊姊，我接到了很厲害的人的聯絡，萬一我在國際影展上得了編劇獎怎麼辦？開玩笑啦。」

走出電影院，立刻走進附近的咖啡店。因為擔心喝咖啡可能會吐出來，所以我點了柳橙汁，然後翻開剛看完那部電影的簡介。

在長谷部香導演和主演女星的對談頁，有兩個人的全身照。在這部電影得獎之前，我從來沒有見過這位女星，但她臉上毅然的表情散發出很強的氣場，讓人納悶為什麼她之前竟然沒沒無聞。我的視線很自然地移向旁邊那個人。

她一身黑色長褲套裝，一眼就可以看出她修長的雙腿。雖然臉上只是化了淡妝，但筆挺的鼻梁和一雙大眼睛讓我聯想到曾經跟著大畠老師去看過幾次的寶塚歌舞的首席明星。她美得讓人沉醉，比起導演，我覺得她更應該去當女明星。

很希望有機會見面。當我回了電子郵件之後，她立刻回信道謝。我不由得緊張起來，這下子真的要見面了。我的心情竟然比學生時代第一次交到男朋友，約好一起出去玩時更激動。

但現在這種悶悶不樂的心情到底是怎麼回事？既然要見面，就該先觀賞一下對方的作品，所以我找了還在上映《一小時前》的電影院。因為得了大獎的關係，有多家電影院又重新上映了這部電影，所以我才有時間在約定見面的日子之前看完了電影，但看了之後更加搞不懂她聯絡我的理由。

即使見了面，我也無法向她傳達對這部作品的感想。這部作品也許很出色，一百二十分鐘的作品由三個部分構成，這三個部分的主角都是即將自殺的人。電影用紀實的形式描寫了自殺者在結束人生前的最後一小時。

在電影簡介上，和導演對談的女星飾演一位對長期照顧母親感到疲憊的單身女子，她在電影中哼著歌烤鬆餅。第二則故事是在小學當老師的年輕男子，他在一片鬱鬱蒼蒼的山中，坐在美得幾乎會把人吸進去的藍色湖邊，彈著吉他唱兒歌。

兩個人臉上的表情都很平靜安詳，難以相信他們準備走向死亡。我以前向來單純地想像選擇自殺的人都一臉被逼入絕境的樣子，帶著悲傷的表情迎接生命最後時光，就連我這種人也瞭解到，原來一旦下定決心，心情上或許就獲得了解脫。

遇到家人或朋友自殺時，自己可能會後悔不已，覺得如果早知道，或許可以做點什麼，挽回一條生命。這種人看了這部作品之後，可以得到救贖嗎？

第三則故事會完全推翻這種想法。深受霸凌之苦而選擇自殺的少年想要強暴班上唯一願意和他說話的女生，最後沒有成功，逃回家裡，用潦草的字跡在一整本筆記本上寫滿對她的道歉之後，試圖上吊自殺，但少年又坐在筆記本前，補充了一段寫給母親的話，同時流下了大滴的眼淚。

大部分觀眾看到這一幕或許都會感動，我的內心卻有一種鬱悶的感覺。

我帶著這樣的心情看著片尾名單，看到在最後發生了意想不到的事。有人撕下了筆記本上的一頁。電影中並沒有提出這一幕代表什麼意義，但我不認為是救贖。

長谷部導演試圖透過或許觀眾沒看到，就走出電影院的最後這一幕，傳達怎樣的訊息？我搞不懂她想要窺視的世界。

我和這樣的人能夠合作出怎樣的作品？

她在得獎之前答應要將一部戀愛小說改變成電影，如今不知如何是好，在某個場合遇到了信吾，信吾告訴她，剛好有一個適合的編劇。除此之外，實在難以想像還有其他的可能性。

「姊姊，妳覺得呢？」

大畠老師和別人談事情時，通常都會約在飯店的會議室，光是一杯咖啡就超過一千圓。我原本以為已經舉世聞名的導演也會指定那種地方，但她在電子郵件中和我約在一家乳酪蛋糕很好吃的休閒咖啡店見面。

我比約定的兩點提早五分鐘走進咖啡店，在最深處的雙人座位上看到了長谷部導演的身影。她穿著顏色有微妙差異的牛仔襯衫和長褲，遠遠看去，就像是穿衣品味很差的高中男生，但搭上導演那張臉，如果有人說這是紐約時下最流行的時尚，也會情不自禁相信。

導演並不知道我長什麼樣子。在我即將走到她面前時，她看了我一眼，但完全沒有反應，就把視線移開了。我走到她面前向她打招呼說「妳好」，她露出驚訝的表情轉過頭。

「甲斐千尋小姐嗎？」

她問我，我點了點頭，她慌忙站起來鞠了一躬說：「我是長谷部香。」她渾身散發的感覺和態度之間的落差令我有點不知所措，我們交換了名片。她看起來完全不像比我年長四歲，而且已經是享譽國際的新銳電影導演。

但這也讓我覺得她果然是天才。姊姊不彈鋼琴時看起來也少根筋，像他們這種人，即使不需要刻意抬頭挺胸，也能夠昂首面對這個世界。

我在她對面坐下後，她攤開飲料單遞到我面前。

「我問了佐佐木先生，妳可能會喜歡哪一種咖啡店，但我還不太習慣這麼時尚的地方。我點了本店推薦組合，看妳喜歡什麼，請隨便點。」

她看起來心神不寧，但我也很久沒有來這種有許多女高中生和女大學生在旁邊嘰嘰喳喳的咖啡店。信吾記憶中的我應該已經不是我了，這種店顯然更適合之前在小餐館撞見的那個女人。

我向導演提議換一個地方聊天。之前討論《茜色的旋律》時，曾經多次造訪的「卡儂咖啡店」就在走路可以到的範圍。那家店充滿昭和味，當時還為有沒有大畠老師在場，對方約定討論地點的層次竟然差那麼多感到有點失落，但現在反而覺得靜靜地播放爵士樂，超過十桌的包廂座位通常只有三成左右客人的那家店，才是真正適合談事情的地方。

導演對什麼都沒點就離開面露難色，於是我點了兩個乳酪蛋糕外帶。看到導演一走進「卡儂」，就稍微放鬆了臉上的表情，我也暗自鬆了一口氣，但在本日推薦咖啡送上來之前，彼此都沒有聊深入的話題。

恭喜妳在慕尼黑國際影展得獎。如果我這麼說，也許可以馬上討論劇本的事，但我不想談電影的內容，明明對爵士樂毫無興趣，卻露出一副好像曲名已經到喉嚨口，但就是一下子想不起來的表情問：「這首曲子叫什麼名字？」

「我不太清楚。」導演也偏著頭回答，「如果是古典音樂，我倒是略懂一二。」

我覺得自己失言了，立刻閉了嘴。導演只是笑了笑說：「真不錯。」剛好咖啡送上來，也就沒有繼續聊這個話題，但這是我們見面之後，她第一次露出笑容。我正準備問她喜歡聽什麼音樂，她搶先開了口。

「我上次向佐佐木先生借了《茜色的旋律》來看。」

「為什麼？」

雖然很榮幸，但我不知道為什麼會有這樣的發展。果然是信吾大發慈悲嗎？

「我們在閒聊時，他告訴我說，有一部作品在那裡拍攝外景。最後一幕在半山腰的鐵塔看夕陽在大海沉落的那一幕，是不是在笹塚町的神池山？」

她跳過了縣名和市名，直接說出了我熟悉的地名，我目瞪口呆地點了點頭。

「綾羽和翔一牽著手，低頭望著太陽在海上漸漸沉落。」

劇本上只要寫這句話就完成了，但以製作人和導演為中心的劇組人員，必須尋找能夠呈現這種狀況的外景地。信吾當時為此傷透腦筋，我告訴他，在我親戚家的後山，只要稍微爬一小段路，就可以拍到這個景。神池山並不是阿姨家的土地，神池是那一帶的地名，周圍有很多人都姓神池。

「沒想到妳竟然知道那種鄉下地方，當初只是為了紀念自己的第一部戲，所以請他們去我老家出外景拍攝，那裡只是一個平淡無奇的地方。」

導演雙眼發亮，似乎完全不在意我自虐的回答。

「我果然猜對了！所以妳果然是那裡的人！」

我又默默點頭。

「甲斐千尋這個名字，該不會是改了本名中的一個漢字，作為筆名？」

這次我驚訝得說不出話，又默默點了一下頭。

「所以妳的本名是甲斐千穗？」

「不是。」

我毫不猶豫地回答，但並不會感到不舒服。原來是這樣的誤會。我反而覺得很好笑。

「千穗是我的姊姊，我的本名叫真尋，既然可以用筆名，所以就向姊姊借了一個字，取名為千尋，希望可以沾一點她的才華。」

我興奮地回答，導演露出了遺憾的表情，兩者形成了反比。她可能期待見到姊姊，而不是我。

「妳怎麼會認識我姊姊？」

「我以前曾經在笹塚町住了三年，我和千穗是幼兒園的同學。」

她在維基百科上的經歷中並沒有提到那個地名，也許對她來說，那只是人生過程中一個無足輕重的階段而已。更何況維基百科並不是當事人所寫，這意味著她認為這件事是不需要公諸於世的資訊。

「很抱歉，我不是我姊姊，沒想到妳竟然還記得幼兒園時的同學。我在高中畢業之前都一直在那裡生活，完全不記得幼兒園時有哪些同學。」

「因為千穗的鋼琴彈得特別好，而且她的記性超強，對樂譜過目不忘，看一遍就可以完全記住，所以我才想，也許她成為了劇作家。」

如果我和她之間不是四方形的大桌子，而是剛才那家咖啡店的那種小圓桌，我也許會探出身體，緊緊握住她的手。很多人都知道姊姊很會彈鋼琴，但沒想到竟然有人記得姊姊的另一項特技——對樂譜過目不忘這件事。

而且她們只是在幼兒園同班而已。正因為她是這樣的人，所以才能夠成為電影導演吧。縱使電影中有數百、數千個人物出現，每個人物都不一樣，能夠為每個角色描寫出不同的個性。

「成為拍攝地點的那座鐵塔，是我姊姊喜歡的地方。」

「我就知道，千穗目前在哪裡？」

「她目前是鋼琴家，在世界各地飛來飛去。」

導演再度露出了失望的表情。難道她原本不是想見到身為劇作家的姊姊，只是想見姊姊這個人？也許有什麼事想要拜託才華洋溢的舊識。

「請問，我幫不上忙嗎？」

導演倒吸了一口氣看著我。

「對不起，只是我誤會了，卻讓妳感到不舒服。我接下來可以和劇作家甲斐千尋小姐談一談嗎？」

看到導演端正了姿勢，我也跟著坐直了身體。她從放在旁邊的皮包裡拿出無色透明的L形文件夾，轉過來放在我的面前。即使不需要拿出來，也可以看到封面上的標題。

「笹塚町滅門血案」。

我想了幾秒鐘後，才想到原來是那起事件。

「我打算下一部作品拍這起事件。」

「喔……」

我發出了意興闌珊的聲音，忍不住覺得有點對不起她。我終於知道她為什麼要找劇作家甲斐千尋的理由了。她要見的既不是姊姊，也不是我，而是瞭解笹塚町的人。在和影劇界的人聊起笹塚町的話題後，有人提到了曾經在那裡拍攝的作品，那部作品的編劇又剛好和她幼兒園同學的名字很相似。

話說回來，她為什麼想到要拍攝十五年前的事件？如果是尚未破案的事件或許還可以理解，但那起事件在案發之後立刻逮捕了兇手，審判也已經作出了判決。

對了，兇手已經執行死刑了嗎？

這起事件並非沒有引起媒體的討論，但因為很快又發生了另一起更重大的事件，所以漸漸沒有人再討論這件事了。

真的是我想到的那起事件嗎？笹塚町雖然只是一個依山傍海，地形像豌豆形狀，人口只有一萬五千人的小地方，但未必只發生過那起可以稱為事件的事。

我伸出手，想要確認文件夾裡的內容。

「等一下！」

她很乾脆地叫了一聲，我的手好像被打了一下，猛然停了下來。

「對不起，我主動把資料交給妳，卻說這種話可能有點奇怪。這些只是蒐集了當時報章雜誌的報導而已，我相信妳應該也看過這些內容，但可不可以先請妳以笹塚町人的身分，說一說妳對那起事件的認識？」

我知道導演想要表達的意思，但因為她的眼神和語氣太認真，我更感到抱歉。

「妳指的是立石家，不，還是立道家？妳說的是他們家的妹妹和父母被哥哥殺死的那起事件嗎？」

「對，沒錯，就是立石家。」

她緩緩說著姓氏，但我總覺得她語帶責備。雖然的確就是我想的那起事件，但我腦海中已經浮現出導演漸漸失望的表情。

「我當時讀國二，雖然住在那裡，但其實不是很瞭解狀況。只是從電視新聞中得知，整天繭居在家的哥哥，在平安夜用刀子殺了就讀高三的妹妹之後，放火燒了房子，他們的父母也死了。」

「電視？在那起事件發生前後，沒有在那裡造成很大的轟動嗎？」

看吧，我就知道。她覺得我的反應和她想像的相差太遠，所以有點不高興。

「只有媒體大肆報導，左鄰右舍之間完全沒有這種感覺，但學校好像有討論沙良的事。」

「沒錯，我想知道的就是沙良的事，妳認識立石沙良嗎？」

導演的身體前傾，一口氣喝完了浮著冰塊的冰水，完全沒有看一口都沒喝的咖啡一眼。

「不，我沒見過她，只是我同學的姊姊和沙良讀同一所高中，所以聽說了一些事，但並不是什麼重要的事，只是沙良已經通過了名叫天使女孩的偶像團體甄選，高中一畢業就打算去東京，所以我的同學說太可惜了。」

「可惜？自己周遭的人被人殺害，就只有這種程度的感想而已？」

導演看我的眼神，好像覺得我根本是個冷血動物。我當年即時耳聞目睹了那起事件，為什麼和導演之間會有這種感覺上的落差？

即時。沒錯，這就是關鍵。

「導演，不好意思，在回答妳的問題之前，我想先請教妳一個問題。如果沙良是意外身亡，妳會用同樣的方式發問嗎？」

「那並不是意外啊。」

「我懂了，笹塚町，不，至少笹塚高中的人最先接收到的資訊並不是如此。」

我就像在費力撬開生鏽的門，努力回想當時的情況，向導演說明。

中學生對死亡這件事並非一無所知。有些同學和祖父母同住，也許和生活在都市的小孩相比，更近距離接觸到死亡的問題。但之所以能夠覺得這種事無可奈何，是因為死的都是比自己年紀大很多歲的人。

我不知道我的朋友怎麼知道那起事件，也不知道左鄰右舍的情況，我向來沒有看報紙的習慣，是從爸爸口中得知平安夜的夜晚，城鎮內發生了一起火災。雖然我們居住的城鎮並不大，但發生火災的那戶人家和我家還是有一段距離，無法聽到消防車的聲音。

那天的報紙上只寫了發生火災這件事，所以我猜想應該是聖誕節蛋糕上的蠟燭不慎引發了火災。明明是放寒假的第一天，我卻和平時相同的時間起床，我為這件事感到後悔，打算走回房間去睡回籠覺時，聽到媽媽語帶同情，但完全是事不關己的語氣說，這個季節很容易發生火災。我覺得這種話不需要附和，所以沒有停下腳步，就直接走回自己的房間。

我也不在意後續的報導。每天早上都會看報的爸爸並沒有提供後續的消息，經常從四處帶回來很多八卦消息的媽媽也沒有再提火災的事。那一陣子，媽媽整天都在說芳江阿姨的兒子正隆要報考國立大學醫學系的事。

正隆是笹塚高中三年級的學生。

聽說他在全國模擬考試中得到第三名，所有科目都是A。姊姊雖然整天在彈琴，但也考上了笹高。我離考高中還有一年，爸媽就整天拿我和姊姊比較，讓我感到煩不勝煩，然後連表哥也來摻一腳，讓我覺得真是夠了，所以那個寒假，我幾乎整天都躲在自己房間。

我也沒有和同學一起出去玩。雖然在學校時，有一起聊天、一起吃便當的同學，但並沒有假日也會一起約出去玩的朋友。

我才不想在這個城鎮交朋友，我打算考學區外的私立高中。反正我早晚會離開那裡，根本不需要結交什麼好朋友。我希望生活在一個周圍的人都不認識姊姊的環境。

也許是因為這個原因，我很羨慕立石沙良。雖然有人說，她通過甄選這件事是假的，但我覺得說這種話的人是出於嫉妒。

同學給我看沙良的照片後，我覺得她雖然很漂亮，但還不至於漂亮到可以加入只要打開電視，幾乎沒有一天不出現的人氣偶像團體天使女孩的程度。但又聽到有人說，也許那些偶像本身差不多就只是這種程度的女生，去了東京，上了電視之後，也許就會變漂亮，我用力點頭表示同意，之後就沒再關心這件事了。

中學生眼中的高中生，差不多就是這樣。

我在第三學期開學典禮的隔天，得知沙良死了。

那個姊姊在笹高讀書的同學說有重大消息，然後告訴我這件事。

前一天開學典禮時，笹高的校長一臉沉痛的表情告訴全校學生，沙良家在平安夜的晚上失火，沙良和她父母葬身火窟，然後全體師生為他們默哀。雖然之後大家議論紛紛，但並沒有人流淚。因為笹高是升學率很高的學校，那時候大學入學聯合考試在即，所以我猜想很多人應該無暇為別人的事悲傷。

——唉，我原本還想向別人炫耀，我認識的人進了天使女孩。

告訴我這件事的同學只是很失望地這麼說而已。

沒想到三月初的某一天，我騎著腳踏車去車站前的書店，在書店門口被一個陌生的女人叫住了。

——可不可以向妳打聽一下關於立石沙良的事？

啊？我正感到納悶，立刻聽到有人大聲叫著：「不要這樣！」五、六個大人跑了過來。我靜下心仔細環顧四周，發現並不是只有我一個人被攔下來。附近身穿笹高制服的女生正面對很大的攝影機。

——請不要採訪學生。

跑過來的那些大人似乎是笹高的老師，擋在我面前，把我和那個女人隔開了，然後示意我進去書店。這時，我發現有人塞了什麼東西在我手上。

那張折得很小的紙上用電腦打字，寫了以下的內容。

「我們正在採訪立石沙良一家人的事件，請至東西飯店三〇三室，歡迎找其他同學一起參加。屆時臉部將打上馬賽克，也會進行變聲處理，將支付三萬圓作為酬謝。」

在這段奇怪的內容下方，是正在播放我喜愛電視劇的那家電視臺的名字，和傍晚某個談話性節目的名字，我曾經看過幾次。所以感覺那張紙上寫的內容不像在整人。

什麼事件？

書店變成了笹高學生的避難所，他們都在店內竊竊私語地討論著八卦，我甚至覺得那些媒體記者只要悄悄混進書店就可以搞定了。

聽說笹高那天的第一節課臨時改成全校集合。那時候已經是三年級學生不需要到校上課的時期，在全校集合時公布，沙良並不是死於火災，而是遭到殺害。

聽說兇手是她哥哥。有人得意地說。

在全校集合時，並沒有公布兇手是她哥哥這件事，只說是被人殺害。之後校方禁止學生接受採訪，而且還叮嚀千萬不可以輕易相信媒體記者的話。

我故作鎮定，努力不露出驚訝的表情，伸長耳朵聽他們討論，但笹高的學生看起來情緒並沒有很激動。

也許是因為兇手是她哥哥，也已經遭到逮捕，而且聽說他原本就是危險人物，即使今天才知道這些情況，但事件本身已經是過去式了。

而且校方在去年的時候就已經知道是兇殺案件，只是警方要求校方暫緩公布，沒想到被媒體發現了。

也有人抱怨，既然校方虛情假意地說什麼是為了避免造成學生的不安，那就該隱瞞到畢業典禮或是聯考之後再公布。

如果在案發當時就公布真相，也許在案發之後就會引起轟動，但已經邁入了新的一年，所以在學校開學之後，大家都很平靜看待這件事。

我覺得笹高的學生對沙良遭到殺害這件事的驚訝，遠遠不如對學校方面處理的不滿。

這根本是對沙良的褻瀆。甚至有男生莫名地感到憤怒。

去書店之前，媽媽叫我順便去領芳江阿姨訂的書，然後送去給芳江阿姨，所以我買了自己定期購買的漫畫雜誌，領取了阿姨訂的書（是一位名廚出的料理書），走出了書店。也許是因為那些老師像警衛一樣站在路上，所以沒有看到媒體記者。

我去了神池的阿姨家，看到阿姨穿著準備出門的衣服。她告訴我說，要去參加學校臨時召開的家長會。

——雖然不能告訴妳發生了什麼事，但出了大事。

我覺得笹高的學生比阿姨鎮定多了。正隆去了鄰町的補習班上課。阿姨深深地嘆著氣說：「出了這麼大的事……」但我猜想正隆根本不當一回事。

神池的家裡總是有很多別人送的禮物，所以媽媽叫我來跑腿時，我原本還期待可以吃到好吃的點心，沒想到根本沒進門就回家了。媽媽也出門買菜去了。

我獨自躺在客廳看電視，談話性節目開始了。我想起剛才塞在口袋裡的那張紙，覺得應該沒有人會特地跑去飯店接受採訪，正打算翻身時，看到電視螢幕上出現了熟悉的景象。

那是笹高。剛才叫住我的女人拿著麥克風，一臉凝重的表情說：「目前正在緊急召開家長會。」

芳江阿姨今天為什麼被叫去學校？

沙良並不是在學校遭到殺害。

兇手也不是學校的人。

我猜想臨時家長會的目的不是為了沙良的事，而是以對媒體的應對、之後的課程安排、大學聯考和畢業典禮為主。

螢幕上的畫面切換到室內，從壁紙等布置判斷，應該是飯店內的某個房間，然後出現了兩個人影。雖然打了馬賽克，但一眼就可以看出是身穿笹高制服的女生的背影。

——因為之前一直以為是死於火災，所以真的嚇了一跳。

電視中傳來很尖的聲音。

——沒想到竟然被她哥哥用菜刀殺害……

菜刀？這是新的線索。記者說是採訪，但根本是向她們提供了線索，他們只是想拍攝學生聽到這些事的反應。

——我家就住在沙良家附近，之前就聽說她哥哥是個危險人物。

——我姊姊和沙良同一個學年，聽說她之前就說，很想和她哥哥斷絕關係。她哥哥比她大三歲，所以已經超過二十歲了，但上了中學之後，就一直藺居在家裡，即使去打工，也很快就被開除了。

——啊？這也太糟了，這不就代表別人發現他人格有問題嗎？沙良好可憐，好不容易可以加入天使女孩，沒多久就可以畢業去東京了。

其他節目中，也有男學生接受了採訪。接受採訪的人都對沙良表示同情，但隔週出版的週刊雜誌上市之後，情勢完全逆轉。

因為沙良入選天使女孩這件事並非事實。

之後就開始出現沙良有習慣性說謊問題的報導，以及即使被殺也活該的中傷誹謗，但很快就發生了另一起震撼全日本的無差別大量殺人案。沙良的事件雖是在本地發生，但也不再有人討論——

我喝完了已經變溫的咖啡。

「因為我是分兩個階段得知這件事，所以明知道是事件，並沒有承受很大的衝擊，也許表現出的反應比一開始就知道是家庭內殺人命案的人更加遲鈍。」

雖然我還想再點一杯咖啡，但導演還有其他想問的問題，或是其他要和我討論的事嗎？但令我驚訝的事，她記錄了我說的話。她用黑色原子筆在新的大學筆記上寫滿了字，感覺不是摘錄重點，而是把聽到的內容全都寫了下來。她低頭看著變成一片黑色的筆記。

「除了入選偶像團體這件事以外，沙良還說過其他謊嗎？」

導演抬頭看著我，雖然她並沒有瞪我，但被她的那雙大眼睛直視，總覺得好像遭到了責備。

是我的錯嗎？她的眼神讓人忍不住想要這麼問。

「我不清楚，春假結束之後，就沒有再聽到任何傳聞。」

「妳沒有和千穗，和妳姊姊聊過這件事嗎？」

「姊姊雖然進了笹高，但她在一年級的夏天之前就出國讀書了。」

「小學和中學不是讀同一所學校嗎？我……曾經和沙良住在同一棟公寓。」

「啊……」

原來是這樣，難怪她會感到好奇。

「沙良讀的是托兒所，我和千穗讀同一所幼兒園，這代表在同一個學區，她們應該讀同一所小學吧？」

「立石家發生事件時並不是在我們這個學區，可能後來搬去了那裡。聽說他們住在獨棟的房子。」

「什麼時候！」

啊呀啊呀啊呀！我整個人後退，後背碰到了椅背。向進入視野的男店員舉起手，點了兩杯冰咖啡。

「我不用……」

導演想要拒絕，但我伸出手制止了她，對男店員說：「麻煩了。」

「請妳不要激動，即使她們曾經讀同一所小學，姊姊也不會知道同學什麼時候搬家。」

「妳要我不要激動……原來我的語氣這麼激動，不好意思。」

導演滿臉歉意地鞠了一躬。包括這種態度在內，她所有的動作都很誇張，讓人覺得很煩。我當然不會把這種話說出口。

「不，不是……是我說話太重了，對不起。」

眼前的氣氛讓我不得不低頭道歉。我再度深刻體會到，許多高高在上的人身上都會很自然地散發出讓人低頭的氣場。

她是電影導演，在她針對事件發問時，漸漸變得有點像媒體記者的感覺。

「妳打算以這起事件為基礎拍成電影，對嗎？」

「對，沒錯。」

「我認為在目前的時代，這算不上是一起稀奇的事件，而且審判已經結束，有什麼值得深入挖掘的點嗎？」

導演的嘴唇抿成一直線，視線移到桌子上。

冰咖啡送了上來。杯子放在印了店名的軟木墊上，店員收走了空杯子，小茶匙掉在桌子上，但導演完全沒有看一眼。

我猜想並不是她無法回答這個問題，而是她已經決定要拍攝，只是還在猶豫要不要告訴我。
導演注視著桌上，看著剛才店員加水時不慎滴到的水滴開了口。
「我認識沙良，我們之間曾經共度了寶貴的時光。那是在讀小學之前，逐漸形成人格的階段。即使之後發生了很大的變化，大家在這起事件中提到的沙良，也並不是我所認識的她。」
導演拿起剛才移到桌角的L形文件夾，然後看著我說：
「我並不是對這起事件的真相產生懷疑，只是想瞭解她的生活。只憑著她死了之後，周圍人不負責任的言論，建立起立石沙良這個人的形象，認定她就是這樣的人不是很奇怪嗎？我想瞭解真正的她是怎樣的人，做出殺害她這種行為的哥哥到底是怎樣的人，為什麼要殺她？在瞭解這些問題的基礎上，向世人傳達這起事件。」
「……妳認為有人想瞭解嗎？」
有人願意為了瞭解這種事特地付錢、走進電影院嗎？
導演瞪大了原本就已經很大的眼睛問：
「難道妳不想知道嗎？」
「我的意思並不是說對沙良和那起事件沒有興趣，而是並不認為瞭解這些是一件重要的事。」
「妳身為劇作家，竟然這麼說？想瞭解一件事的心情，不會成為創作的原動力嗎？」

話了。

導演輕輕嘆了一口氣，把資料夾放回了皮包。我已經猜到她接下來想要對我說的

「……不會。」

「今天很感謝妳抽空和我見面，請妳當作沒有這件事。」

只是我沒想到她竟然會說「當作沒有這件事」。

「姊姊，我錯失了大好機會。只不過我覺得即使接下這個工作，我也無法勝任。妳不要罵我還沒有開始做就退縮。」

比起義大利麵和葡萄酒好喝的義大利餐廳，我更喜歡在串烤店大口喝啤酒，也覺得這種吃法更適合自己。

我向來不喜歡說這種話的女人，更討厭當幾個女生在漂亮的餐廳用餐時，會說這種話的女生，那種神經大條的女人只是想藉此表現自己個性很乾脆，很豪爽。明明是女人，卻否定女人，這種人根本搞不清楚狀況。

但是，我今天想要對這些自己之前否定的這種女人說聲對不起。比起有好吃乳酪蛋糕的時尚咖啡店，飄散著咖啡香氣的傳統咖啡店更讓我感到自在，在不斷冒著煙霧的串烤店吧檯前，喝著大杯啤酒配味噌雞肫，更能夠徹底解放自我。

差不多該請老闆烤幾串來吃了。我翻開了菜單。

「竟然不等我，就一個人先開吃了。」

頭頂上響起一個聲音，即使不需要回頭，我也知道是誰。

「我恭候大駕到約定的時間過後，才開始點餐。」

我在回答時仍然盯著菜單。

「啊喲，說話竟然這麼彬彬有禮，妳今天一整天都用這種語氣說話嗎？今天是我約妳，所以由我請客，妳可以指定更好一點的餐廳。」

佐佐木信吾說話的同時，在我旁邊的座位坐了下來。

「我才不指望在吧檯座位說這種話的人請客。」

「妳的意思是說我說話太沒禮貌嗎？難道妳沒有想過這代表我和這家店的老闆很熟嗎？啊，我也要生啤酒，大杯的。」

中杯的生啤酒放在信吾面前。他似乎真的和老闆很熟。這家店在大畠事務所走路可以到的範圍，我一直以為屬於我的地盤，我和信吾第一次上門的時候，也是我帶他來的。

我無視信吾把杯子舉到我面前想要乾杯的動作，點了鹽味雞肫和雞皮，還有醬烤雞肝。冒著氣泡的中杯啤酒湊過來和我眼前的大杯啤酒碰了杯。

「妳沒點紫蘇梅肉捲雞胸肉。」

「對。」

「也沒點培根捲蘆筍。」

「對。」

「乳酪蛋糕好吃嗎？」
「啊？」
我第一次正眼看他。他特地打電話到大畠事務所，說有重要的工作要和我談，原來只是想打聽我和長谷部導演聊了什麼嗎？
「我和長谷部導演沒有約下一次見面就道別了。」
「怎麼會這樣？太可惜了。在我感到遺憾之餘順便請教一下，她下次打算拍什麼題材？」
原來這才是他的目的。他並不是想瞭解我會和導演合作的內容，而是想知道導演下一部作品的構想，最好自己的公司能夠摻一腳。導演雖然和信吾聊了笹塚町的事，但似乎並沒有深談。
「無可奉告。」
「至少提示一下。」
「推理？我不會再多說一個字。」
「妳終於恢復了正常的說話方式。原來是推理，看來要以真實的事件為基礎，她果然考慮走這個路線。她以前在助理導演時代就一直拍非劇情片，聽說她原本也想把《一小時前》拍成非劇情片，但預算不足，而且因為題材的關係，到時候會承受壓力也很麻煩，所以最後以劇情片的方式呈現。」
「壓力？」

我忍不住好奇地問。

「那個死前烤鬆餅的女人申請生活保護津貼沒有獲得批准。學校的老師明顯是過勞死，一旦上映，到時候輿論的矛頭就會指向政府，指責這個國家到底是怎麼回事？為了避免這種情況發生，就會有人施壓，是不是不要上映這種電影。」

完全有可能。但我沒有點頭，夾起雞肫吃了起來，信吾沒有徵求我的同意，就開始吃我點的雞皮。

「正因為拍成了劇情片，所以可以來個番外篇，也得了獎，又引起了討論。」

「第三個故事不是實際發生的嗎？」

「怎麼可能嘛？除了向死者家屬以外，還能向誰瞭解深受霸凌之苦的少年在自殺前一個小時的事？少年在自己房間寫在筆記本上，然後又上吊了，家屬會告訴別人自己的兒子埋伏、襲擊班上的女生嗎？即使那個女生報了案，向死者家屬以外的人採訪了相關情況，家屬會同意拍成電影嗎？」

聽他這麼一說，覺得也有道理。我這次夾起雞肝吃了起來。雖然我並沒有貧血問題，但吃動物內臟，就覺得可以吃什麼、補什麼，最近才開始有這種感覺。信吾也點了幾種串烤，我也很想吃雞心，所以就在他旁邊用手指比了勝利的手勢。

「導演想拍的事件和妳有什麼關係？」

「無可奉告。」

「該不會是那件……」

「不是！只是我老家發生過一起命案而已，和我完全沒有關係。」

「怎麼可能只是這樣而已？」

「啊？你知道什麼？你根本連什麼事件都搞不清楚。」

「我知道，是長谷部香想要拍的事件。妳才搞不清楚狀況，目前這個業界有太多人想和長谷部香合作，我也是其中之一，妳知道為什麼嗎？」

不就是因為她在知名的電影節上得了獎嗎？我覺得似乎不該說這句話，所以就微微偏著頭。

「因為她可以把人剝下一層皮，拍出一個人的真實樣子。妳不是也看過《一個小時前》了嗎？第三則故事中那個上吊少年的表情，導演要發出怎樣的指示，演員才能露出那種表情？」

如果要我在劇本中用文字描述那種表情，恐怕很難用文字表達。懺悔、解脫、後悔、虛無……所有以上的要素都摻雜了一點，形成了那個表情。

「那個導演想拍攝的事件絕對不可能『只是這樣而已』，絕對有更深入的東西。既然導演要我為妳們牽線認識，就代表我也有機會參與這部作品，拜託了。」

信吾突然斜斜地將雙手撐在狹小的吧檯上。

「如果需要磕頭，我也可以陪妳一起去。妳再去找她，拜託她讓妳有機會和她合作。就說妳在老家的父母、朋友對那起事件有深入的瞭解，準備一些可以吸引她的材料。」

「我為什麼要為你做這種事？」

我很受不了地嘆著氣，沒想到信吾比我更加大聲嘆息。

「妳傻了嗎？這是妳的大好機會，只能寫出所有主角看起來都像是同一個人的單調作品，這種人要怎麼繼續當劇作家？以前大畠老師手上同時有好幾個案子的時候，或許還可以撿她剩下的工作，現在根本沒有她剩下的工作可撿了吧？不要只寫自己想看的世界，要寫一下很多人都不願面對的世界，然後呈現在世人面前。我想要挑戰這樣的作品，我也認為妳有能力寫出這樣的作品。」

「有什麼根據嗎？」

「……我忘了。」

「那個女生吃乳酪蛋糕時會露出怎樣的表情？」

「沒必要告訴妳。」

「有人另結新歡，喜歡那種露出那種諂媚膚淺笑容的女人，卻說要挑戰許多人不願面對的世界。你說這種話，那種女人就會說你很帥，很有深度吧？」

啪！如果只是為了站起來而在吧檯上撐一下，也未免拍得太用力了。

「她的錢也由我來付，幫我記在帳上。」

他露出親切的表情對老闆笑著說，但他那張臉應該不會轉頭看我。不，他轉頭看我了。

「妳姊姊還好嗎？」

「她很好。」

「那就太好了。」

信吾說完這句話，就吹著很爛的口哨轉身背對著我。「謝謝招待。」他反手對著吧檯內揮了揮，走了出去。

留下我一個人要用怎樣的表情面對老闆？

手機在身後皮包內震動。手機仍然開著震動模式。剛好可以低頭看手機。手機收到了一封電子郵件。

「還沒收到要不要回來參加法事的回覆。」

是爸爸寄來的。我馬上回覆。

「我會回去，如果要買什麼配茶的點心再告訴我。」

我並不是回去調查那起事件。我想到也要傳訊息給姊姊，但腦袋一片空白，決定再喝一杯，點了大杯啤酒。

我絕對不是逃避。

插曲2

雖然我和媽媽一起離開了依山傍海的細長形小城鎮笹塚町，回到了媽媽的老家、山中的溫泉町，但在那裡只住了不到一年的時間。

雖然我們並沒有主動提起，但周圍的人都知道爸爸死了。

即使如此，並不是直接有人對我說什麼，而是媽媽整天哭著說，大家都在說她的壞話。但她不是對著我，而是對著她的媽媽，也就是我的外婆哭訴。有時候會把厚實的坐墊折成兩半抱在懷裡哭，有時候倒在外婆腿上哭。

「我知道，我知道。」外婆用好像在哄騙，又好像在附和的敷衍態度一直拍著她的背，直到媽媽哭完，或是對外婆撂下一句「算了」，走進臥室為止。

我在隔壁房間，隔著鬆動的紙拉門門縫看著這一幕，有時候也懶得看，只是在那裡畫畫，打發睡覺前的時間。

外婆家以前經營禮品店。位在溫泉街熱鬧大街一角的房子雖然是透天厝，但和鄰居家只隔了幾十公分的距離，感覺就像住在一節很長的電車車廂內。

外婆家和之前住的公寓房子沒有太大的不同，唯二的差別就是外婆家是木造房子，而且沒有陽臺。但新的生活有沒有陽臺都無關緊要，因為媽媽不再要求我做習題集。

沒有再把我關去陽臺的理由了。

搬去外婆家兩個月後，媽媽就外出打工。工作內容是把饅頭裝在盒子裡做成伴手禮。媽媽對外婆說，因為工廠徹底進行衛生管理，工作時禁止交談，反而讓她感到很自在。

外婆白天也在車站前的食堂兼便當店上班。

雖然媽媽不再罵我，也不再對我有嚴格的要求，但也沒有對我好言好語。只會對我說「早安」、「我出門了」、「路上小心」之類日常的招呼語而已，但在日常生活中應該還是會有一些對話。

我沒有在那裡讀幼兒園，從春天開始，進入那裡唯一的公立小學就讀。媽媽為我買了書包和書桌，參加入學典禮時，我們母女兩人也在大門口的看板前合影，所以照理說，我們在日常生活中應該有對話，但我完全無法想起我們母女之間曾經聊過任何事。

我倒是清楚記得媽媽和外婆之間的對話，即使是從隔壁房間傳來的說話聲。也許並不是我不記得，而是真的沒有對話？果真如此的話，就可以解釋為什麼書包的顏色是很暗的粉紅色。如果我能夠明確表達自己的意見，告訴媽媽「我要這個」，我一定會選擇鮮紅色。

但外婆家的生活並不平靜。那裡的人都很愛說話，大人、小孩都一樣。所以我上小學之後，很快就結交到朋友，受邀去同學家玩，還因此得知了媽媽的過去。

我記得那次是去家裡開旅館的同學家玩，坐在寬敞的和室內，同學家裡端出下午的點心是在院子裡摘下的無花果和散壽司，讓我驚訝不已。當我攤開作業簿準備寫作業時，同學媽媽用很開朗的聲音和我聊了起來。

「香香，妳功課這麼好，不愧是真理的女兒。」

媽媽以前在為我的習題集批改答案時，也從來不會對我說什麼「媽媽小時候功課很好」，和自己小時候做比較，所以我聽了之後有點驚訝。年幼的我以前一直以為爸爸比較聰明，媽媽並沒有很聰明。

「她幾乎每天都說以後一定要讀大學，離開這種鄉下地方，再也不回來。啊呵呵……」

我聽得出同學媽媽最後的笑聲中帶著不屑，言下之意就是「最後還不是回來了」。媽媽說別人說她的壞話原來就是指這種事，也難怪媽媽會哭。我覺得媽媽很可憐，但並沒有對同學媽媽生氣，叫她不要說媽媽的壞話。

因為我不覺得自己會一直住在那裡。不，小學一年級的學生會想這種事嗎？也許只是從當時就無力對抗不合理事情。

雖然那裡也有功課好的同學、會彈鋼琴的同學和跑得快的同學，但沒有與眾不同的同學，難道是因為我常常美化了笹塚町的回憶嗎？

還是因為在不需要再做習題集的地方，不需要再和別人比較，這樣的解釋比較合理？

笹塚町和溫泉町相比，溫泉町的人口只有一半左右，兩個地方都是鄉下，但以前在笹塚町時，媽媽每天要我做習題集，是為了有朝一日，為搬去都市生活時不輸在起跑點上。當時是因為爸爸在八島重工這家公司的造船部門工作，我們才會住在那裡，所以我們能不能搬離那裡，也取決於爸爸。

但既然爸爸已經死了，就只能回到媽媽的故鄉。

為什麼？既然媽媽那麼嚮往都市的生活，就不要回到溫泉町，帶著我一起去她嚮往的城市生活不就夢想成真了嗎？

當時我果然還只是一個涉世未深，受到大人保護的小孩子，才會產生這種想法。不光是生活地點的問題，更重要的是在那裡過怎樣的生活。媽媽放棄了自食其力建立自己理想的生活。

所以回到溫泉町之後，就不需要再為日後去都市生活做準備，也許她每晚流著淚，讓自己慢慢接受在那裡終老……

我傷害了媽媽。

溫泉町的假日比笹塚町熱鬧一倍，因為到處都是觀光客。溫泉町的人沒有假日，媽媽和外婆都必須去上班，學校的同學也都要在家裡幫忙做生意，所以沒人約我一起去玩。

我總是聽著家門外熱鬧的聲音，孤伶伶地獨自在家畫畫、看書、看電視。

我覺得很無聊。既然覺得無聊，即使媽媽沒有買習題集給我，我也可以自己買回來做。如果附近沒有書店，我可以預習課本。

只不過我當時並沒有想到這些事，一定是因為我並不喜歡讀書。

我在看從學校借回來的《魯賓遜漂流記》時，腦海中浮現出各種畫面。大海的顏色、海島的風景、在高空中飛翔的那些從來沒有見過的鳥，不知道長了怎樣的翅膀。我覺得每隔三十頁才出現一幅插畫太少了，在樹上造的房子和洞窟遇到暴風雨會怎麼樣？

我在全白筆記本的每一頁對開頁上，畫了浮現在腦海的畫面。如果我有素描的能力，也許看起來像漫畫。那樣的話，或許就不會有任何問題。

我畫的畫面有點像分鏡圖，但當時當然不知道這個名字，只覺得像是連環畫劇。既然這樣，當時我應該就這麼說。

我給媽媽看畫的時機也不對。我應該一眼就可以看出媽媽那天累得精疲力竭。那一天，外婆比較晚回來，我們晚餐要吃外婆帶回來的便當，所以在等外婆回來期間，有一段時間不知道要做什麼。

「媽媽，妳看。」

我把筆記本遞給媽媽。那是我和媽媽在溫泉町唯一的對話記憶。媽媽坐在鋪了榻榻米的客廳，一隻手撐在大木桌上接過了筆記本，然後翻了起來。有時候目不轉睛地看著其中某一頁。因為我覺得那一頁畫得很不錯，所以即使媽媽沒有稱讚，看到媽媽仔細打量，還是覺得很高興。

也許是因為這個原因，我很得意，不，可能露出了自以為了不起的表情。

媽媽看完最後一頁，闔起筆記本，然後問坐在桌子對面的我：

「這是什麼？」

媽媽看起來並沒有生氣的樣子。媽媽應該問我畫的是什麼。在經歷無數次後悔之後，我現在知道了最好的回答方式。這是《魯賓遜漂流記》啊。

但是，我當時並沒有想到。因為對我來說，那些畫就是《魯賓遜漂流記》，所以完全沒有想到有人會問這種答案的問題。

當媽媽問「這是什麼？」時，我思考的是這種畫算是什麼形態。是漫畫？還是連環畫劇？雖然有點像連環畫劇，但上面完全沒有寫字，也無法翻開每一頁串成完整的故事。

媽媽覺得像什麼？我當時是不是該反問媽媽？還是老實回答，我也不知道。但我當時選擇了最差勁的回答。

「是不是很像電影？這裡……」

這裡沒有電影院。我的話說到一半就沒再說下去，是因為看到媽媽突然變了臉，還是終於想起了爸爸的事？

但是，當時我並不知道爸爸是自殺。爸爸在出門時說「我去看電影」，當天晚上，被釣魚的人在海裡發現了屍體。我只知道這件事，所以一直以為爸爸看完電影後去海邊散步，不慎跌入了海裡。

曾經有一次，爸爸帶我去影城看完電影，帶我去海邊。他把車子停在只是一片空地的免費停車場，在不知道到底有沒有營業的釣具店前，從自動販賣機為自己買了一罐熱咖啡，為我買了一罐柳橙汁，父女兩人一起走在堤防上，在看不到民宅的地方，面對大海坐了下來。

我們在那裡聊了對電影的感想。

——經常有人一走出電影院就開始說感想，這種行為很不可取。因為在電影院門口遇到的人還沒有看電影，而且即使自己覺得不好看，旁邊的人可能看了感動不已，這樣就等於向別人的感動潑冷水。但是，在這裡就不一樣，可以大肆批評，也可以大聲討論結局。

接著，爸爸大肆稱讚了那部兒童動畫作品，然後又注視著大海說。

——兩個小時後，太陽就會沉入大海，鮮紅的大太陽沉入大海時，彷彿可以聽到熾熱的太陽碰到水面滋嗶的聲音。從這個位置看的時候，會被造船廠擋住一些，但是風景很美吧？爸爸很喜歡這裡。

但是那一天，我和爸爸沒有看到夕陽。因為天氣有點陰，而且出門前跟媽媽說好，晚餐前就會回家。

最後那一天，爸爸出門時沒有說要回家吃晚餐，所以我以為爸爸在看夕陽。

即使我往好處想，爸爸最後去了自己喜歡的地方，但仍然必須察覺到，爸爸的死和電影也有點關係，所以對媽媽來說，電影這兩個字或許是禁忌。

筆記本發出咻的聲音飛過我的耳邊，紙張似乎稍微刮到了我的臉。雖然我聽到了啪沙的聲音，但不敢回頭。因為媽媽目不轉睛地瞪著我。

淚水漸漸湧上媽媽的眼眶，然後一下子流了下來。

「什麼嘛！電影！電影！」

媽媽大叫著，同時吐出的氣被哽咽的喉嚨卡住了，媽媽就像被人掐住脖子一樣大口喘息，把手放在胸前。我很擔心媽媽會昏倒。但是……

「不要用那種眼神看我！就連妳也在責怪我嗎？妳也要說，爸爸自殺是被我逼的嗎？」

我只能搖頭。因為「自殺」這兩個字一下子占據了我的腦海。

「是他自己說，會好好努力，實現我的理想。他說會努力，他說會努力，而且就是用這個眼神！」

啊！當我渾身緊張時，媽媽已經站了起來，踩過桌子，站在我身邊。

「當他用這種眼神這麼對我說，我當然會相信啊。」

媽媽把我推倒在地，坐在我身上。我嚇得不敢發出聲音，只能用瞪大的雙眼懇求媽媽住手，但媽媽沒有聽到我的心聲。

「不能叫他努力嗎？因為我要他繼續努力，所以他就自殺嗎？」

我出現在媽媽的眼中，但那時候媽媽看到的已經不是我，而是爸爸，不，是爸爸的亡魂。

「如果不想努力，直接對我說不就好了嗎？悶不吭氣地走開不就好了嗎？用這種方式故意死給我看，好像在嘲諷我，你就這麼恨我嗎？」

媽媽舉起了拳頭。

「說啊？」

拳頭打在我胸口正中央。

「說啊？」

又一拳打在相同的位置。我喘不過氣，用力咳了起來。

「不要不說話，有話就說啊。就用這裡發出聲音，趕快給我說！」

媽媽雙手掐住我的脖子慢慢用力，她的眼淚滴落在我的右眼，我用力閉上了眼睛。

「妳在幹什麼！」

外婆的聲音響起。媽媽鬆了手，我的身體一下子變輕了，媽媽衝向外婆，膝蓋撞到了桌角，然後抱著外婆放聲大哭。

「不是我逼的，不是我逼他的。」

媽媽在外婆耳邊大叫著。

「真理，不是妳逼的，妳沒有錯。」

外婆這麼說著，輕輕拍著媽媽的背。外婆至少看到了媽媽掐我的脖子，但完全沒有責備媽媽一句話，安慰著媽媽，把她帶去臥室。我不知道如何是好，抱著膝蓋，坐在客廳的角落，外婆走回了客廳。

外婆似乎也不知道該怎麼對我說話，她轉頭看到了攤在榻榻米上的筆記本，撿了起來，隨手翻了幾頁，輕輕放在桌子上後看著我說：

「妳畫的大海很漂亮，但可能媽媽並不喜歡。因為她在離開這裡去讀大學之前，從來沒有看過大海，所以可能想起了小時候的事，才會這麼生氣。」

外婆搞不清楚狀況。雖然我對外婆說這些重點錯誤的話感到很失望，但我也不知道媽媽生氣的真正原因，所以外婆說的也許並沒有錯。

「香香，妳不要怪媽媽，媽媽是因為外婆的關係才會變成這樣。以前外婆假日很忙，根本沒辦法帶媽媽去玩。既然我自己沒空，應該讓她和朋友去玩，但外婆也不同意，整天要她在店裡幫忙，所以她才會愛上第一個帶她去海邊的男人，完全不考慮彼此的性格和興趣到底合不合，就歡天喜地說自己遇到了真命天子結了婚，還說再也不要回來這裡。」

我沒有告訴外婆，我們以前住的地方也有海。

外婆帶回來的便當是散壽司，雖然我完全沒有食慾，但外婆催著我「吃吧、吃吧」，我不得不拿起筷子，小口小口地吃了起來。不知道是不是因為同一個地方的調味都一樣，我想起了之前去同學家吃散壽司的事。

媽媽不想再離開這裡了嗎？只要我用功讀書，去城市的大公司上班，不是還是有機會離開這裡嗎？要不要請媽媽幫我買習題集？

但媽媽每次看到亡魂，就粉碎了我內心的決心。起初白天的時候沒問題，也不是每天都發生，但晚上在光線昏暗的房間看到我，她就覺得看到了爸爸，只不過沒有再像那天一樣撲過來，只是蹲下來抱著頭叫著：「別過來，別過來。」

即使我們分別在不同的臥室睡覺，效果也沒有持續多久。即使開著燈，媽媽也會不經意把我看成爸爸，尤其是我看電視的樣子，會讓她看到爸爸在電視前看電影錄影帶的樣子，於是我和外婆就把電視從客廳搬到媽媽臥室，我每天都沒有電視可看。

外婆帶著媽媽去搭三站電車的一家大醫院去看身心科。

但媽媽的症狀仍然沒有改善，無論白天還是晚上，只要一看到我，就大吵大鬧說看到了爸爸的亡魂，於是我就搬離了外婆家。

我搬去和爺爺、奶奶同住。聽外婆說，爸爸死的時候，爺爺、奶奶就曾經提出要我去和他們一起生活，但被媽媽拒絕，而且也拒絕和他們聯絡。

但是外婆和身心科的醫生討論之後，認為暫時讓媽媽和我分開生活比較好，於是就背著媽媽和爺爺、奶奶聯絡。雖然爺爺、奶奶說，隔天就可以來接我，但外婆擔心媽媽見到爺爺、奶奶會很危險，於是就請她上班的食堂兼便當店的一個阿姨帶我去新幹線車站。

轉了兩班電車，路上花了三個小時。

明明不是去上學，但我出門的時候背上了書包。我為數不多的衣物已經在前幾天用宅配寄去了爺爺、奶奶家，在整理行李時，外婆說這個會壓壞，所以就放在一旁，我還以為她會塞報紙之後裝進其他箱子。

外婆為我準備了一套最好看的衣服在路上穿，那是爸爸還活著的時候，媽媽為我買的一件高級名牌洋裝。想到萬一媽媽看到我穿這件衣服，心跳加速到幾乎快停了，所以我決定在媽媽臥室門外向她道別，內心還是期待媽媽會打開房門。

雖然我很想帶著「我還會回來」的心情對媽媽說「我出門了」，但又發現這和爸爸離開時一樣。

「媽媽多保重。」

我對媽媽說，但媽媽沒有回答，也沒有開門，我只聽到等在玄關的外婆啜泣的聲音。

送我去新幹線車站的阿姨應該也努力避免氣氛陷入感傷，所以一路上都和我聊她喜歡的韓流明星。她說她去了韓國三次，然後比手畫腳地告訴我，在汗蒸幕搓澡搓出很多汙垢。

在電車廣播抵達目的地時，阿姨對我說：

「對經常去韓國的我來說，橫濱根本太近了，太近了。」

但是，那天之後，我從來沒有再回去溫泉町。也許「回去」這種說法也有點奇怪。

第二章

即使是相同的距離，來回的次數增加，就會覺得越來越近。

大學考試的前一天第一次去東京時，覺得簡直遠在天邊，想到即使考上了，有辦法再來這裡嗎？就不由得感到不安。去東京之後，覺得一趟回家的路途迢迢，回家一趟，至少要住上五天才夠回本。

久而久之，漸漸減少到三天、兩天，雖然會笑著對朋友和工作上的合作夥伴解釋說，其實沒有大家想的那麼遙遠，但這次回家還是覺得路途遙遠，很擔心今天之內是否真的能夠踏進家門。

拿了車票，雖然已經知道抵達的時間，但仍然覺得自己在抵達之前就會昏倒。難怪爸爸和媽媽在我入學典禮時去過一次東京之後，就說已經心滿意足了。也難怪他們在搭機場巴士之前，就先去便利商店買了提神飲料當場喝了起來。

但回到家之後躺了三個小時之後，就會覺得好像一直都生活在這裡。我回想起上次為媽媽辦法事時的情況，以為前一天就要去神池家幫忙準備料理，為了表示我很願意幫忙，還特地買了圍裙，沒想到芳江阿姨在電話中說，只要在法事當天中午之前去就行了。

原來最近新開的一家和食餐廳有提供法事套餐，去完寺廟之後，就和住持一起去那裡吃飯，吃完飯就地解散，而且餐廳還會代為準備饅頭之類的伴手禮。芳江阿姨心情愉悅地說，餐廳的服務簡直無微不至。

所以我就有一整晚的時間陪爸爸，但爸爸隻字未提我的工作。「爸爸，我買了你愛吃的燒賣，來喝啤酒。」爸爸聽到我這麼說，從冰箱裡拿出保鮮盒，開始切小黃瓜。沒想到他竟然自己醃製米糠醃菜。

在父女乾杯之前，爸爸把裝了三片小黃瓜的小碟子，和媽媽喜歡的雕花玻璃杯裝了啤酒後供在神桌前，敲了一下鈴。夏天快結束了。我這才發現，自己多久沒有意識到季節的問題了。

「千穗最近在幹嘛？」

爸爸合起雙手看向前方，問坐在斜後方的我。

「姊姊目前應該在義大利。」

「那很好，她很喜歡義大利麵，應該每天都大吃義式培麵。」

「你是說義式培根蛋麵吧？不知道她是不是像以前一樣吃不胖。」

「倒是妳的肚子會不會有點危險？」

「啊？」

在話題轉移到我頭上時，爸爸站了起來，走到桌子旁。我也站了起來，順便捏了捏肚子，根本不覺得自己胖了。如果父母硬是要挑剔一下女兒的缺點，結果剛好挑中這件事，那我聽聽就好，於是就吃了一塊小黃瓜。原本想挑剔一下作為回敬，但最後只說了「好吃」兩個字。

「明天早上再切茄子給妳吃。」

爸爸心滿意足地說著，伸出筷子夾起了燒賣。

隔天早上，我才知道爸爸並不是沒事亂挑剔。上次參加法事之後就沒再穿過的洋裝竟然變得這麼緊，我忍不住拉了拉肚子周圍的布料。因為覺得還不至於無法見人，就穿著去了寺院，但出門之後才後悔應該去買一件束褲來穿。

芳江阿姨一看到我，就掩著嘴，「啊呀呀，啊喲喲」地叫了起來。而且這種話照理說應該湊到我耳邊來問，她竟然用在場所有人應該都可以聽到的大嗓門問我：

「有喜了？」

「沒有啊。」

「不，真尋，妳這肚子隆起的樣子，一看就知道有喜了。」

無論我的肚子看起來怎樣，反正絕無此事。佐佐木信吾即使喝得爛醉如泥，也會徹底避孕。但是，我總不能對阿姨說這些話。

「只是壓力太大，暴飲暴食發胖而已。」

即使我都說到了這種程度，阿姨仍然難以接受地偏著頭。

「這種問題很敏感，我知道妳打算等大家到齊之後再公布。阿姨把妳當成自己的女兒，有任何事都可以找阿姨商量。」

說完，她用力拍了一下我的背，讓我覺得「啊，我回到了鄉下地方」。同時也暗自下定決心，要繼續留在東京闖一下。

之後，阿姨仍然糾纏不清地問我到底有沒有懷孕，要怎麼吃才能吃成像我這樣整體看起來很瘦，只有肚子特別大。她完全沒有提劇本或是電視劇的事，只關心我的肚子，讓我備感空虛。

至少在吃飯的時候不想再聽她問我肚子的事，走進和食餐廳後，我坐在家屬席最角落的座位，為了避免阿姨坐在我旁邊，我向剛好在附近的表哥正隆招手，叫他過來。

正隆目前是外科醫生，難得回家一趟，也正在為婆婆媽媽的「趕快結婚」大合唱尋找避難場所，所以就在我旁邊坐了下來。我和他已經十年沒見面，以前他咄咄逼人，讓人難以靠近，現在變胖了，感覺比較容易親近。他為我媽去世向我表示哀悼，我問他目前住在哪裡，他回答說波士頓。

「是美國？還是英國？」

「美國，這是什麼？最新的冷笑話？還是純粹只是妳無知。」

正隆說話的速度很快，而且一旦開始說話，就會喋喋不休，讓旁人根本插不上嘴。

「我說來東京參加一個學會，我媽就說，既然回國了，就順便回家一趟。問題是回這個家一趟，根本不是順便的距離，雖然我這麼說，但還是回來了，我覺得自己超孝順，結果他們從昨天開始就一直罵我是不孝子，要我趁父母還健在，讓他們趕快抱孫子。」

「你還不打算結婚嗎？」

我趁啤酒送上來的空檔，總算插上了一句話。

「我從十幾歲開始就放棄所有樂趣，好不容易當上了醫生，不先好好玩一下就結婚嗎？如果對方是模特兒或是女明星，我倒是願意馬上考慮。對了，真尋，妳既然是劇作家，就趁我在日本期間為我安排一下聯誼，最好把香西杏奈也找來。」

也許還是坐在阿姨旁邊比較好。姨丈正在致詞，他一個勁地挑選著虛構的聯誼成員。

我不理會他，低頭吃菜。由於是法事的套餐，盤子上也有蓮花的圖案，口味清淡，整體感覺很高級。

「對了，真尋，妳應該認識那個女生吧？」

「不認識。」

「我還沒說名字呢。就是在慕尼黑國際影展獲得特別獎的電影導演長谷部香。」

我原本盤算，如果正隆來參加法事，我要不經意地向他打聽一下，沒想到他竟然主動提起這個名字。只不過我覺得回答前幾天剛和她見過面太性急了。

「原來你對女明星以外的人也有興趣。」

「因為她以前就住在笹塚町啊，我幼兒園時和她同班，而且她很漂亮，當女明星也完全沒問題。她從小就很漂亮，之後突然搬家，我還很難過，但也是無可奈何的事。」

無可奈何？沒想到正隆對長谷部導演的瞭解超乎我的想像。無論是導演還是正隆，竟然都清楚記得幼兒園時的事，難道這就是天才和凡夫俗子的不同？

「導演當時為什麼搬家？而且也沒有對外公布以前住過笹塚町這件事。」

「當時只是家長之間在傳，聽說她爸爸在笹濱海岸自殺了。她爸爸好像在八島重工上班，但她媽媽整天逼她爸爸，要在這種鄉下地方住幾年？在工作上好好努力，爭取調回東京，結果對她爸爸造成很大的壓力。鄉下人對東京的崇拜真的超可怕，並不是能力強就可以安排在東京工作，也許是因為這裡的工廠需要她爸爸，所以在這裡的工作才會延長，當員工的根本是人在江湖，身不由己，但如果下班回到家裡就整天聽老婆這樣嘮叨，那種壓力當然可想而知。」

我可以輕易想像那些去幼兒園接小孩的母親在討論這件事的樣子。原來這裡對導演來說，並非只是無足輕重的地方。

「正隆，你今晚還會在這裡嗎？」

「我明天中午之前都在這裡，如果妳要安排我和妳在這裡的朋友聯誼，那就免了。」

「我想和你好好聊一下。」

「雖然表兄妹可以結婚，但妳就不必了。」

算了。就在我打算放棄之際，內心有一個聲音在聲援我，不要輕言放棄。

「雖然我還沒有告訴阿姨她們，但我將和長谷部導演的下一部戲合作。」

我壓低聲音，向正隆咬耳朵。

「少騙人了，我從來沒聽過妳的名字。」

「要不要給你看她找我的電子郵件？」

我的手機上仍然保留了導演寄給我的那封電子郵件。

「不，不用了。妳想要問我什麼？關於『笹塚町滅門血案』和大家開始討論立石沙良會習慣性說謊的八卦嗎？」

我整個人好像中邪一樣愣在那裡，姨丈他們在另一桌傳來的大笑聲立刻把我拉回了現實。

「你怎麼知道？」

「一流的導演會找五流的劇作家合作，一定需要某些附加價值，即使不需要發揮想像力也知道這種事。至於妳的附加價值是什麼，我不認為妳本身有什麼特別的知識，香香和妳唯一的交集就是這個地方。香香會對這個窮鄉僻壤有什麼興趣？不，等一下，真尋，我記得妳的筆名是千尋吧？搞不好她誤以為妳是千穗了……」

我為正隆幾乎已經喝完的啤酒杯裡倒了啤酒，示意他不要再說下去了。

「兩者皆是！」

我用力把酒瓶放在我們兩個人坐墊之間，即使我的語氣粗魯，正隆也面不改色，反而像答對猜謎題般露出心滿意足的笑容，一臉陶醉地喝著啤酒。

「正隆，既然你都已經答對了，就繼續想像一下，那起事件有什麼需要拍成電影的要素嗎？」

我只是想藉由這個問題暗諷他，你的想像力也只是這種程度而已。別以為自己是醫生，態度就可以這麼囂張，你是醫生這件事，根本沒為我帶來任何好處。

正隆凝視著餐點中的醋拌紅白蘿蔔絲片刻，然後猛然抬起了頭。

「香香是不是知道那件事？」

他並不是對我說這句話，而像是在自言自語。

「那件事是……？」

正當我準備探頭問正隆時，有人拍我的肩膀。正隆的爸爸，也就是姨丈單手拿著杯子，擠進我和正隆中間。

「你們感情不錯嘛，在聊什麼？如果真尋願意嫁到我們家，姨丈舉雙手歡迎。」

姨丈說完，把自己的杯子放在一旁，拿起眼前的酒瓶。我原本正要吃菜，慌忙拿起了自己的杯子，一口氣喝完了杯子裡還剩下三分之一的烏龍茶。

「老公，不行啦！」

口字形座位的對面傳來了叫聲。是芳江阿姨。

「真尋不能喝酒。」

阿姨厲聲對姨丈說完之後，又笑著問我：「對不對？」而且跪坐在那裡的她還咚咚地拍著自己的肚子。如果我要否認「不，我沒有懷孕」，就必須用像她一樣的音量大聲說話，到時候所有人都會看著我。

「這樣啊，這樣啊，那真是不好意思。」

姨丈滿面笑容地說完，向剛好經過的服務生要了烏龍茶，確認正隆杯子裡的啤酒很滿，就回去了自己的座位。

這時，正隆才終於抬起頭，我們的視線交會。

「妳為什麼不能喝酒？」

「因為我開車載爸爸來這裡。」

「原來是這樣，但我家的人全都在喝。」

正隆抱著頭，我發現他的長褲口袋上掛著鑰匙圈。我想起剛才到這裡的停車場時，看到正隆從駕駛座走下來。

雖然確認了他的想像力只有這種程度而已，但還是很在意他剛才提到的「那件事」是什麼。

和長谷部導演見面之後，我找了所有能夠找到的週刊雜誌，閱讀了相關的報導，只看到幾乎都是用揶揄的方式寫了沙良通過甄選是謊言的事，但並沒有任何新的發現。

正隆一家人討論著要不要找代駕業者，又說白天沒有提供服務，所以我之後沒有時間問他「那件事」，沒想到傍晚接到了正隆的聯絡，約好在車站前商店街內的一家名叫「不倒翁」的店見面。

正隆在電話中說，如果我不想喝酒，就去接他；如果我也打算喝酒，就直接約在店裡見面。去接他的話，剛好可以看到後山美麗的夕陽，所以有點心動，但一天之內必須兩次面對周圍的人都在喝酒，只有自己忍著不喝的狀況，似乎對精神會造成不良影響，於是就告訴他，我會騎腳踏車。

雖然喝了酒騎腳踏車也算是酒駕，但這種鄉下地方應該沒有人會計較。

聽到「不倒翁」的店名，我猜想應該是油煙味很重的居酒屋，所以沒有補妝，穿著類似居家服的衣服就出門了，來到門口時，忍不住愣在那裡。其實為了找這家店，我已經在這條路上來回走了三趟。因為魚鱗狀的白色牆壁上有一塊像是私人住宅門牌般的牌子，在右下角四分之一的空間，寫了「不倒翁」三個小字。

看起來像是專喝葡萄酒的酒吧。

真的是這裡嗎？我戰戰兢兢地推開了門，一個男人站在長長的吧檯內，用響亮的聲音說了聲：「歡迎光臨。」這種落差很有鄉下的味道，讓我鬆了一口氣，同時報上了正隆的全名，男人瞇起眼睛，面帶笑容地問：「妳是千穗的妹妹？」然後帶我走進了吧檯後方的包廂。

打開讓人聯想到老教堂告解室的包廂門，我再度愣在那裡。因為正隆坐在四人座餐桌靠我這一側的深處，對面坐了一個陌生女人。

「妳這身邋遢的衣服是怎麼回事？妳是不是以為反正是鄉下地方的居酒屋吧？鄉下地方的進步超乎妳的想像。」

「是，對不起。」

我向正隆對面的女人鞠了一躬。她身材修長，一身白色襯衫配黑色長褲的簡單打扮，但巧妙地使用了在耳邊搖曳的耳環，和有藍色小寶石點綴的項鍊等首飾搭配，整體感覺很瀟灑有型。

「你少在那裡裝腔作勢，像你這種全身都穿著國外名牌的人才惹人嫌，我這身衣服也都是島村的平價衣服。」

那個女人對我露出溫柔的笑容，我很好奇她到底是誰，正隆一臉尷尬地叫我：「坐吧。」我在他身旁坐了下來。

「這是我表妹真尋。」正隆把我介紹給她。

「她是我的前女友。」

「我叫橘逸夏，和他是笹高時的同學。」

逸夏立刻打斷了正隆的話。姑且不論是不是前女友，既然會出現在這裡，代表他們的交情不錯。所以搞了半天，我才是電燈泡？

「該不會你們原本就約了要見面，我打擾了？」

「怎麼可能？」

逸夏立刻否認，然後看著正隆問：「對不對？」

「妳為了長谷部香的下一部作品，想要採訪『笹塚町滅門血案』，我雖然是被害人之一立石沙良的高中同學，但我當初讀的是特別升學班，從來沒有和她同過班，也從來沒有說過話。即使知道她不是死於火災，而是被她哥哥殺害，也完全沒有興趣。因為當時滿腦子都是自己考大學的事，而且之後順利考上了大學，很快就離開了這裡，幾乎很少回來。我猜想妳也很少回來，但我比妳回來的次數更少。與其我們兩個人在這裡瞎聊，還不如找目前仍然住在這裡的人一起聊，應該對香香更有幫助吧？」

「所以你在法事結束之後，聯絡了逸夏嗎？」

「只要我約她，對不對？呃……好痛。」

逸夏似乎在桌子底下踢了他一腳。

「如果你要找我約會，我會毫不猶豫拒絕，但聽說是《一個小時前》的導演長谷部香，就是以前同幼兒園的香香，當然就不能不來了。因為那部作品我反覆看了好幾次。」

「妳因為工作的關係，應該會有很多省思吧。」

我納悶地偏著頭，逸夏回答說，她目前在高中當老師。很可惜，目前並不是在笹高任職。

「因為我很想知道她為什麼會想拍那個主題的作品，於是就去買了電影雜誌，也在網路上搜尋，但大部分報導都是介紹讓拍片企劃獲得通過，和採訪工作有多辛苦，幾乎沒有深入挖掘導演的想法。雖然對媒體來說，上門詢問死者家屬是否可以接受採訪被潑水之類的故事更有噱頭，但這並不是我想知道的事，所以我很希望這次能夠成為契機，期待香香也來這裡採訪，而且我也想見見千穗的妹妹。你們都是回來參加法事嗎？……是誰的法事？幾週年忌？」

「呃……」

「外公的十七週年忌。」

正隆立刻回答，翻開了酒單。得知逸夏對長谷部導演的看法之後，我知道正隆和她已經用電子郵件或是電話討論過這件事。正隆拿起放在桌角的鈴，叮鈴鈴叮鈴鈴搖了起來。我根本還沒有看酒單。

「真尋，妳怎麼了？妳在葡萄酒方面的知識，該不會比酒吧的老闆更詳細吧？」

「沒這回事。」

雖然我在葡萄酒方面的知識都是向大畠老師現學現賣，但我可以說出幾個自己喜歡的牌子，也有自信可以聽了逸夏點的酒之後，配合她點適合自己的酒。

「但最理想的捷徑，就是請教這方面專家的意見。」

正隆說的完全正確。但如果要以他為主角寫故事，絕對無聊透頂。因為他的人生應該沒有挫折，也沒有走過什麼彎路。

不一會兒，葡萄酒和料理就送了上來，料理也都是請店裡的人推薦的。透抽拌酪梨簡直太好吃了。

「肚子也有點飽了，逸夏，妳可以聊立石沙良的事了。」

正隆為逸夏的杯子裡倒酒時說。難道不是先聊事件，而是直接問沙良的事？

「逸夏，妳和沙良很熟嗎？」

「是啊……」

逸夏有點吞吞吐吐，正隆對她露出賊笑問：

「妳們曾經是好朋友，對不對？」

「唉，真是的。雖然死者為大，我不想說她的壞話，但還是必須澄清誤會。我人生最大的汙點，就是曾經和你交往，即使只交往了三天，還有當時沒有識破沙良的謊言。」

逸夏大口喝完了杯裡的葡萄酒，似乎下定了決心。雖然我對她和正隆的事也很好奇，但沙良的謊言這幾個字更讓我好奇好幾倍。只不過媒體也大肆報導了沙良的習慣性說謊問題，所以我原本期待可以聽到沙良其實並不是說謊的女生這種推翻原本看法的內容。

「妳是指她說自己通過甄選，進入偶像團體的事嗎？」

「不是，這件事我不太清楚，因為那時候我已經和她保持距離了。我和她在那之前，曾經是好朋友，所以可能和命案本身並沒有關係。說起來並不是捷徑，這樣也沒問題嗎？」

「到了終點之後，才知道到底是捷徑還是繞遠路，但葡萄酒和料理要最短距離。」

正隆心滿意足地點了點頭，逸夏敷衍地拿起了放在桌角的菜單說：

「我覺得一起挑選，然後討論這道菜點對了，那道菜不怎麼樣也很有意思，所以我決定點這道註明『需等稍長時間』的義大利千層麵。在等待期間聽我說明，不是就不會浪費時間了嗎？」

看著逸夏嫣然而笑的樣子，很難相信竟然有她無法識破的謊言。我很想聽她細說分明，也點了一道註明點餐後才開始烤的豬肋排。

正隆露出一臉受不了的表情，點了一瓶紅酒。沒有翻開酒單，也沒有問過店員的這瓶酒雖然並不知名，卻是大畠老師最愛的紅酒。

逸夏開始說故事——

我在中學三年級和沙良同班後才認識她。雖然這是個小城鎮，只有兩所中學分別在一東一西，但我根本不認識沒有讀同一所小學，也沒有同班或是參加同一個社團的同學。

並不是我很孤僻，或是很高傲，只是除了社團活動以外，真的無暇再管其他的事，更何況也不需要結交新朋友。中學一年級的夏天，就有縣內一所田徑隊很強的高中來邀我，所以我覺得自己早晚會離開這裡。

當然是因為我的田徑專長。

因為我和沙良的學號連在一起，所以才會和她說話。

——橘，妳是撐竿跳高選手吧，好羨慕。

這是沙良對我說的第一句話。之前有人說我很帥，但第一次有人對我說羨慕，所以我想當時應該忍不住露出了「為什麼？」的表情。

——因為我心臟不好，醫生禁止我做激烈運動。

聽了她的話，我仔細打量她的臉，發現她的皮膚白皙得簡直就像是透明一樣，而且雖然很苗條，但並不是骨瘦如柴，全身好像用棉花糖做的一樣，有一種輕飄飄、軟綿綿的感覺。

也許是因為這樣，讓我覺得她有點可憐。

她邀我午餐時間和她一起吃便當，因為班上並沒有其他田徑隊的同學，所以我回答說「好啊」。那天之後，課間休息時，我們都形影不離。無論去廁所，或是去其他教室時，沙良不是挽著我的手臂，就是牽我的手。

我其實不太喜歡這樣，很想悄悄甩開她的手，但又擔心如果我這麼做，她就會昏倒，所以只好忍耐。沙良的手很暖和，所以我覺得有點噁心。

而且我也很在意別人的眼光。我是這種身材，當時頭髮又很短，每年都會收到好幾個女生的信或是親手做的點心，甚至有人提出希望和我交往，我很排斥女生不是把我當朋友，而是把我視為情人。

我不希望別人以為我和沙良之間是這種關係。

幸好很快就消除了這種擔心，因為沙良交了男朋友。對方是我們班上的森下廣哉，也是學生會長，成績很優秀，更是運動高手，長得也有點帥，很受女生的歡迎。雖然沙良要我不要告訴別人，但大家很快就都知道了。

為什麼森下會找那種女生？其他人都感到不解。沙良和森下見面時，也經常找我一起去，所以我也很自然地和森下混熟了。森下總是把「我想保護沙良」掛在嘴上，沙良不在的時候，他曾經拜託我，希望我也提供協助。

——為什麼要保護她？

我這麼回答。雖然我曾經聽別人說沙良的壞話，但一聽就知道只是出於嫉妒的無聊內容，而且也沒有進一步發展為排斥她或是作弄她的跡象。沙良回來之後，淚眼汪汪地看著我說。

——因為我不想造成妳的困擾，所以原本打算在妳退出田徑隊之前都不提這件事，但如果妳不介意，可以聽我說嗎？

我很希望排除所有雜念專心練習，所以如果可以，等到我退出田徑隊之後再說。這句話已經衝到喉嚨口，但森下說，他一個人沒有自信能夠扛起這件事，拜託我一起分擔，所以我不得不點頭。

沙良說的是她家人的事。

首先，她的父母都不是她的親生父母。沙良的爸爸在她媽媽懷她的時候車禍身亡，雖然他們原本打算結婚，但當時兩個人都還是在東京讀大學的學生，所以還沒有登記，她媽媽只好退學，獨自把沙良生了下來。

她們母女兩人開始在東京生活，但在沙良小學三年級時，發現她心臟左心房的瓣膜有異常，動了一次攸關生死的大手術，最後手術總算成功了，但並沒有完全根治，之後又多次住院治療。

不久之後，她媽媽發現自己得了癌症。是乳癌。因為年紀很輕，所以病情惡化很快，在沙良小學畢業之前，她媽媽就離開了人世。

於是，她的阿姨收養了她，她原本的阿姨成為她的媽咪。媽咪很開朗，也很疼愛沙良，但看男人沒什麼眼光，阿姨的丈夫，沙良稱為爸爸的人有暴力傾向，大聲咆哮是家常便飯，心情惡劣時還會動手。

但是，問題更嚴重的是爸爸的孩子，也就是她的哥哥。比她大三歲的哥哥上了中學之後就拒學繭居在家，沒有讀高中。平時雖然沉默寡言，一旦發怒，就會完全失控，一發不可收拾，而且因為不知道什麼事會惹毛他，所以根本無法事先避免。

沙良在說這些話的同時，挽起了襯衫的袖子。我立刻遮住了眼睛。因為除了她手上的瘀青讓人慘不忍睹，但我更注意到她手腕上的無數傷痕。她似乎多次自殺未遂。

這不是我有能力協助的事。我這麼認為，於是就問她。

——是不是該報警？

沙良靜靜地搖著頭。

——絕對不行。我當然希望可以逮捕他，但如果警察只是警告他怎麼辦？他就會殺了我。不，這也沒關係，但他是爸爸的親生兒子，如果爸爸知道是我向警察告密，一定會把媽咪打得很慘。

——那學校呢？

沙良比剛才更加用力搖頭。

——沒用，學校無法解決任何問題。

——為什麼？試了之後才知道有沒有用啊。

——不，逸夏，妳在三年級之前，不是都不知道有我這個人嗎？

我尷尬地點了點頭。

——我並不是在責怪妳，而是覺得這樣很正常。因為我二年級的時候幾乎沒有去學校。

——因為生病的關係嗎？

——不，是因為遭到霸凌。我從來沒有炫耀過自己以前住在東京這件事，也覺得自己用這裡的腔調說話，但可能還是惹人討厭，結果就被友理奈那些人盯上了。如果被她們討厭，真的就完蛋了。

——這太過分了。

——但是，我現在很幸福，有妳當朋友，也有廣哉，而且也很慶幸和友理奈分在不同的班級。不，即使在同一班，只要有你們兩個人，我也能夠每天來學校上課，真的很謝謝你們願意當我這種人的朋友。

沙良的眼淚在眼眶中打轉，深深鞠了一躬。

——妳不要妄自菲薄，我和橘都不是因為同情才和妳當朋友，我喜歡妳的單純和坦誠。如果我身處妳的境遇，也會因為自尊心作祟，不敢告訴好朋友和女朋友，這不是反而會在彼此之間造成隔閡嗎？我覺得不光和班上同學之間，包括家人在內的大人，每個人都會和自己以外的人之間有大大小小的隔閡，但我和妳之間沒有這種隔閡，所以可以隨時牽手。

森下說完，緊緊握住了沙良的手，我覺得自己出現在那裡很多餘，但還是暗自下定決心，要盡一己之力幫助沙良。

我不知道是基於什麼心理，是罪惡感嗎？雖然年紀相同，在同一間教室上課，但我們背負的東西完全不一樣。

我從小學開始就一直參加田徑隊，曾經受過傷，也曾經有一段時間為成績無法突破感到煩惱，比其他同學努力好幾倍，也克服了很多困難，我以為自己成為一個堅強的人，所以聽到其他同學為自己失戀，考試的分數不理想，或是社團的比賽輸了之類的事嘆息，都覺得根本不足掛齒。

但是，在聽了沙良的事之後，我發現原來自己的煩惱也不足掛齒。我現在覺得，當時應該不是為了沙良，而是希望自己成為一個堅強的人，能夠幫助不幸的人。

雖然這麼說，但聽了沙良說了她的事，並不是隔天開始就發生了什麼變化。森下可能顧慮到我，所以邀請了同班的佐倉俊平加入我們，佐倉和他都參加了籃球隊，我們四個人經常一起吃午餐，佐倉的奶奶正在住院，他奶奶家沒有人住，所以我們也經常去他奶奶家，大家一起玩得很高興，考試之前也一起復習功課。

說起來算是感情很好的四人組？

之後發生了一件戀愛劇或是漫畫中常見的事，讓我們之間的關係變得很詭異。

森下不小心把字典忘在佐倉的奶奶家，佐倉奶奶家是這個城鎮很常見的老房子，後門並沒有鎖。

當他走進客廳時，發現佐倉和沙良在那裡，而且不是普通朋友的狀態。

森下頓時火冒三丈，很想破口大罵，但他還來不及開口，沙良就哭著向他道歉。她說為了逃避哥哥，她從家裡逃了出來，但除了佐倉奶奶家，她沒有其他地方可去。因為她渾身發抖，佐倉只是壓著她，不讓她發抖，絕對沒有做任何對不起森下的事。

因為我當時不在場，只能將事後聽雙方說的內容拼湊起當時的情況，當時森下和佐倉幾乎沒有發生爭執，甚至還討論決定，下次沙良從家裡逃出來時，所有人都來這裡集合。

但是，隔天之後，我們四個人不再一起吃便當。森下說學生會的事很忙，所以去學生會活動室吃飯，佐倉也去籃球隊的活動室吃飯。他們兩個人向我打招呼後，就走出了教室。

我和沙良一起吃便當時，完全沒有問任何問題，沙良主動告訴我在佐倉奶奶家發生的事。

——我傷害了兩個好朋友。

真的是妳的錯。雖然我這麼想，但是看到她流著眼淚，就什麼話都說不出來了。因為我雖然從來沒有想過要離家出走，但如果感覺到家裡有危險，被逼得走投無路時，也應該會最先想到佐倉的奶奶家。

躺在佐倉奶奶家的榻榻米上滾來滾去，看漫畫、玩遊戲，聊一些有的沒的，真的很舒服自在。像是把零食倒在矮桌上，然後躺在榻榻米上伸手去拿，結果洋芋片都掉在臉上這種在家絕對會挨罵的事，在那裡卻可以笑得很開心。

只不過後來我幾乎都不再去那裡了。沙良開始和佐倉交往，聽沙良說，他們經常去那裡約會。雖然她也曾經約我一起去，但三個人一起去，只有我會感到很尷尬。

森下主動退出。沙良給我看了森下寫給她的信。

「我認為妳現在需要的不是心靈的避風港，而是實質的避風港，所以我決定毅然放棄妳。俊平是個很有肩膀的人，但即使妳不再是我的女朋友，我仍然很擔心妳，只要有我力所能及的事，可以隨時找我幫忙，不必客氣。」

因為森下在信中寫了這些內容，所以我起初很同情森下，但之後寫的信內容越來越沉重。

「妳的地獄和我的地獄，到底誰的地獄更深？是妳把我推向了地獄。」

沙良每天早上都會在課桌內發現這種信，她感到很害怕，我提議由我去找森下談一談，但佐倉制止了我，說最好不要刺激森下，等森下的情緒稍微平靜之後，他會試著說服森下。

不久之後，整個年級的同學都聽說了森下成為跟蹤狂的傳聞。雖然實際看了那些信之後，的確覺得有點可怕，但或許內心仍然對森下有點同情，所以想到沙良把信給我和佐倉看以外，還到處給別人看，就覺得她有點過分。

——這是你們兩個人的問題，森下太可憐了。

我和沙良兩個人一起吃午餐時，我忍不住這麼說。

——又不是我。

沙良嘀咕這句話時的表情……超冷淡，絲毫感受不到讓人想要保護她的怯懦和無助。但這種表情只在她臉上維持了不到一秒的時間，她立刻皺著眉頭，露出了快哭出來的表情。

——不是妳想的那樣，廣哉的行為應該算是自作自受？因為是他自己到處說什麼我是真心愛沙良，想要保護她，但沙良只是要找一個能夠讓她住在家裡的人，無論誰都沒有關係，覺得可以用身體支付住宿的費用，根本是個賤女人。即使她這麼賤，我也沒有放棄她。這個世界上只有我能夠接受沙良，沙良只是還沒有發現而已。廣哉不光對自己的朋友說這些話，只要他知道同學的電話，不管是男生還是女生，都會打電話去告訴他們。

這實在太離譜了。我馬上開始同情沙良，也能夠理解她剛才為什麼露出那種厭惡的表情。沙良內心也會有憤怒的感情，所以我覺得剛才這樣想很對不起她。

——而且他說什麼愛我，不是很噁心嗎？更何況我和俊平並沒有做愛，反而是廣哉整天想和我上床，他說俊平奶奶家的後門好像沒有鎖，一直要我去那裡和他做愛，我實在拗不過他，就和他接了吻，真的超噁心。

雖然我個子很高，但只是一個和男女感情無緣的中學生，即使聽到周圍有其他同學交往，以為他們只是一起出去玩，最多也只是牽手而已，聽了沙良的話，覺得腦袋嗡嗡作響。沒想到在同一間教室上課，一起吃午餐的同學竟然已經在做這種事。

我的思考幾乎停止，沙良用力握住了我的手說。

——逸夏，妳要幫我，比起哥哥，我現在覺得廣哉更可怕。雖然我有俊平，但他們是好朋友，我不希望因為我，繼續影響他們之間的關係，所以不敢把廣哉的壞話告訴俊平，所以，拜託妳了。

雖然我不知道具體該做什麼，但還是對她用力點了點頭，簡直就像是手和脖子的筋產生了連動，當她用力握住我的手時，我也忍不住用力點頭。

不久之後，森下就開始拒學。

差不多在相同的時候，沙良提出放學要和我一起回家。那時候離成為日本少年奧運預賽的縣賽只剩下一個月左右，我好幾次都說，我放學的時間會很晚，但她仍然堅持說要等我。

——我上次一個人回家時，總覺得背後好像有一雙眼睛，當我回頭時，看到一個人把連帽衫的帽子戴在頭上逃走了，我記得廣哉有一件那樣的衣服。

既然她這麼說，我當然不好意思拒絕。

田徑社不是在學校的操場，而是在町民廣場練習，放學後，沙良也跟著我去那裡，坐在角落的長椅上。町民廣場不是在山坡上嗎？所以每次一到那裡，她整個人都癱軟了。同年級其他田徑社的同學看到之後都很擔心。

——我記得她的心臟不是有問題嗎？

那個同學在一年級的時候和沙良同班，我那時候才知道，原來還有其他人知道她生病的事。雖然她們並不算是朋友，但因為那個同學是體育股長，在她報名運動會的比賽項目之前，沙良曾經這麼告訴她。

——而且有幾個同學經常和她過不去，還霸凌她，所以她有一段時間沒來上學，她還真可憐。

聽到那個同學這麼說，我當然更不能棄她不顧，而且沙良等我放學這件事，也不會造成我很大的負擔，不，應該說我很高興。

因為在回家的路上，沙良總是對我說我很厲害、很帥氣，還會問我在跳的時候是怎樣的心情？看到的天空是怎樣的感覺？還說很羨慕我能看到只有我能夠看到的風景。

那時候我正在為無法突破自己的成績陷入煩惱，但以前從來沒有意識到天空看起來是什麼樣子，為了向她說明，我在跳高時睜大了眼睛，結果竟然跳出了自我最佳成績，好像是因為我改正了蹬地時微微低頭的習慣。當我向沙良道謝時，她為我感到高興，說很高興對我有點幫助。

因為我們住得並不算近，沒有很多時間聊天，但有一次，我不小心形容就像在坐雲霄飛車，沙良寂寞地搖了搖頭，然後低頭不語，我這才發現自己說錯話了。

沙良心臟不好，不可能搭雲霄飛車。我慌忙道歉，沙良一臉哭中帶笑的表情說，她很喜歡遊樂園。

——因為豐島園是我和親生媽媽最後的愉快回憶，尤其是摩天輪，真希望可以再坐一次……

所以，我和沙良約定。

——我一定會去參加少年奧運，沙良，妳也來看我的比賽，比賽結束之後，我們一起去豐島園，一起去坐摩天輪。

雖然這個約定最後並沒有實現。

之後的事，簡直就像是一場惡夢……

在縣賽的三天前。因為進入了調整期，所以每天只練習兩個小時，天還沒黑，就和沙良一起回家了，沙良說要去一個地方。因為我不想玩，原本想要拒絕，她可能察覺到了，慌忙告訴我，她和佐倉為我準備了一個派對，要為我踐行。

她和佐倉前一天在佐倉的奶奶家為我做了點心，她說至於做了什麼，去了之後就知道了。既然這樣，我當然沒辦法拒絕。

餅乾嗎？瑪德蓮？乳酪蛋糕？我列舉了許多可以自己動手做的點心，帶著幸福的心情走去佐倉的奶奶家。

到了之後，發現佐倉還沒有到。因為只要想一下就知道，社團活動還沒有這麼早結束，於是我們就把書包放在玄關前，一起坐在那裡等。雖然那時候還是梅雨季節，但那一天的天氣特別晴朗，而且還有點風，屋外比室內更舒服。

而且……佐倉奶奶家位在地勢比較高的地方，可以看到夕陽漸漸沉落。原來太陽這麼紅、這麼圓、這麼大！那一天的夕陽讓人看得目不轉睛。

但是，夕陽還沒有完全沉落。雖然很想看到沉落的那一剎那，但被下面住戶一棵巨大的銀杏樹擋住了，所以可能看不到。也許我露出了失望的表情，或是沙良以前也曾經有過相同的遺憾。

沙良把嘴巴湊到我耳邊，小聲地說。

——要不要去更高的地方看？

她的氣息吹到我的耳垂上，讓我感到渾身發毛，我趕緊抽離了身體，四處張望，想要趕走那種感覺。雖然庭院內種了樹，但都沒有很高。這時，沙良拉起我的手說：「跟我來」，繞到了房子旁邊。

——我們從這裡爬去屋頂。

沙良抓著老舊的落雨管，我一臉訝異的表情，沙良說，她上次和佐倉一起爬上去過，然後抱著落雨管，踩著和房子牆壁之間的連結處，爬上了屋頂，一臉得意的表情低頭看著我。

——逸夏，妳也趕快上來！還是妳會害怕？

我聽了很生氣。我是擔心會踩破落雨管，不是能不能爬上去這件事。在身體的靈巧性方面，沙良能夠做到的事，我沒有理由做不到。而且既然沙良已經爬上去了，我也不必擔心。

我沒有像沙良那樣，把所有體重都加在落雨管上，而是平均分配在手腳上，俐落地爬了起來。在只差一步的時候，沙良向我伸出了一隻手。

她和佐倉一起爬的時候，佐倉可能像這樣把她拉上去，但對我來說，反而很礙事。更何況我不認為沙良有辦法把我拉上去，但是……

——快啊，抓住我的手！

夕陽從側面灑了過來，她雙眼發亮地這麼對我說，簡直就像冒險漫畫中的場景，我覺得不能拒絕她的好意。於是我將一隻手放在沙良的手上，確認她緊緊抓住我之後，用另一隻手抓在屋頂的瓦片。我按住屋頂，縱身一躍，打算把一隻腳勾在屋頂上。這時，重心不穩，另一隻手用力拉住了沙良。

沙良竟然鬆開了我的手，我背朝下，跌在地上。不一會兒，佐倉趕到後，為我叫了救護車，就這樣住了院……

我當然無法參加少年奧運，甚至也無法參加縣賽，就退出了社團。

沙良曾經來醫院探視我一次，連聲說著「對不起，對不起」，在醫護人員和我媽面前放聲大哭。即使我知道並不是百分之百都是沙良的錯，但我也沒有力氣，也沒有心情回答。

所以，沙良之後就沒再來看過我，但那時候我還沒有討厭她。

在暑假只剩下幾天就結束的某個下午，佐倉來醫院看我。那時候，媽媽剛好回家準備晚餐。

雖然剛住院時，田徑社的同學幾乎每天都來看我，也許是因為當她們聊到比賽的事時，我會忍不住皺起眉頭，讓她們感到很尷尬，所以也就漸漸不再來看我。除了田徑社的同學，沒有其他人來看我，我這才發現，自己的人生中少了田徑以外，就是一片空白。

所以，即使是佐倉來看我，我也覺得很高興，而且還期待其實沙良很想來看我，只是沒有勇氣，所以可能派佐倉來看我。

佐倉買了漢堡來醫院，他說他猜想醫院的食物都沒什麼味道，應該很難吃。

佐倉說，漢堡店推出了新漢堡，所以他也為自己買了一個，我們就在病房內邊吃邊聊。我們毫無冷場地聊著「這個烤肉醬漢堡真好吃」之類的話題，但我漸漸有一種不對勁的感覺。果然不出所料，佐倉對我說，想和我談談有關沙良的事，沒想到他接下來的那句話完全出乎我的意料。

——妳知道嗎？她說的話，十之八九都是說謊。

我露出錯愕的表情。說謊？說什麼謊？哪一件事？

——首先，她的父母是她的親生父母，她和她哥哥是同母異父的兄妹。

這時候，我已經陷入了一片混亂。車禍呢？癌症呢？她媽媽不是死了嗎？

——她說自己有心臟病也是騙人的，最多只是很容易感冒而已。她笨手笨腳只是運動神經很差。

手術呢？她不是說，之前暑假時，曾經在東京的大醫院做了高難度的手術嗎？我有太多想問的問題，一時說不出話。

——還有，她從來沒有住過東京，不僅沒住過東京，而且從出生到現在，都一直住在這裡。

——怎麼會……？

我好不容易說出的只有這三個字。怎麼會有這種事？在這麼小的城鎮，說這種謊不會被拆穿嗎？

——妳可以問一下以前讀第四小學的同學，他們一定會一臉理所當然的表情回答妳，她以前就是讀那所學校。其實我也是在一個很偶然的機會發現她的謊話。

佐倉在籃球隊的比賽結束後，和西中學的一個好朋友一起去車站前的家庭餐廳用餐，剛好遇到結完帳，準備離開餐廳的沙良和看起來像她父母的一家人離開。佐倉舉起一隻手向沙良打招呼，沙良一臉尷尬，當作沒看到他，快步走出了餐廳。

佐倉忍不住反省，自己不該在她和她父母在一起的時候打招呼，但在坐下之後，西中的那幾個朋友說了奇怪的話。

——剛才那個人不是立石嗎？她說要去讀東京的中學，結果還在這裡嗎？

——你在亂說什麼啊，她讀的是東中，也沒有搬家。因為之前遭到霸凌，所以聽說允許她跨學區就讀。佐倉，對不對？因為你們同校，所以你剛才向她打招呼吧？

佐倉雖然沒搞清楚到底是什麼狀況，但還是點了點頭，沒想到西中的朋友又說了更震驚的話。

——你最好別和她有什麼牽扯，立石沙良這個人愛說謊。不過，應該不需要我提出忠告，你早就知道了。我猜想她上了中學之後，性格也不會改變，她的謊言很容易拆穿，東中的人應該都知道了。

我完全說不出話，佐倉當時也不知道該說什麼，東中的其他同學問了很多問題，剛好也是他內心的疑問。

——不，雖然大家都很討厭她，但不知道她愛說謊這件事，只是聽說她心臟不好。

——啊，那是騙人的，而且一下子說是左心房有問題，一下子又變成右心房了，每次都變來變去。

——我聽說她的父母不是親生父母。

——她還在說這種話嗎？

佐倉聽著大家的談話，對沙良的謊言一個一個被拆穿感到茫然，更為和沙良並沒有很熟的那些同學，竟然知道原本以為只有他、森下和我知道的秘密感到驚訝。

佐倉想要甩開腦袋裡的疙瘩，當天就約了沙良出來見面，就約在買了我們正在吃的漢堡的那家速食店。沙良稍微遲到之後，一開口就說。

——被你發現了嗎？

然後她若無其事地坦承了自己說的所有謊，就起身離開了。臨走時還撂下一句話。

——你是不是很討厭我？以後可以不理我。應該說，我不會再理你了。

佐倉說到這裡，忍不住哭了起來。他之所以會來找我，並不完全是為了告訴我沙良是個騙子，而是他還喜歡沙良，想要和我討論他接下來該怎麼辦。

但是，我對他說的話充耳不聞。我和佐倉一樣哭了起來，從床頭櫃上拿了面紙擦鼻子後，才發現自己流了鼻血。

我像傻瓜一樣相信了沙良的謊言，還和她玩什麼友情遊戲之類的東西，失去了寶貴的東西。我到底算什麼？

我因為憤怒，腦筋一片空白，但腦海中仍然留著沙良笑容的殘像，也許是因為還沒有聽她親口告訴我這一切。我告訴自己，她說的話並非百分之百都是謊言，她在中二時因為遭到霸凌而拒學也是事實。霸凌她的那些學生看起來就是以此為樂的人，沙良在進入新學年後，因為想要結交朋友，在無奈之下說了謊。

如果是這樣，我還能得到救贖。

佐倉離開之後，我立刻用醫院的公用電話打電話給沙良。沙良接了電話，我還沒有開口報上自己的名字，她就在電話那一頭嘆了一口氣……我還沒有說話，她就對我說了最後對佐倉撂下的那句話，然後掛上了電話。

我用力掛上電話，鼻血不停地滴在電話上，剛好路過的護理師慌忙跑了過來，我放聲大哭，我和沙良的故事也就到此結束了——

桌上放著幾乎沒怎麼吃，就已經冷掉的料理，和幾個空葡萄酒瓶。幾乎都是逸夏和正隆喝的，我應該自始至終都露出了呆滯的表情。

我曾經在電視劇和小說中多次接觸過習慣性說謊的人。我一直以為，有人說自己是偉人的後代，或是說家裡的金庫有好幾億的錢這種誇張的謊言是在創作的世界虛構出來的，如果有人在現實生活中說這麼離譜的謊，別人一定會發現有異。

但是，立石沙良對逸夏說的謊更加簡單，即使真相呈現在面前，仍然難以相信自己被騙了。

「中學這種地方，不是小城鎮內限定區域的小孩子從幼兒園開始，幾乎都一直是相同的同學嗎？所以不管是從東京搬來，或是從隔壁學區跨學區入學其實都差不多，但也讓我深刻體會到，自己生活的圈子多麼狹小。」

逸夏說完，把帶殼牡蠣放在空盤子內，擠了檸檬汁。

「但那時候不是才第二學期嗎？妳們之後應該每天都會在教室遇到吧？」

正隆為逸夏的杯子裡倒酒時問。在逸夏說話時，正隆稍微吃了幾口菜，因為這些都是即使冷了也很好吃的菜，所以還剩了許多。

「沙良從第二學期開始，每天來學校之後就去保健室。說是因為害我無法參加少年奧運產生了罪惡感，一看到我，就會發生過度換氣症候群。那時候紛紛傳言，是我對沙良大發雷霆，所以讓她有了心靈創傷，我反而變成了壞人。早知如此，我當時真的該大罵她一頓，不光是因為她害我受了傷，更因為她對我說謊。話說回來，真的沒想到會和她讀同一所高中。」

逸夏說話的語氣中感受不到憤怒，反而像是在說充滿懷念的往事。

「鄉下地方的升學學校就是這麼一回事，滿分五百分的入學考試中，笹高的最高錄取分數和最低錄取分數可以相差一百五十分，但森下竟然連這種學校也沒考上，最後進了一所只要報名就可以進的學校，而且讀了不到一個月……」

「怎麼樣了？」

我忍不住插嘴問。

「我不知道他的情況。我之前和他讀同一個補習班，把他視為唯一的競爭對手，然後他中途就不再來上課，我覺得很奇怪，於是在進了高中之後，就馬上向和他同一所中學的同學打聽……」

「那個同學就是我。我不打算仔細談論森下之後的情況，只能說一句話，那就是無法斷定他之後過著幸福的人生。我向來很討厭藉口或是推卸責任這種事，但仍然好幾次覺得，如果沒有遇到沙良，或許可以有不同的人生，而且也覺得當時其實是否也能夠拉他一把。」

逸夏咬著嘴唇。

「妳當時盡了很大的努力讓自己站起來，不可能有能力拯救他人。」

我聽了正隆的話也忍不住點頭，但逸夏悶悶不樂地搖了搖頭。

「不需要做什麼高難度的事，只要硬是把他拉去KTV，大聲唱一些歡快的歌曲，在間奏時一起說沙良的壞話就好，大聲嘶吼說，遇到那種人，就像是臉被蒼蠅叮到一下，直到喉嚨叫啞為止。」

逸夏一口氣喝完了葡萄酒，然後看著我說：

「我不知道長谷部……香香打算拍怎樣的電影，但我不希望她拍像媒體所報導的那種一個愛作夢、愛說謊的女生死在繭居族的哥哥手上的膚淺故事。我覺得沙良應該說了更大的謊言，我希望她可以深入挖掘。我太不自量力了，我這種小老百姓，哪有資格向大導演提什麼要求。」

逸夏嘿嘿笑著說她要去廁所……單手拿著放在牆邊的拐杖站了起來。

「對了，妳知道嗎？豐島園根本沒有摩天輪。」

說完，她步履穩健地走出像是隱身處的包廂，好像拐杖只是裝飾品。

「逸夏、的腿……」

我小聲嘀咕著向正隆確認。

「這已經不是臉被蒼蠅叮到而已，對不對？」

「我一直沒有察覺她的拐杖，還以為她目前在當體育老師。」

「她是英文老師，她從比現在更不良於行的時候開始，就申請去國外當交換學生，或是獨自去東京觀賞國外藝術家的現場演奏會……真尋，有時候正因為跨越了，人生才能夠有所收穫，不是嗎？」

「逸夏太了不起了。」

我用放在桌子中央的義大利千層麵所附的大湯匙舀了一勺，放在自己的盤子裡。

我想起姊姊除了培根蛋麵，也很愛吃千層麵。因為她很怕燙，所以每次都不停地吹氣。如果是吃眼前這盤已經冷掉的千層麵，應該就不需要吹了。

隔天下午，我想起忘了把東京帶來的伴手禮交給阿姨，於是去了神池家。我出門前告訴爸爸，爸爸要我把裝在保鮮盒裡的米糠醃製小黃瓜和茄子帶過去。據說爸爸平時吃的蔬菜都是芳江阿姨家屋後的農田種的，他們經常這樣交換食物。阿姨的皮膚對辣椒過敏，無法自己攪拌米糠醬，所以很愛爸爸的米糠醃製菜。

原本以為爸爸有點往自己臉上貼金，沒想到阿姨真的滿臉欣喜地接過保鮮盒，馬上打開蓋子，拿起小黃瓜咬了起來。我送去的伴手禮直接供在神桌前，不知道外公和各位祖先是否滿意這款紐約來的、夾了鮮奶油的餅乾。

阿姨說，正隆上午就離開，回東京去參加學會了。雖然我還有事想問正隆，但昨晚來不及問。逸夏去了廁所之後遲遲沒有回來，店員發現她在洗手臺前睡著了，於是正隆叫了計程車送她回家。

雖然我不瞭解逸夏平時的樣子，但也許需要借助不少酒精的力量，才有辦法說那些往事。

阿姨叫我順便帶蔬菜回去，於是我和她一起走去屋後的小農田。位在高地的這棟老房子可以俯視沉落的夕陽，讓我聯想到昨天聽說的佐倉奶奶家，情不自禁看向一樓和二樓接縫處的屋頂。

想像四腳朝天跌下來的衝擊，我忍不住閉上了眼睛。當我緩緩睜開眼睛，看向大海的方向，努力使心情平靜下來，在山腳下那片風景的角落，看到了一小片大海。

可以再稍微往上走幾步。正當我將視線移向山那一側時，阿姨走了回來，塑膠籃內裝滿了茄子和青椒。

「要不要去後山？」

阿姨也看向山的方向。

「想難得走去鐵塔看看，之前拍攝時太忙亂，甚至沒有拍一張照。姊姊可能很懷念那一片景色。」

「那裡是千穗喜愛的地方，對了……」

阿姨微微皺起眉頭。

「什麼？」

不知道為什麼，心臟一陣狂跳。

「喔，聽說去年的大雨把路沖垮了，妳小心點。」

「那今天就不去了。」

我今天穿了一雙包鞋。「茄子的紫色好漂亮。」我從阿姨手上接過籃子，阿姨也沒有鼓勵我去後山，我們討論著青椒能不能拿來用米糠來醃漬這些蔬菜的事。

來到停在庭院的車前，我再次俯視了城鎮。立石沙良的家在海邊，雖然得知了關於她的一些媒體沒有報導的事，但不知道為什麼，總覺得那不是長谷部導演想要瞭解的內容。

插曲 3

橫濱的祖父母家位在可以俯視大海的高地，無論是祖父母家，還是周圍的房子，無論是日式房子還是西式房子都有很高的圍牆，從馬路上可以看到掛了門牌的大門，卻看不到玄關的門。

祖父母家雖然比周圍的房子小，但那棟白色魚鱗圖案牆壁的洋房出現在溫泉町，應該可以稱為城堡。我住在二樓的邊間，房間內已經備妥了所有需要的物品。

白色的木床上鋪著重現白雪公主故事中六個場景的拼布床罩，那是奶奶親手製作的，奶奶得意地告訴我，這個床罩在去年橫濱市主辦的秋季藝術展上，還獲得了特別獎。

「我可以用嗎？」

「我就是想著寶貝孫女做的，沒想到妳真的有一天可以用到，簡直就像在作夢。」

奶奶摸著我的頭說。和床一樣的白色衣櫃、書架全都是新的，只有放在有一個很大景觀窗牆邊的書桌看起來是舊的。很有分量的棕色木桌上雖然有不少小傷痕，但比房間內任何家具擦得更亮，發出靜靜的光澤。

「這是裕貴，妳爸爸以前用的書桌，更早之前是爺爺用的，說起來，是我們家代代相傳的書桌。爺爺和爸爸都在這張書桌前讀書，然後變得很有成就。小香，我覺得妳很聰明，只要坐在那張書桌前用功，一定可以變得更聰明。」

原本看到爸爸以前使用的東西，忍不住感到興奮，奶奶這番話讓我覺得好像被一盆加了冰塊的冷水潑在臉上。奶奶並沒有像媽媽一樣逼我讀書，而且她面帶微笑，語氣也很柔和，但我覺得奶奶散發出某些比媽媽的聲音更沉重的東西壓在我身上。

而且這也是第一次聽到家人叫我「小香」。

不知道奶奶是不是事先向溫泉町的外婆打聽了我的尺寸，衣櫃裡已經準備了新衣服和新的內衣褲，衣架上掛著像是制服的衣服，深藍色的西裝外套、白襯衫和深藍色百褶裙褲。襯衫領子上掛著綠色領帶，掛在衣櫃門內側鉤子上的帽子也是深藍色。

雖然看起來像是私立貴族學校的制服，但我就讀的是離家最近的公立小學。

並不是全國的公立小學都千篇一律。雖然我當時的年紀無法說出那樣的話，但我覺得那套制服代表這裡是比笹塚町和溫泉町更富足的地方。我看到衣架上方有一個發出黑光的皮革製品，那並不是書包，而是背包。

「妳不用擔心，這裡的小學無論男生還是女生都背這種學校指定的背包，我原本以為全國的小學都一樣，所以在車站看到妳背著粉紅色的書包時很驚訝。這樣遠看就知道妳還在讀小學，等於讓那些變態知道妳住在哪裡。」

奶奶的身體誇張地抖了一下，關上了衣櫃的門，然後打開了書桌的抽屜。抽屜裡的文具很齊全，非但不是可愛的圖案，甚至連顏色也不鮮豔，以淡棕色為基調的筆盒和鉛筆看起來像是大人的用品。

我以為這也是學校指定的，忍不住想像著教室的課桌上都放著樸素的文具，只不過第一天上學，就知道那是奶奶的喜好，但沒有同學調侃或是揶揄這些文具太樸素，反而有人羨慕地問我，這是不是某某牌的文具？說了一個我從來沒聽過的外國名牌名字。

溫泉町寄來的行李雖然不多，但除了幾本書以外，幾乎全都丟掉了。奶奶反而要我留下一些東西當作紀念，她提議說，書包放在女孩子的房間作為裝飾不是很可愛嗎？但我搖了搖頭。

雖然在整理行李時我並沒有多想，但來到新的地方之後，突然覺得只要和那裡有關聯的東西繼續留在身邊，我就會繼續思考和媽媽之間的事，內心不由得產生了不安。我絕對沒有想忘記媽媽，甚至帶著有一絲期待媽媽會想我。

如果奶奶拿去當垃圾丟掉，或許可以讓我有如釋重負的感覺，但奶奶雙眼發亮地看著書包說，可以捐給那些不幸的孩子時，薄薄隔板另一端的那隻手清晰地浮現在腦海。我非常討厭這樣的自己。

但是，我那時候有所謂的優越感，或是看不起別人的感覺嗎？會不會只是覺得和她之間的距離越來越遠，內心覺得有點感傷而已？

否定目前的自己，固然是為了面對真實的自己，但我是不是把過去的自己也變成了卑鄙小人？這或許也沒什麼不好，因為我自認曾經純潔的自己，或許在別人眼中就是一個卑鄙小人。

相反地，我應該意識到自己從那個時候開始，眼神中就已經充滿了蔑視，只是為這種蔑視蓋上了名為同情的薄紗。

雖然奶奶家看起來就像是應該有幫傭的家庭，但只有清潔公司的人定期上門打掃，基本上都是奶奶張羅家裡的家事。

我到奶奶家那一天晚餐吃了俄羅斯酸奶牛肉。那是爸爸最愛的一道菜，以前住在笹塚町時，媽媽有時候也會煮，和奶奶做的看起來很像，味道卻完全不一樣。奶奶得意地告訴我，因為爺爺在貿易公司上班的關係，認識很多外國朋友，她會做世界各地的主要料理，所以我猜想奶奶做的更加正宗。

爸爸和我都很愛吃媽媽做的俄羅斯酸奶牛肉，不知道媽媽有沒有吃過奶奶做的俄羅斯酸奶牛肉，也不知道媽媽有沒有來過這個家。

雖然我腦海中浮現了這些疑問，但我不敢問奶奶。

因為奶奶覺得媽媽逼死了爸爸。我記得是在爸爸葬禮的時候，聽到奶奶這麼說。當時我暗想，明明是意外墜海，真希望媽媽沒有聽到奶奶這句話，所以就偷瞄了在稍微前面的媽媽臉上的表情，但無法從媽媽早就蒼白的臉上看到任何變化。

如果是普通的孩子，聽到奶奶說媽媽的壞話，或許會產生嫌惡感，我當然也感到不舒服，但我發現自己更冷靜地覺得，爸爸無法完成媽媽給他的難題，所以媽媽才會生氣。雖然爸爸沒有被媽媽關去陽臺上，但搞不好受到了更嚴厲的處罰。

可能爸爸承受不了這種處罰。當我想到這裡的時候，突然覺得手背很溫暖。如果沒有那個女生，我或許也早就撐不下去了。想到這裡，就覺得她像是我的救命恩人，事過境遷，在爸爸出生、長大的家裡想到爸爸的時候，這種想法就越來越強烈。

爺爺退休之後，繼續在關係企業擔任顧問，所以在家的時間很短，週末也經常去打高爾夫，我搬去祖父母家半個月之後，才終於有機會和爺爺好好聊天。不知道爺爺原本就很寡言，還是只是不和我聊天，奶奶說爺爺只是很害羞，不知道該怎麼和我相處。

一個下雨的週末午後，奶奶不在家，爺爺主動和我說話。奶奶出門前滿臉歉意地對我說，在我搬去他們家之前，她就買了舞臺劇的票，和朋友約好要一起去看舞臺劇。

奶奶出門前為爺爺和我準備了午餐吃的三明治，爺爺在為自己煮咖啡時問我要不要喝，然後為我倒了一杯加了很多牛奶的歐蕾咖啡。爸爸雖然長得比較像奶奶，但當爺爺把杯子放在我面前時，他的手讓我想到爸爸，忍不住熱淚盈眶。

爺爺可能誤以為我想家了。

「香香，妳喜歡看電影嗎？」

爺爺叫我「香香」。爺爺吃完午餐後問我，我回答說：「喜歡。」他就叫我跟他走，然後帶我來到二樓，來到和我房間相反位置的房間。我第一次踏進這個家門的那一天，奶奶帶我參觀了家裡所有的房間，當時只說這個房間是儲藏室，然後就走了過去。但那個房間並沒有鎖門。

我跟著爺爺走進那個房間，「啊！」地倒吸了一口氣，忘了把氣吐出來，環視了所有的牆壁。四面牆壁中的其中一面放了一臺大電視，房間中央放了一張三人坐的皮沙發面對電視，其他三面牆都是高達天花板的木櫃，櫃子門內放滿了錄影帶，還有電影簡介和電影雜誌。

「這是我們的家庭劇院，雖然可以把電視移去角落，然後用投影機放在牆上，但之前都是由妳爸爸負責操作，爺爺還沒有學會。下次爺爺會看一下說明書，今天就先看電視。」

爺爺雖然一臉歉意，但即使是放在客廳的那臺電視，也是我至今為止的人生中看到的最大電視，那個房間裡的電視更是在家電量販店也沒有看過的超大螢幕，甚至根本不知道該不該稱為電視。

「也有小孩子看的動畫影片，妳可以隨便挑選妳喜歡的。」

「爸爸喜歡的是哪一部電影？」

爺爺幾乎毫不猶豫地拿出了《星際大戰》的錄影帶，而且告訴我，那是爸爸第一次去電影院看的電影。

「那我要看這部。」

「不看動畫影片嗎？」

我搖頭回答了爺爺的問題，爺爺對我說：「妳看清楚了，下次可以自己操作。」打開了電視的蓋子，把錄影帶放進去後，開始操作遙控器。

故事一開始，我就深受吸引，很快看得入了迷，是因為我聽說這是爸爸喜愛的作品嗎？不，即使事前沒有聽說，我相信也會看得入迷。

但我發現坐在旁邊和我一起看的爺爺眼眶中也含著淚水，我很快就知道，並不是因為電影情節的關係。

那天之後，我每天放學回家都會看一部電影。奶奶雖然會提醒我，記得房間要開燈，否則視力會受到影響，但從來沒有說過不可以每天都看。在我看完電影，坐在餐桌前吃晚餐時，奶奶會仔細問我功課和學校發生的事，卻從來不過問電影的事，即使我沒有擦掉感動的淚水走進客廳時也一樣。

不能在奶奶面前提電影這兩個字。我這麼告訴自己，所以從來沒有央求奶奶帶我去看電影，不知道是否基於補償心理，還是奶奶原本就喜歡，她經常帶我去看舞臺劇和音樂劇，爺爺有空的時候，我們就三個人一起去。

我穿上比平時漂亮的衣服，坐上來接我們的計程車駛下坡道。在劇場時，爺爺、奶奶會在中場休息時喝咖啡，為我點可可亞。看完之後，都會去固定的西餐廳提前吃晚餐。爺爺和奶奶都點漢堡排，他們從來沒有特別吩咐餐廳，但爺爺的漢堡排總是淋了多蜜醬汁，奶奶的總是淋上白醬。

我每次都點奶奶推薦的漢堡排蛋包飯，上面淋的是多蜜醬汁，奶奶都會切一塊她的漢堡排放在我的蛋包飯旁，我也切下自己的一塊漢堡排放在奶奶的餐盤上。

點一盤飯後甜點的可麗餅時，服務生就會把裝了三片折成四折的可麗餅送上來。夾了特製卡士達醬的可麗餅就已經夠好吃了，奶奶露出一臉以後還有更好吃的表情笑著說：「小香，等妳長大了，再請他們做烈焰可麗餅。」

然後，我們再一起搭計程車回家。天黑的時候，我們三個人在家門前仰望星空；如果天色還沒有完全黑，我們就看大海。海上總是有雲，無法看到太陽最後沉落的樣子。

笹塚町的空氣也許比較乾淨。我好不容易覺得那裡的價值稍微提升了一些，結果不出一個月，就看到了完美的夕陽。那一次，我第一次真實體會到這裡看到的大海和笹塚町的大海連在一起，然後忍不住想——

爸爸最後追求的，是不是從這裡看到的風景？

我穿著漂亮制服就讀的那所小學，學校的設備也完善得和溫泉町的小學無法相提並論。雖然上的課和課本都相差無幾，但上課的內容完全不一樣，尤其重視電腦的使用，所有學生都有一臺電腦，即使在課間休息和放學後，也可以自由使用圖書室內的電腦。

但我並沒有積極使用電腦，因為我對遊戲沒有興趣，也不想學會不看鍵盤打字的能力，有時間看這麼小的螢幕，還不如用家裡的大螢幕沉浸在故事的世界裡。

即使升上了新的學年，這種想法和生活方式都沒有太大的改變。上網時，也都只輸入像是二期稻作和豐臣秀吉之類這些老師指定的文字。

我記得那是在四年級的時候，在電腦教室時，每個學生面前都有一臺桌上型電腦，打開電腦後，老師說：

「今天請各位同學上網查自己最想知道的事，然後寫在作業簿上交給老師。」

有人立刻說出了自己喜愛的偶像團體名字，也有同學說了運動選手的名字。不光是人物而已，還有如何製作泡芙、成為配音演員的方法、如何才能跑得快……

我覺得只有自己閉著嘴巴沒有說話。我並不是內向，當時已經結交了朋友，雖然沒有當上班級幹部，但被選為校園環境美化委員這種不時需要站在眾人面前的幹部。

我也有喜歡的事，但沒有想知道的事。我必須忘記像是爸爸的死因、媽媽的想法這些事，才能平靜地過日子。難道是這種自我防衛本能很自然地發揮了作用，所以妨礙了我大腦產生想要瞭解什麼的欲求嗎？

如果只是在課堂上自由發表，我不需要絞盡腦汁思考自己想知道的事，但既然要寫在作業簿上，情況當然就不一樣了。

我想知道什麼事？我想知道電腦中有答案的什麼事？

越是苦思冥想，腦筋越是一片空白，於是我覺得查自己喜歡的事應該也可以。既然這樣，那就查電影。正當我打算查迪士尼動畫的最新作品時，聽到用鉛筆寫字的聲音。抬頭往旁邊一看，平時無論寫漢字和算術都比我慢的男生看著電腦螢幕，正在把上面的內容抄在作業簿上。

「你在查什麼？」

「人生最後的晚餐。爸爸有時候買回來的雜誌上有這個專欄，介紹藝人和名人在死前想吃的一道菜，如果是手工製作的菜，就會同時介紹食材和製作方法。上次我看到上面介紹一道很好吃的咖哩，原本想叫媽媽做，但爸爸上班時把雜誌帶出門，然後就丟掉了。」

螢幕上的咖哩飯照片中沒有馬鈴薯和胡蘿蔔，只有大塊牛肉，看起來的確很好吃，我也有點想把食譜抄下來。但那個男生似乎對其他菜色也很有興趣，很快又換成了另一週的報導內容。

「俄羅斯酸奶牛肉是什麼？長谷部，妳吃過嗎？」

「有啊，有時候晚餐就吃俄羅斯酸奶牛肉。」

「哇，好厲害，那我不要咖哩，讓我媽媽做這個給我吃。」

聽到他這麼說時，好像突然有一股電流貫穿我的背脊。

爸爸在人生的最後，有沒有想吃奶奶做的俄羅斯酸奶牛肉？不，不是這個，不是這個，爸爸更喜歡的東西。是電影。爸爸那天出門時說要去看電影。我覺得爸爸應該沒有說謊。既然這樣，既然這樣，既然這樣……

爸爸在人生最後看的是什麼電影？

我在電腦中輸入了「笹塚町」、「電影院」這些文字，然後按下了搜尋鍵。我無法像身旁的男生一樣，立刻找到想看的網頁。在輸入爸爸忌日的日期時，覺得心臟好像被用力揪緊，而且感到反胃。如果那節課是在中午吃完營養午餐之後，我可能會當場吐出來。

既然這麼不舒服，還是查迪士尼的新電影就好。因為我想在完全不瞭解劇情的情況下看新電影，所以都不看爺爺訂閱的電影雜誌，但爺爺之前曾經說，電影中有些細節的安排只有事先做足功課的人才能夠發現。到底查什麼比較好呢？

雖然為了逃離不安，我想到了其他想知道的事，但我仍然決定向原本的目的挺進。迪士尼的動畫也可以回家再查，和爺爺一起用他的電腦查，一定會很開心。奶奶雖然避談電影的話題，但她喜歡可以成為拼布素材的童話故事，也許會一起加入討論。

但是，我現在調查的事絕對不能在家提起，也不可以在電腦上留下搜尋紀錄。

然後，我查到爸爸曾經帶我去過的笹塚町的影城，在那一天重新上映了《星際大戰系列》三部曲。

不知道該說很驚人，還是該說不意外，其實不需要帶著這麼痛苦的心情調查，只要稍微想一下，應該不難想像。我在吐了一口氣，放鬆了肩膀力氣的同時，淚水也流了下來。

旁邊的男生正在抄寫芙蓉蟹肉炒飯的食譜，我用上衣袖子偷偷擦了眼淚，在電腦中輸入了「迪士尼動畫」、「電影新作品」，在作業簿上抄寫了令人興奮的最新消息。

只有我一個人知道爸爸最後看的作品就好。

雖然我一度想告訴爺爺，但在葬禮時，已經有人告訴爺爺，爸爸出門前說要去看電影，所以我覺得爺爺早就猜到了，所以那時候他沒有給我看動畫電影，而是拿出那部作品的錄影帶給我。

所以，我也決定不說自己找到的答案。

雖然我並不是真的這麼想，但如果爸爸知道自己喜歡的作品並沒有完結，三十年後又拍了續篇，也許那天就會回家了。

也許為了這份期待，他會想留在這個世界繼續努力。

我希望可以相信，電影有這種力量。這是我的願望。

第三章

「姊姊，我也許真的想家了。今天早上醒來的瞬間，突然想吃剛煮好的飯，和爸爸醃的米糠醃菜。這件事絕對不可以說出去。」

上次走進「卡儂」時，只覺得是一家充滿昭和味的老咖啡店，今天第二次踏進這裡，覺得店裡的一切好像是電影布景，是因為第二次踏進這裡之前，曾經去了真正的昭和咖啡店的關係嗎？

從笹塚町回來的那天早上，爸爸送我去車站時，我們一起吃了早餐。爸爸說，自從他愛上做米糠醃菜後，每天早上都吃米飯，突然想吃麵包。我問他這個城鎮有這麼早開始營業的咖啡廳嗎？爸爸用有點受不了的語氣回答說，以前就有了。

——只不過不是咖啡廳，而是咖啡店。

把車子停在據說以前這裡反而比較熱鬧的車站東側出口，爸爸熟門熟路地走向靜悄悄的商店街，就在連結商店街和車站的T字路口的角落，爸爸以前也曾經帶我來過一次的電影院所在的那棟大樓，但電影院在我小學三年級時就已經倒閉了。

因為城鎮上有影城，所以我並不記得當時為這件事感到惋惜。

那棟大樓通往地下樓層的階梯就在路旁，爸爸沿著階梯下了樓，內側黏了昆蟲屍體的立地招牌上寫著「影院」三個字。爸爸推開木門，響起了叮鈴噹啷的鈴聲，一股濃郁的咖啡香氣飄來。胭脂色天鵝絨上有玫瑰圖案的座椅，讓我想起家裡那架鋼琴最初的鋼琴套。

那家咖啡店非但沒有焦糖瑪琪朵，連歐蕾咖啡也沒有，也許是因為這個原因，爸爸才沒有在我小時候帶我來過。長大之後的我，看到咖啡在吧檯上的虹吸式咖啡壺內沸騰的樣子，就會情不自禁想要喝一杯。爸爸點了兩份早餐套餐。

吐司、白煮蛋和涼拌高麗菜沙拉，外加一杯咖啡。厚片吐司上抹了薄薄的奶油。

雖然那家咖啡店在這麼偏僻的角落，但店內坐滿了和爸爸同年代的男人。

如果一大早來這家咖啡店，這裡也會像「影院」咖啡店一樣，有許多老主顧嗎？但是，正因為這家店沒有那種對其他人產生興趣，不會抓著陌生人聊前一天看的職棒比賽感想的人，才適合開會談事情。

所以，我幾乎能夠把逸夏告訴我的關於立石沙良的事，原封不動地轉述給長谷部香導演聽。在說話的過程中，我加點了三杯冰咖啡，但導演一口都沒喝她一開始點的熱咖啡。

我作好了跪求的心理準備，打電話給她，希望她可以再見一面，沒想到她一口答應，說她也覺得自己沒把事情說清楚。

在我說話時，導演那雙像女明星般的大眼睛目不轉睛地看著我，說到沙良習慣性說謊被人發現時，簡直覺得就像在坦承我對導演說謊，忍不住垂下雙眼，之後就一直看著導演面前的杯子說話。

我之所以會有這種愧疚的感覺，並不是因為把自己和沙良產生了連結，而是覺得導演用責備的眼神在問：「不會吧？」好像在用念力告訴我，她不會相信這種捏造出來的故事。

說完之後，當我戰戰兢兢地抬起雙眼時，她那雙眼睛仍然注視著我。我想要找理由逃避她的視線，於是為所有人加點了熱咖啡。

導演既沒有說她不要，也沒有說謝謝，始終默默不語地注視著我，但這次即使我看向她，我們的視線也沒有交集。

我和導演之間應該出現了一道銀幕，導演注視著那道銀幕。她在銀幕上看到了沙良嗎？還是放完影片後的空白狀態？我想起大學時代的一位朋友，去看電影時，影片已經演完，電影院內的燈也亮了，但她仍然坐在座位上發呆。導演似乎也陷入了這種狀態。

那個同學在那種狀態時，很討厭別人叫她。她說感覺就像在肥皂泡內悠然地漂浮，卻一下子被人戳破了泡泡。導演……雖然看起來不像是在漂浮，但我還是不敢叫她。

「香香，真尋說的都是事實。」

坐在我旁邊始終不發一語的正隆開了口。導演好像如夢初醒般抖了一下肩膀，眨了眨眼睛。

「但我內心的沙良，並不是這樣的人。」

導演用語尾幾乎聽不到的聲音說。

「逸夏不是會對自己的遭遇添油加醋的人，真尋說的情況幾乎還原了逸夏說的完整內容，沒有加入個人的詮釋，也沒有遺漏。我原本打算看有什麼需要協助，但完全沒有需要更正或是補充的內容。」

「但是……」

導演沒有說下去，但仍然一臉難以接受的表情。如果正隆不在場，導演也會表現出相同的態度嗎？會不會說「我不相信」，然後拂袖而去？

這並不是少數服從多數，而是信賴的問題。

我主動聯繫了為了出席學會，搶先一步回到東京的正隆。我在飛回羽田的飛機上茫然回想著在笹塚町度過的四天時光，突然想到了一句令人在意的話。

當我提到搞不懂導演為什麼突然對十五年前的事件產生興趣時，正隆曾經說，她是不是知道那件事？我因為想知道是什麼事，所以提出在法事之後單獨見面聊一聊，但逸夏說的事情太震撼，結果就把這件事忘得精光了。

也許逸夏說的話中已經包含了這件事。我就像把錄音帶倒帶一樣，回想了在葡萄酒酒吧發生的一切，但覺得似乎並沒有任何話牽涉到「那件事」。

我傳了電子郵件給正隆，說將要和導演再次見面，他能不能在回波士頓之前抽空和我見面？正隆似乎也發現還沒有和我談「那件事」，但故弄玄虛地提出了條件。

讓我和長谷部香見面。

我和她從幼兒園畢業之後就沒再見過。雖然正隆說得好像和她很熟，但我覺得只是正隆的記憶力特別好，而且導演以前就很漂亮，導演應該根本不記得有正隆這號人物，一定覺得很困擾。

以前每次看到劇作家或原著作者帶著親戚來拍攝現場，那個親戚一副自來熟的態度向女星搭訕，我就忍不住在心裡翻白眼，覺得自己絕對不要成為那種人，沒想到現在竟然做同樣的事。

但我還是很想知道「那件事」到底是什麼事，所以很希望導演能夠拒絕，沒想到在傳了電子郵件給導演之後，導演竟然說，她也很想和正隆見面。

原本以為這只是場面話，我和正隆約在車站見面，一起走進咖啡店，正打算帶著滿滿的歉意把正隆介紹給導演，我還來不及開口，他們就叫著彼此的名字，露出了親切的笑容。

導演叫正隆「活年曆」，簡單扼要地告訴我，當年正隆曾經告訴她一百年份的生日在星期幾。我身為正隆的表妹，當然知道很多關於正隆的天才故事，如果是沒有血緣的外人，或許只會稱讚一句「好厲害」，但當年年幼無知的我，不知道個人能力竟然會這麼大差異，每次聽到他的天才故事，就會為自己無法做到相同的事感到悲哀。姊姊的鋼琴也讓我有同樣的感覺。

正隆一個勁地稱讚導演的美貌，問她為什麼沒有當上女明星。我相信很多人聽到這種話都會很高興，但導演只是笑而不答，看起來並不感到高興。很謝謝你還記得我，但很希望是因為其他的事對我印象深刻。我猜想這應該是她的心聲。

即使我和他們同年，也讀同一個幼兒園，我相信他們都不會記得我。

無論如何，多虧導演記得正隆是個聰明人，為從逸夏那裡聽說有關立石沙良的話增加了可信度，所以得感謝正隆今天也在場。

即使如此，導演仍然露出了不滿的表情。

「我說香香啊，如果時間允許，可不可以把妳瞭解的立石沙良告訴我？如果可以從中看到不同的沙良，即使無法改變沙良對逸夏做的事，但或許可以改變對沙良這個人的看法。」

「我也很想知道。」

我慌忙鞠躬，但不小心太用力，額頭撞到了桌子。我為什麼沒有想到這一點？我甚至告訴導演，逸夏走路有點瘸，但她仍然露出難以接受的表情，顯然她和沙良之間曾經發生了能夠超越這些事的故事。

「我對、沙良的瞭解、並沒有那麼深入……」

導演低著頭，吞吞吐吐地說，讓我有一種「到了這個節骨眼，妳還在說這種話？」的感覺。

「妳聽了我剛才說的內容，露出了那麼失望的表情，所以妳希望從笹塚町聽到怎樣的故事？也許根本不需要沙良的真面目，反正是劇情片，根本不需要採訪，妳只要拍出妳心目中沙良的理想形象就好了。」

「是啊，對不起。」

導演垂著頭，眼淚好像隨時會滴下來。搞什麼啊？我忍不住火大。內心的不滿差一點繼續噴出來。

「香香，即使不是像剛才說的那麼長的故事也無妨，可不可以稍微說一下妳所瞭解的立石沙良？」

正隆沒有理會我，溫柔地對導演說。不是幫自家人說好話，我知道正隆雖然喜歡美女，但認定他不是那種會被幾滴眼淚影響的人，我顯然看走眼了。

「好，真的只是微不足道的事……」

導演開了口，應該並不是只有我看到她身後的那塊隔板——在椅背和後方座位之間隔板的褐色板上看到了一片星空。

如果媽媽對寫習題集的成績不滿意，就會被關去陽臺上。我首先對笹塚町有這樣的幼兒園小孩感到驚訝。兩歲就會背九九乘法表、可以記住一百年份年曆的正隆很特別，大人都說他是神童，但在我和附近小孩的眼中，他根本就是外星人。

我這個普通地球人上了小學之後才開始學九九乘法表和寫漢字，而且九九乘法表還遲遲背不起來，每背完一行，爸爸都給我一百圓，當初一下子就背完的姊姊還很羨慕我，讓我覺得笨人比較占便宜。

我至今為止從來沒有想過會有小孩因為無法做到特別的事，會被父母趕去陽臺這種事。我當然曾經多次看過虐待兒童的新聞報導，知道有小孩子被丟棄在這種地方，但一直以為會做這種事的父母都是沒受過教育的人。

我家雖然沒有陽臺，但如果被趕出家門，站在一片漆黑中，不知道會是怎樣的心情？我一定會放聲大哭，但是，哭是為了向他人求救，如果無法指望有人會來救自己，會連哭的力氣也奪走嗎？

即使這樣，可能還是會在內心大聲吶喊。救命、救命。這種時候，如果有人向我伸出手，如果用指尖向對方打暗號，如果有相互激勵的對象出現……

那個人對我來說，不就是救命恩人嗎？

「對不起。」我向導演深深鞠躬道歉。導演一臉驚訝地眨著眼睛問：

「為什麼？」

「因為我沒想到對妳來說，立石沙良，不，沙良對妳來說是這麼重要的人。如果知道了，剛才那麼過分的話……」

「妳就不會說嗎？」

正隆插嘴問。

「不，應該還是會說明打聽到的情況……如果在和逸夏見面之前聽說了這些事，就會在說之前打一聲招呼，雖然和導演口中得知的沙良形象不太相符。」

「也對，而且在妳說完之後，發現香香的反應不如妳的預期，也不至於抓狂。」

「我哪有抓狂？算了……我就是為這件事道歉。」

「沒關係，我也差不多，沒有聽到自己想聽的故事，不滿完全寫在臉上，表現在態度上。我明知道至今為止，自己的這種態度傷害了很多人，所以我也要對妳說聲對不起。」

導演再度眼眶濕潤。這種尷尬的氣氛持續，就會完全覺得是自己的錯，就像班會上一些微不足道的事漸漸發展成不可收拾的大事一樣。這種時候，最好的方法就是乾脆豁出去。

「那就各打五十大板。比起這件事，我們還是思考一下要如何解釋沙良這個人。我個人認為，沙良應該也是因為功課或是其他方面無法遵守大人的規定，所以才會被關在陽臺上。雖然隔著隔板，還是稱為防火牆？雖然隔著牆，但知道有同伴時，精神上還有辦法撐下去，之後只剩下她孤單一人，如果那種懲罰仍然持續，為了避免遭到懲罰，可能就會想出各種藉口。像是頭很痛；在幼兒園和學校被人欺負，所以無法專心；原本考了一百分，但考卷被人偷走了。在一次又一次說謊之後，說謊就變成了理所當然的事。」

難道只有我在說出假設或故事之後，就會覺得自己親眼目睹了這些景象？就好像即使外遇，但當事人大喊「我沒有外遇」，就會覺得冤枉了當事人，那些動不動就能流眼淚的人應該也一樣。

一定是因為坐在對面的聽眾用力點頭，才會讓言語創造出來的景象會以比正常更快的速度增色。

「是啊，點和點相比，會覺得有巨大的落差，但相隔了十年的時間，一個人會變成怎樣都不足為奇。沙良會習慣性說謊這件事或許是事實，雖然不知道是不是因為這個原因被她哥哥殺害，但如果她因為長期遭到虐待，導致她習慣性說謊，我打算先針對這一點展開調查。」

「有道理。即使是相同內容的事件，用不同的方式描述被害人，會讓整起事件呈現出完全不同的樣子。」

立石沙良到底是怎樣一個人？當不同的人進行描述時，對沙良的看法也會不一樣。這就像萬花筒，只要稍微挪動一下，整個世界就會完全改變。我覺得有一種躍躍欲試的感覺。太有意思了。我想寫這個故事。第一幕就是……

「我可以插一句話嗎？」

正隆又插了嘴。現在已經不需要他幫忙了。

「雖然我不會否定真尋的假設，但我認為立石沙良是那些非比尋常的天才殺手。」

「什麼意思？」

「也許可以說從摧毀天才中感到快感的人。不是有些人明明很平庸，卻誤以為自己是天之驕子嗎？用這種自我催眠的方式付出努力的階段問題還不大，但一旦無法得到認同，或是發現自己根本沒有才華時，就會對自己周圍的天才產生莫名的嫉妒，千方百計想要摧毀他們。」

「網路上經常有這種人，但現實生活中有這種人嗎？所以沙良不僅習慣性說謊，一開始就是為了傷害高材生森下和以少年奧運為目標的逸夏而說謊嗎？」

「我這麼認為，平凡的佐倉就沒有受到任何傷害。」

「那是因為他發現了沙良習慣性說謊吧？而且聽了導演剛才說的話，更無法同意你說的。為了設法躲避虐待而說謊的孩子，會因為某種契機變得那麼惡劣嗎？我只有在小說和電影中看過這種心理變態的人，這種人不都是天生的嗎？」

導演聽了我的問題也用力點頭，為我壯了膽。她原本就不想承認沙良有習慣性說謊的問題，現在暗示沙良是更邪惡的人，即使是出自正隆之口，她應該也無法接受。

「所以，我想問一個問題。」

正隆沒有看我，而是看著導演問。

「妳確定在陽臺防火牆另一端的是沙良嗎？」

什麼意思？到底是我自己產生了這樣的疑問，還是因為導演露出了這樣的眼神，我才會浮現這個疑問。雖然我的眼睛只有導演的一半，但我們用相同的眼神看著正隆。

「如果家庭成員和案發當時一樣，立石家應該還有另一個小孩。」

「你是說沙良的、哥哥？」

導演小聲嘀咕。

「等一下，她哥哥不是比她大三歲嗎？而且是男生，即使只看到手而已，應該也會知道並不是和自己同年的女童吧？」

雖然我這麼反駁，但在我的記憶中，並沒有對幼兒園男童的手的印象，應該是年紀稍長之後，才開始意識到男生的手比較大、比較粗糙。

「香香，妳當時是因為不會做習題，所以被關到陽臺上，對嗎？」
「你說話太傷人了，你的意思是說，如果換成是你，就不會遇到這種事了嗎？」
「不要用自己的想法把我想成惹人討厭的傢伙，如果大人要我玩樂器達到某種程度，我應該也會每天晚上被關在外面。父母通常都只看小孩的缺點，即使自己的孩子有多大的優點，只要看到有不如其他小孩的地方，就會要求自家孩子也達到相同的標準。每次哼歌就聽到大人說，不知道千穗的音感是遺傳誰，久而久之，即使在洗澡的時候也不想哼歌了，只能嘀嘀咕咕背國家的名字和首都的名字。唉，真是夠了。」
正隆一口氣喝完杯子裡的咖啡。
「我想說的是，隔壁那個小孩可能不是因為不會做習題這種原因被關在陽臺上，而是更容易想到的虐待。比方說，不給予兒童食物的放棄育兒。不是經常可以在虐待兒童的新聞中，聽到把小孩子關在陽臺上，導致孩子凍死，結果發現那個孩子的體重只有同年齡孩子的一半嗎？如果沙良屬於這種情況，香香可能就不會覺得那個孩子和自己同年。」
「我看到的沙良……她笑起來很可愛，從托兒所回來時，頭上綁了一個很大的蝴蝶結，雖然個子有點矮，但看起來不像受到虐待。因為我也不覺得自己遭到了虐待，所以也就沒有對你剛才說的事產生疑問，但我記得當時有點意外，原來在隔板……防火牆的另一端的是這麼開朗的女生，但沒想過是男生……」
導演抱著手臂，注視著桌上的一點，看起來像在拚命尋找記憶中遍尋不著的立石沙良哥哥的身影。我的記憶中……

「貓將軍是怎樣的人？」

我情不自禁嘀咕，正隆和導演都訝異地看著我。

「那是誰？」

如果是導演這麼問也就罷了，沒想到和沙良同年，而且和她哥哥相差三歲，當時也住在那裡的正隆竟然會問我這個問題。

「咦？大家不是都這麼叫他嗎？那是在事件發生之前，我還讀小學的時候，大家都叫她哥哥貓將軍。好像是我四年級還是五年級的時候，同組的男生說他表哥家附近的公園有一個很可疑的人，在公園裡玩的小孩子差不多都回家，傍晚之後的時間，他會一個人晃進公園。雖然看起來像高中生，但好像沒去上學，一隻手上總是拿著像幼兒園的小孩拿的那種貓咪圖案的束口袋。雖然沒有人看過束口袋裡裝了什麼，但只要那個人去公園，就有差不多十隻左右的野貓一下子不知道從哪裡冒出來，所以我同學說，束口袋裡可能裝了貓飼料。公園後方有一個位在高地上的涼亭，那個人會走去涼亭，貓也都會跟在他後面，那種景象就像是將軍大人帶著家臣，所以就幫他取了這個綽號，我記得是這樣。」

「真尋，妳親眼看過嗎？」

「只看過一次。因為同組的同學說想看，所以大家就說一起去，我記得總共有四個人。因為是在小學的學區外，當時先回家一趟，騎了腳踏車在某家店前集合後一起去。當時感覺像是要去探險。在天黑之前，我們在公園裡玩足球，結果貓將軍就出現了。」

「喔？他看起來怎麼樣？」

「頭髮很長，個子滿高的，但骨瘦如柴，好像穿了T恤和棉長褲，但無論衣服和褲子都鬆垮垮。他的長相有點記不清楚了，野貓看到他之後，真的從花圃的樹叢後面走出來，所以我的注意力就被貓吸引了。雖然已經亮起了路燈，但還是有點暗，而且……」

「發生了什麼狀況嗎？」

「雖然為他取了貓將軍這麼可愛的綽號，但他終究有點怪怪的，不是嗎？所以我們就躲在噴水池後面看他，結果有人不小心踢到了放在腳下的足球，足球滾向貓將軍的方向，貓逃走了……結果就被瞪了。」

「被貓將軍嗎？」

「對，他突然轉過頭，我們都嚇壞了，而且又很害怕，所以拔腿就逃，我記得連足球都沒有去撿回來。因為跑得太快，我還差點吐了。」

我拿起冰塊早就溶化的水喝了一大口，好像要彌補當時的心情，結果不小心嗆到了。我用小毛巾擦著嘴，正隆輕輕拍我的背。我忍不住想，你以為自己是我哥嗎？

「雖然逃走了，後來想到腳踏車還停在公園門口旁，所以又回到了公園，但沒有看到貓將軍，他也沒有來追我們。我們騎著腳踏車回家，結果聽到有人迎面叫我的名字，我嚇壞了。原來是姊姊騎著腳踏車準備去車站，因為她都去鄰町的鋼琴教室上課，我鬆了一口氣，忍不住哭了起來。姊姊那天就蹺了課，陪我一起回家了，我很高興，其他同學也都很羨慕我，但我媽媽很生氣。因為我們當時並不知道姊姊一堂課要花多少錢。」

「那個、貓將軍的事……」

導演插嘴問。她滿臉歉意地看著我。

「對，貓將軍。反正他超瘦，而且看起來也真的有點怪怪的，如果說他從小受到虐待，也完全不覺得意外。」

「所以，這意味著在防火牆另一側的不是沙良，而是她哥哥立石力輝斗的可能性很高嗎？」

導演看起來有點不知所措。這也很正常，因為一個簡單的假設不可能推翻相信了半輩子的事。

「我認為是這樣。」

正隆斷言道。我從小就不自量力地喜歡反對這個討厭的表哥說的所有話，即使他今天幫了我，我還是忍不住脫口反駁說：

「如果從小遭到虐待，不是可以因為對人格形成造成影響之類的理由，避免被判死刑嗎？在審理這起案子時，沒有針對他的責任能力進行診斷嗎？」

週刊雜誌以譁眾取寵的方式報導了沙良的事，但只提到她哥哥力輝斗是繭居族，照理說應該有人會談起貓將軍的事。

「喔喔，搖身一變成為法律專家了。」

正隆調侃道。

「我也覺得很奇怪，力輝斗完全沒有反省，在法庭上也一直說他想死。」

導演也為我助陣。她內心還是希望防火牆另一端是沙良。

「是嗎？原來香香也不知道。」

正隆用力吸了一口氣。對了，差一點又忘了問他那件事。

「既然是這麼重要的事，你就趕快說啊。」

即使我在一旁插嘴，正隆也沒有正眼看我。他似乎發現自己有某些誤會，正在思考要如何修正。

「當初是明神谷源之助醫生負責立石力輝斗的精神鑑定。」

聽了他故弄玄虛的回答，我露出目瞪口呆的表情。他是誰？但是，導演的表情不一樣，她瞪大了眼睛，雙手捂著嘴。

「我還以為妳是因為這個原因，所以決定重新調查這起事件……看來並不是這樣。」

正隆說完，從上衣口袋裡拿出手機確認了時間。他似乎沒有太多時間了。早知如此，就應該先別談立石沙良習慣性說謊這種事，先說這件事比較重要。

「姊姊，我此刻的心情，就是覺得正隆出了很大的功課。」

在網路上搜尋明神谷源之助醫生，報導和文章竟然多得出人意料。光是看到標題，我就忍不住倒吸一口氣，因為我看到醫生的名字和「笹塚町滅門血案」不久之後發生的另一起震撼全日本的事件連在一起。

白岩動物園無差別殺人案——一個手持數把刀的男人，闖入假日動物園內專門安排孩童和小動物接觸的「交流廣場」，殺害了包括孕婦和幼兒在內的九個人，導致十二人受了輕重傷。

明神谷醫生為那起事件被告的男子進行精神鑑定，辯方主張被告當時處於「心神喪失狀態」，但檢方主張「具備完全責任能力」，醫生的鑑定等於為檢方的主張背書，被告被判處死刑。

當時，我從電視上得知這件事，覺得這樣的判決理所當然。當時電視、週刊雜誌等各種媒體都曾經報導，被告當時年紀二十一歲，在不幸的環境中長大。雖然很想瞭解這些情況，但鋪天蓋地的報導，反而令人產生不安。

雖然或許不至於被判無罪，但是不是會大幅減輕被告的刑責？

我並不認識任何被害人，但之所以希望被告被判極刑，是因為我記得為了去自動販賣機買飲料離開現場，回來之後就失去了妻女的男人臉上的表情。

但是，明神谷醫生和那起事件名字連在一起的報導並不是很久遠的日期，最上面的報導都是這一個月之內的內容。

白岩動物園無差別殺人案被告還有另一份鑑定報告，那份報告上寫著「處於心神喪失狀態」。

原來有人檢舉揭發了明神谷醫生。檢舉者是和明神谷醫生同一所大學附屬醫院，並在他手下擔任多年助理的葛城淳和醫生。葛城醫生當時花了很長時間為被告鑑定後，得出了「處於心神喪失狀態」的結論，明神谷醫生卻認為這份報告摻雜私情而作廢，只花了不到葛城醫生三分之一的時間進行重新鑑定，並提出了鑑定報告。

這種行為不就等於「殺人」嗎？

葛城醫生在這份對輿論有極大影響力的週刊雜誌上所刊登檢舉文的小標題中，寫了以上這句話。網路上一面倒地支持明神谷醫生，很多人都認為，無論精神狀態如何，殘暴的殺人兇手就必須被判處死刑。

但是，當然也有人支持葛城醫生。就是那些要求廢除死刑制度的人，和抗議論資排輩制度的人，認為不能用權力否定年輕醫生的鑑定結果。雖然他們已經把被告放一邊，一味主張自己的價值觀，但也許是因為這些人堅持不懈地表達自己的主張，所以明知道只有少數人，但聲量越來越強，簡直就像是變成了主流意見。

於是，就開始出現一些類似懶人包的網站，把明神谷醫生以前負責精神鑑定的事件製作了一覽表，即使是外行人，也可以發現他認為具備有責任能力的判例數量，超過認為是心神喪失狀態的案例，也有人分別針對個別事件提出了質疑。

在一覽表中，也包括了「笹塚町滅門血案」。有人留言說，白岩動物園的被告被判處死刑是罪有應得，但這起案子中的被告很有可能是心神喪失狀態。雖然受矚目的程度和動物園事件無法相提並論，但的確有日益增加的趨勢。

雖然大部分人並不是想要追求真相，而是對有人貼上沙良謊稱自己入選偶像團體的報導更感興趣。

我用力閉上眼睛，關掉了電腦。在事務所時，這臺我個人專用的桌上型電腦開了就不會關，只要不碰電腦，七分鐘後，就會進入不斷冒出心形的螢幕保護程式，但這不是可以看著滿是心形的螢幕可以思考的問題。

即使螢幕保護程式是簡單的幾何圖案，我應該也會關掉電腦。因為只有這樣，才能確認自己的立足點。

正隆在幾個小時提到這個名字之前，我根本不知道明神谷醫生。即使回顧一年前，我也不曾回想起白岩動物園無差別殺人案，這並不是我不瞭解社會動態。導演雖然知道明神谷醫生，但也僅止於動物園事件而已，我相信社會上大部分人都一樣。

如果是相反的情況，被鑑定為「心神喪失狀態」的報告遭到不當採納，或許會成為更轟動的新聞。

雖然只是一小部分人關心的新聞，但我只是看了三個小時的網路新聞，就覺得這件事成為社會上一個很大的問題，認為很多人都在討論這個問題，自己也贊成這一方的意見。但正準備點頭時，猛然驚覺這只是對他人思考的盲從，才能夠及時搖頭。

在自己確認事實，深入思考之前，不能輕易贊成或反對。

「姊姊，我差一點淪為囫圇吞棗地輕信並非當事人說的話，只是旁人評論內容的無腦之徒。」

我不時看向放在咖啡機旁的盒子，準備為自己泡咖啡時，事務所的門打開了，剛才出去開會的大畠老師走了進來。

「來得早不如來得巧？可不可以也幫我泡一杯？那盒餅乾也打開來吃。」

我也覺得老師回來得早不如回來得巧，因為竟然可以在腦袋昏沉的狀態下，吃到倫敦一家歷史悠久的糕餅店第一次在日本展店的珍貴商品，而且老師手上還拿著大福的盒子。那應該是剛才和她開會的對象贈送的伴手禮。

平時喝咖啡時，我們會在各自的辦公桌前喝，但有點心時，就會把咖啡杯放在房間中央的沙發區。倒不是想藉此培養感情，而是老師的桌上只能勉強擠出放一個杯子的空間。

我打開了餅乾和大福的盒子，在老師對面坐了下來。

比起凝聚了濃郁的奶油香氣，香脆爽口的餅乾，老師帶回來的大福更吸引我。這種大福一拿在手上就會變形，慌忙放進嘴巴後，柚子味噌豆沙風味直衝頭頂。

「老師，妳上午和誰開會？」

我忍不住好奇是誰挑選了這麼好吃的大福給老師當伴手禮。白板上只寫著「開會」兩個字。雖然我也只寫了「開會」而已。

不知道導演有沒有吃我在臨別時送她的笹塚町為數不多特產之一的核桃丸子。導演為自己沒有帶任何伴手禮感到抱歉，但這次是我拜託她和我見面，所以我完全沒放在心上。

大畠老師每次都帶伴手禮回來，就代表是別人有求於她。

「不瞞妳說，是和佐佐木見面。」

大畠老師明顯對我有所顧慮。雖然我不會說自己從此不戀愛了，但我再也不想和同行談感情了。

「難怪大福這麼好吃，他這個人在這方面的天線很敏銳。」

我又吃了一個大福，藉此表示完全不必在意我。淡棕色外皮的大福是焙茶口味。

「真尋，妳和長谷部導演談得怎麼樣了？」

如果在吃普通的大福，我一定會噎到。上次和這次與長谷部導演見面時，我在白板上都只寫了「開會」這兩個字而已。

「老師，妳怎麼知道？」

「因為剛才聽佐佐木說的。」

為什麼會是這樣的發展？

「目前還沒有決定是否會採用，我原本打算有明確結論之後，再向老師報告。」

「我並不是責備妳的意思，因為之後大家會一起討論，我也不會因為妳們先見了面就吃醋。」

「大家？」

「對啊，這次的企劃還沒有決定由哪一家公司發行，但長谷部導演的新作品將由佐佐木的製作公司負責拍攝工作，所以會採取先寫企劃書，逐一去向大公司交涉的方式進行。今天佐佐木拜託我，希望由我負責劇本。雖然這次的作品和我之前的作風完全不一樣，但我認為是拓展下一步的好機會，所以二話不說就答應了，聽說妳已經開始著手蒐集資料，我大吃一驚，而且還聽說導演是對妳老家附近發生的命案產生了興趣。」

大畠老師以前說話也像這樣滔滔不絕，中間完全沒有停頓嗎？我根本沒有插嘴的機會。雖然即使有，我也不知道該說什麼、要怎麼說，內心的不平靜找不到出口，積在身體中心，積在腹部深處，渾身都很不舒服。

在我舉棋不定時，信吾已經爭取到這次的工作，然後委託大畠老師寫劇本。這並不是什麼背叛行為。

為了掩飾指尖的顫抖，我一把抓起餅乾。大畠老師似乎也想起了這些咖啡和點心，伸手拿起了咖啡杯。就是現在。我緊握著餅乾開了口。

「我的工作只是蒐集資料而已嗎？導演說，希望由我來寫劇本……啊，不，她還沒有正式委託……」

大畠老師嘆著氣，打斷了我的話。

「佐佐木這人還真是的，」她不滿地嘀咕道，「長谷部導演可能是第一次和大型發行公司合作，我相信她一定搞不清楚。佐佐木應該一開始就向她說明這種事，即使是曾經在國外得過獎，小有名氣的導演拍攝的作品，光靠這一點，企畫無法通過。在當今的時代，只有能夠保證票房的企劃才會採用。比方說，如果是銷量超過一百萬冊的暢銷小說或是漫畫改編的作品，編劇的名字或許無足輕重，但這次不是要自己寫劇本嗎？雖然是拍攝實際發生的事件，但如果是震驚社會、無人不知的社會案件，或許能夠吸引很多觀眾的好奇，但到底有多少人記得『笹塚町滅門血案』？很遺憾，這部電影能夠吸引觀眾的既不是導演，也不是編劇，或是演員，而是一目了然的廣告詞。如果不在企劃書的封面上寫『社會派新銳導演VS戀愛劇女王』，無論內容再有趣，別人也不屑一顧。」

戀愛劇女王這幾個字有吸引力嗎？我當然無法這麼反駁。即使大畠老師已經有點過氣，但我很清楚自己還差了她一大截。不僅如此，如果這次的案子跳過我，直接找上大畠老師，我也許會預感這將成為大畠凜子邁向新境界的作品，為此感到興奮不已。一旦知道老師要寫在我老家發生的事件，我一定會卯足全力蒐集資料。

因為順序顛倒的關係，所以讓我空歡喜了一場。不就只是這樣而已嗎？

為了好好品嘗大福，同時讓心情平靜，我準備起身去泡日本茶。

「等一下，我的話還沒說完。」

大畠老師以為我是鬧情緒衝出去嗎？雖然我並無此意，但也不打算辯解。於是默默坐了下來，再度面對老師。

「我就趁這個機會，把之前就想對妳說的話說出來。即使我婉拒了這次的工作，由妳負責劇本，我認為妳也扛不起來。」

老師用平靜的語氣說出的話掃過我的臉頰。我一時有點搞不清楚發生了什麼狀況，茫然地坐在那裡。傷口突然裂開，鮮血流了出來，麻木般的疼痛帶著灼熱，立刻傳遍全身。即使我體會著這樣的感覺，視線仍然沒有從老師身上移開，等待她說出讓我痛徹心扉的話。

「妳寫的作品，所有的主角都千篇一律，漂亮溫柔，充滿藝術才華，那是令妳羨慕不已的姊姊吧？但是，這次的作品由長谷部香執導，她會把人的內心深處美好的、醜陋的東西全都挖掘出來，攤在大眾面前，劇中的人物全都是像光著腳走在玻璃碎片上的狀態，像妳姊姊那種不食人間煙火的人根本不可能站在那種地方。這次要寫的是殺人事件，妳曾經經歷過失去重要的人這種不合理的事和悲傷嗎？」

我的眼前一片鮮紅。難道是我打破咖啡杯，用玻璃碎片割破大畠凜子的喉嚨，鮮血濺回身上嗎？但是，即使不需要用手擦臉，視野很快就恢復了原狀。杯子不僅沒有打破，還剩下三分之一左右的咖啡表面靜如止水。

一切都是在腦海中發生的事，但我仍然無法克制指尖的顫抖。我好像在祈禱般用力握住雙手，顫抖一直湧向喉嚨，我沒有自信能夠好好說話。

但是，即使聲音變調，也必須說出現在該說的話。無論是為了姊姊，還是為了我自己，也是為了我的家人。

不，不是這樣。這是決心的問題，是為了我自己。

「我能夠寫！我能夠寫！我能夠寫出我的劇本，如果老師看了之後，判斷我寫得不好，就請妳開除我，但如果妳覺得剛才說的話錯了，就請妳向我道歉。這和企劃是否通過沒有關係，但我會以『笹塚町滅門血案』為基礎寫電影劇本。」

老師用力閉上嘴，但瞪大眼睛看著我。她的眼睛沒有長谷部導演那麼大，那對內雙的眼睛算很小，但具備了強大的威力，感覺我只要稍微鬆懈，整個人就會變成石頭。

腋下冒著冷汗。不是能不能寫出劇本的問題，而是她可能馬上開除我。但我覺得即使這樣也無妨。

「好啊。」

老師突然吐了一口氣，笑著說道，好像厭倦了繼續瞪我。我也跟著用力吐了一大口氣，然後才驚訝地發現自己憋氣憋了很長時間。不，應該是對老師的反應感到驚訝。

「已經有幾十年沒有人當面向我挑戰了，如果妳能寫，那就寫啊，但如果寫出來的東西沒辦法看，我真的不會原諒妳。」

老師最後用力一瞪，讓鬆懈的我完全石化，但石頭內的空洞中，響起了溫暖的鋼琴音色。

「姊姊，這種狀態或許就稱為人生的關鍵時刻，但我會努力。我終於徹底意識到，『笹塚町滅門血案』發生在妳和我出生、長大的地方。」

我不知道這到底是好事還是壞事，坐在同一個地方面對面談話，那個世界就會占據腦袋的一大部分，就好像長時間在網路上搜尋同一個話題。

長谷部導演、逸夏、正隆、大畠老師。面對他們的時候，我滿腦子都是「笹塚町滅門血案」和立石沙良的事，但走到戶外，或是搭擠滿人的電車時，這些事就像煙霧般散開了。

沒想到才剛在大畠老師面前豪言壯語，馬上就變成這樣。原本興致勃勃地打算回到家之後，馬上先歸納目前為止已經掌握的情況，思考出劇情梗概，但回到家之後，腦袋竟然全空了。

難道我的腦袋是漏洞太大的篩子嗎？還是並沒有發現留在篩子上的要素？

長谷部導演為什麼現在想拍「笹塚町滅門血案」？她之所以會對這起事件產生興趣，是之前一直相信被害人是小時候在防火牆另一端成為她心靈支柱的女孩。那是她生命中重要的人，可以稱為救命恩人，這樣的人遭到殺害，還被報章雜誌譁眾取寵地報導有習慣性說謊的問題，她無法原諒這件事就這樣稀里糊塗落幕。但導演並沒有對事件的判決產生質疑，想要揭露真相的想法。

她應該希望刻劃出立石沙良真正的樣子。

但是，我向導演報告的情況強化了立石沙良習慣性說謊的問題。

而且，正隆還提出了另一個疑問，認為在防火牆另一端的可能並不是遭到殺害的妹妹立石沙良，而是成為殺人兇手的哥哥力輝斗。

果真如此的話，導演能夠馬上把成為她精神支柱的人換成力輝斗嗎？

應該無法這麼輕而易舉換人。導演住在那裡的時候曾經見過沙良，但從來沒有見過力輝斗，這件事不正是可以成為力輝斗曾經遭到虐待的證據嗎？當時導演在讀幼兒園，就代表比沙良年長三歲的哥哥是小學生。

雖然我原本以為住在那個城鎮的男孩，個個都會在外面玩到天黑才回家，但也有人並非如此。有些人喜歡看書、玩遊戲，喜歡在家裡玩，也有像導演一樣在家寫功課的孩子，但不知道力輝斗是用怎樣的方式度過童年？

我離題了。導演看過沙良，隨著在鏡子中看到自己的成長，或許也讓沙良在內心成長。不知道沙良是否參加什麼社團活動？不知道她有沒有喜歡的男生？如果導演在內心塑造了一個立體的沙良，恐怕更難替換成另一個人。

在思考這些問題時，我發現自己不知道該聚焦在這起事件的哪裡。但是……

導演只看過沙良，但我曾經看過力輝斗。貓將軍。他一走進公園，那些貓就聚集在他身邊，意味著他在餵食那些貓，或是他經常去那個公園，和遊樂器材、樹木一樣，成為公園的一部分，也可能身上散發出某些吸引貓的特質。

動物喜歡的人，會成為殺人兇手嗎？還是相反？他憎恨的是人類，卻能夠愛人類以外的生命。這種解釋似乎太極端了，他並沒有發動無差別恐怖攻擊。

他殺的是他的妹妹，還有他的父母。

即使無法達到像他和那些野貓之間的那種程度，他有能夠信賴的人嗎？那次大家一起去看貓將軍後，有沒有在教室內聊過他的事？比方說，曾經聽到貓將軍在公園內引發了什麼問題之類的……

要好好重新研讀事件相關報導中，有關力輝斗的部分。

「姊姊，妳認識貓將軍嗎？」

一個星期後，我收到了導演寄來的包裹。

她先寫了電子郵件給我，說想要寄資料，希望我把家裡的住址告訴她，但並沒有提及內容。她之所以沒有寄到大畠老師的事務所，是因為從佐佐木信吾那裡得知了我和老師在事務所的談話，決定站在我這一邊嗎？這麼解釋似乎太一廂情願了，我猜想她應該還不知情。

那次談話的隔天，我一如往常去事務所上班，老師和我相處時也像什麼事都不曾發生過。老師接了一檔預定在明年春天播出的深夜連續劇，我們在討論以外遇為主題、錯綜複雜的劇情時不時捧腹大笑。

我忍不住開始期待，老師也許已經對連企劃書都還沒有完成的作品失去了興趣，也許想專心寫好手上的連續劇，內心開始感到後悔。

我是老師的助理，同時也是事務員，負責管理送到事務所的包裹和郵件。幾乎每天都會收到各種郵件、包裹，除了收據和請款單以外，還會收到以前曾經改編作品的原著作者，以及有交情的出版社會定期寄書，或是寄電影和舞臺劇的招待票。

平時都由我負責打開這些郵件和包裹，然後交給老師，或是放進日後寄給稅理士事務所的盒子裡，但昨天的情況不一樣。她特別吩咐，下午有宅配業者上門時叫她一下，然後她親自簽收了包裹。

那是一個大紙箱，看起來很重，必須雙手才能抱起，我忍不住問她，是否需要我幫忙。

——不用了。

老師伸出雙手拒絕了。雖然臉上帶著笑容，但似乎要求我不要繼續靠近。我立刻猜到可能是「笹塚町滅門血案」的相關資料，這是大畠凜子動用之前建立的人際關係蒐集到的，可能是有關笹塚町的資料。

人口、面積、主要產業、名特產。我能夠正確回答這些問題嗎？既然是寄給大畠凜子，町內觀光課也許會主動附上風景秀麗、有可能成為拍攝地點的照片。

沒什麼好後悔的。我還在悠哉悠哉，不，即使我全力衝刺，老師也會追上我，而且超越我。

就在這個節骨眼，收到了導演寄來的寶貴資料。

可以裝A４文件紙的信封內，L形資料夾中所蒐集的資料是「笹塚町滅門血案」的審判紀錄影本。看到影本的左上角印的「機密」，就知道並不是可以輕易張羅到的資料。

導演附了一張幸運草圖案的一筆箋，上面寫著「繼續拜託了」。此刻的心情，就和準備看大畠老師交給我的企劃書時差不多。當我低頭看向第一頁，忍不住倒吸了一口氣。

【主文　判處被告死刑。】

我把資料放回桌上，用力深呼吸。這不是誰創作的故事，也不是用譁眾取寵的方式，添油加醋地報導現實生活中發生的事。這裡所寫的一切都是事實。為了下定決心面對這一切，我拿出了手機。

「姊姊，雖然我對死刑這兩個字並不陌生，我也不是反對死刑的人，甚至覺得奪走他人性命的人，無論當時的人數和狀況如何，都必須以命償命，但第一次感到害怕，有一種不寒而慄的感覺。我會認真閱讀。」

資料右上角顯示影印的日期是前天。導演應該想瞭解精神鑑定的問題，所以調閱了審判紀錄。

想瞭解的欲求成為原動力。

正隆臨別前，問了導演一個問題。想要見一見曾經在幼兒園同班的美女電影導演的心願已了，但他內心也產生了疑問。

為什麼現在想拍「笹塚町滅門血案」？

正隆一直以為導演得知了精神鑑定的事，對判決產生了質疑，所以想要追查到有關。

底，但導演雖然聽說過明神谷鑑定的相關新聞，但並不知道和「笹塚町滅門血案」也

——香香，我還以為妳打算探討死刑制度的問題。

導演聽了正隆這句話，緩緩搖了搖頭。

——不，我並不是大家所期待的社會派，也沒有任何問題想要質問這個社會，我只是自己想要瞭解。我並不是從學生時代就立志要成為電影導演，但一直有想要瞭解的問題。如果不瞭解那些問題，就沒有自信能夠繼續走向未來的人生。然而，那些並不是可以輕易瞭解的問題，而且即使瞭解了，如果不先想到如何加以接受、昇華的方法，即使有辦法瞭解，也無法面對這種狀況。我思考了很久，終於想到可以用劇情片的形式呈現，從客觀的角度審視的方法。所以我決定從事拍電影的工作，我辭去了工作，重新就讀了專科學校。我運氣很好，有機會拍攝自己想拍的作品，想瞭解的問題也有一半找到了答案。光是這樣，就已經感到滿足了，結果因為得了一個大獎，覺得自己受到了肯定，得知原來還有其他人也想知道我想瞭解的事，而且人數超過我的想像。原本決定拍完《一小時前》，我就退出電影的世界，但現在改變了想法，日後只要還有機會，我想繼續拍下去。於是就開始思考，接下來還想瞭解什麼，最先想到的就是沙良的事。我瞭解那起事件，也受到很大的打擊，但是十五年前的我完全沒有餘裕悼念沙良的死。我用自己的方式一路走到今天，走到了這個時間點。就只是這樣而已。

雖然我當場無法完全消化導演的話，但正隆點了點頭說「原來如此」，在最後的最後又問了一個問題。現在我才想到，也許正隆並不需要問，而是為了讓我確實瞭解導演那番話的核心思想，特別問了這個問題。

——妳的瞭解行為終點是什麼？

——應該是、救贖吧。

正隆聽了導演的回答後站了起來，伸出一隻手說：「見到妳真是太好了。」導演也起身握住了他的手，我也跟著站了起來，然後就結束了那次的見面。

回事務所的途中，有點後悔，早知道應該繼續留下來，詢問導演對鑑定書的意見，但又發現自己內心鬆了一口氣，覺得還是這樣比較好。

瞭解可以得到救贖。

我無法同意導演的這種想法。

因為有時候瞭解非但無法得到救贖，還會讓情緒無處宣洩，必須永遠帶著這份悲傷過日子。

然而我也知道，即使同樣從事創作故事的職業，動機和信念不同也是理所當然的事。

我為什麼而寫？因為我有想看的世界。既然如此，我想在「笹塚町滅門血案」中想看到什麼？腦海中回想起大畠老師的話。沒錯，在這次的作品中，姊姊沒有出場的機會，但對於鑑定書，也沒有強烈想要追查真相的念頭。

更單純一點。我將腦袋放空，然後回想我所知道的「笹塚町滅門血案」。不是可以輕易發現自己沒有看到的事嗎？

當年在防火牆另一端的，到底是沙良，還是力輝斗？

能不能瞭解到這件事？

沙良已經不在人世，但力輝斗的死刑尚未執行。

既然這樣，是否可以問力輝斗？

能夠和他面會嗎？能夠寫信給他嗎？雖然我人生一路走來，並不是都走在光明大道上，但我對受到制裁之後的人一無所知，甚至努力避免去瞭解。

我在這個故事中「想看」的事，應該和導演「想瞭解」的事相同，其中是否有導演渴望的「救贖」？

如果當年的那個人是力輝斗……我的腦海中浮現出導演去和力輝斗面會的身影。當年是隔板隔開了他們兩個人，但如今隔開他們的將會是透明的壓克力板，他們可以凝望彼此的眼睛，隔著隔板，向對方伸出手。我想看這個畫面，想看力輝斗，不，是貓將軍的表情，想看導演的眼神，想看他們兩個人的指尖。

即使不是當初想像的女孩也沒關係。故事要從這裡開始。

插曲4

因為事發之後才懊悔，所以稱為後悔。人生無法為尚未發生的事後悔。

如果當時聽從奶奶的意見，就沒有現在的我，八成也無法成為電影導演，也不可能在國外影展得獎，那些出現在大銀幕上、我所崇拜的人，更不可能主動提出想和我合作。

但其實我更想過那種告訴祖父母和朋友，自己有這種夢想，然後被一笑置之，被歸類為平凡的人生。在完全沒有意識到自己過著那樣的生活是多麼幸福的歲月中，電影只要成為生活中的點綴就好。

奶奶建議我去就讀中學和高中一貫學校的私立女中，因為奶奶當年也曾經就讀那所知名的貴族學校。我也和奶奶一起去參觀了那所學校，一踏進校門，眼前的景象會令人陷入一種錯覺，彷彿踏進了《小公主》中的英國寄宿學校。紅磚的校舍，鋪著草皮的中庭除了有精心整理的花圃，還有白色噴水池。

走進本館，陳列了獎盃和獎狀的玻璃櫃一直延續到走廊盡頭。奶奶搶先想到晚餐時聊到上中學後，要參加什麼社團，年輕時曾經參加劍道社的爺爺建議我加入運動社團，看到玻璃櫃時，興奮地說：「原本覺得網球社不錯，但曲棍球也很帥氣。」

我覺得奶奶不是身為家長說這句話，而是沉浸在對自己青春時代的回憶中。

原來奶奶也有年輕的時候。當時年幼的我為這件理所當然的事感到驚訝，想像奶奶年輕時的樣子，忍不住笑了起來。因為我無法順利想像出年輕的奶奶，只能想像現在的奶奶穿上中學制服的樣子。

音樂教室很棒喔。雖然奶奶很想帶著我自由參觀，但參觀學校時，首先必須集中在指定的教室內聽取說明，然後再分成幾組，在學校職員的帶領下，按照規定的路線參觀。

我已經習慣教學參觀日時，奶奶夾在許多年輕媽媽中間這件事，而且坐在我附近的同學也曾經說，妳奶奶很有氣質，讓我感到很高興。奶奶的身體很挺，皮膚也很有光澤，看起來比實際年齡更年輕，甚至曾經有人驚訝地問，她真的不是妳媽媽，是妳奶奶？

當我走進指定的教室內，發現的第一件事，就是有不少奶奶。雖然我習慣奶奶出現在我的學校，但看到和奶奶相同年紀的其他人擠在一群媽媽中，就有一種不可思議的感覺。我豎起耳朵聽她們聊天，聽到有幾個奶奶說「我們以前那時候如何如何」，所以我知道很多人和奶奶一樣，都是這所學校的校友。

我不僅猜對了，當學校將學生和家長分成六組後，在同一個星組（也許是因為假設使用數字或是英文字母，會導致有人誤以為是按成績編組，所以使用了雪組、花組等好像寶塚歌舞團一樣的方式命名）中，外婆還遇到了她當年的同學。

「因為我外孫女說要來參觀，我覺得很懷念，所以今天就一起跟過來了，我現在姓前橋。」

那位奶奶笑著說，在她身旁一對長得很像的母女也露出了相同的微笑，很有禮貌地向我們打招呼。

在參觀校園時，大家也都按照五十音的順序排隊跟在帶路的職員身後，長谷部和前橋剛好是最後一個和倒數第二個，所以兩位奶奶根本不在意完全聽不到職員介紹的聲音，而且因為她們原本就熟門熟路，所以反而覺得正合我意，兩個人不停地說著「真懷念啊」，參觀的時候也落後了隊伍一大截。

兩位奶奶一路聊不停，從學生時代的回憶漸漸聊到了各自的情況，但她們並不是直接聊自己的事，而是問對方的事，就好像在摸索隔著牆壁的未知事物。先丟一塊小石頭，覺得這樣應該不至於失禮，只是有點無趣，於是下一次丟一塊大一點的石頭試試。

因為她們走在我身後，我只是感受到她們之間漸漸有這樣的感覺，忍不住有點害怕。前橋母女無奈地相視而笑，我很期待在前面帶隊的老師可以提醒她們不要說話，但看到職員似乎忙著回答身後熱心家長的提問，馬上就不抱希望了。

但是，兩位奶奶的話也有令我感到有興趣的部分。雖然她們當年讀的是貴族學校，但那時候戰爭剛結束不久，奶奶似乎不太擅長裁縫，前橋奶奶為她代勞，奶奶就把數學作業借她抄作為回報。聽到她們聊這些，我覺得有了新發現。以前從來沒有想過奶奶也有擅長的科目。

「我記得有一段時間，大家都叫妳居禮夫人。」

「妳別再提這些讓人害羞的事了，我只是數學稍微好一點罷了，畢業之後，完全沒有任何用場。如果我可以像妳一樣擅長裁縫和編織，不知道該有多好，不管是我老公還是兒子，不要說為他們織毛衣，甚至都從來不曾為他們織過一副手套。」

奶奶雖然嘴上這麼說，但似乎可以聽到她內心「其實我完全不在意這種事」的心聲。前橋奶奶雖然也察覺了，但她們兩個人都差不多。然後就一下子跳到了其他話題。

「啊喲，原來妳生的是兒子，獨生子嗎？一定很優秀。」

「他以前數理的科目比較強。」

奶奶說完，順便報上了一所國立大學的名字。

「太厲害了，如果早一點和妳重逢，可以為我們的兒子和女兒安排相親。」

前橋母女聽到這句話，驚訝地互看了一眼，但並沒有回頭阻止兩位奶奶的談話，只是對我露出了苦笑，似乎在說「真傷腦筋」。如果我當時也還以笑容，聽到兩位奶奶之後的談話，也能夠像她們母女一樣一笑置之嗎？「我們一起笑笑就好。」前橋母女向我伸出了手，但我露出了嚴肅的表情低下頭，無視她們向我伸出的手。

因為我完全沒有發現那是援手。

「妳女兒以前也讀這所學校嗎？」

「是啊，所以打算讓外孫女也讀這所學校，可以的話，一直讀到大學。」

前橋奶奶提到了一所知名大學的名字，班上有一個同學的表姊讀那所學校，有一天中午，大家還熱烈討論過，聽說那所學校相互打招呼時都會說「向你請安」，去廁所時要說「我去花田一下」。

我這個人個性並不活潑外向，所以無法輕鬆地問身旁的校友「真的是這樣嗎？」當然，現在仍然不是。

兩位奶奶完全不顧家人的反應，繼續聊得不亦樂乎。她們可能覺得只有她們能夠聽到談話的內容，或是陷入了現場只有她們兩個人的感覺，就像十幾歲的少女一樣。

「話說回來，幸好我們現在才重逢，我女兒太文靜了，不適合嫁進妳家。妳的孫女叫香香？一看就知道很聰明，和妳小時候一模一樣，妳媳婦一定很優秀，才能夠過妳這一關。」

「如果是這樣，不知道該有多好。」

奶奶用力嘆著氣。

「我覺得人和樹木的年輪一樣。」

奶奶一改之前的口若懸河，字斟句酌地說了起來。

「我們以前那個年代，努力不都是靠日積月累嗎？不光是讀書，日常生活也一樣。無論多麼想說話，嘴裡在吃東西時，絕對不會開口說話；一個人在圖書室看書時，也會坐直身體。不是因為有旁人在看，或是會挨罵，而是一種理所當然的習慣，我相信這是從懂事的時候開始日積月累培養起來的。但隨著時代的變化，有人覺得不需要努力，只要在必要的時候努力一下就好，而且覺得這種人才是聰明機靈。在高中二年級之前經常蹺課到處玩，成績單上都是一分、兩分的人，到高三時才發憤讀書，考上知名大學，這種人真的那麼了不起嗎？如果說，從小就腳踏實地，持續努力的人就像是一層一層樹幹很扎實的樹木，這種臨時抱佛腳的人雖然外表看不出來，但樹幹內部完全是空洞。這種木材能夠造出怎樣的房子？也許有人認為禮儀什麼不需要，要去高級餐廳用餐時，再稍微查一下用餐禮儀，稍微練習一下就好。如果真的是聰明人，只要稍微翻一下禮儀相關的書籍，馬上就可以記住，但仔細觀察一下舉手投足，就馬上可以看出到底是真材實料還是臨時抱佛腳。當然，出生在無法學習這一切的環境也是一種不幸……」

「看來家家有本難唸的經。」

前橋奶奶言不由衷地附和了一句，顯然她厭倦了奶奶的長篇大論，這時，剛好走進化學教室，看起來就像是電影中常見的那種大學研究室。帶隊的老師介紹說，這所學校在十年前增設了數理資優班，資優班的學生在高一結束時，就完成了普通高中三年的課程，之後兩年期間和國外知名大學合作，參與世界上最先進的研究。

日本第一位女性諾貝爾獎得主是這所學校的畢業生也不是夢想。聽到這句話時，奶奶雙眼發亮，豎起了耳朵。之後又參觀了所有主要的教室，每次都提到了奧運選手、世界級藝術家，反正每次很誇張地扯到世界的層級，但奶奶似乎都沒有太大的興趣。

當回程的計程車已經等在校門口時，奶奶仍然依依不捨地頻頻看向化學教室所在的那棟校舍。

「小香，我覺得妳一定可以進入理科班。」

奶奶似乎已經認定我會讀這所女校。我像奶奶一樣回頭看了一眼，然後就像闔起書本一樣，把這片景象甩離腦海，看向前方。我應該再也不會來這裡了。

建在高地上的這所學校可以比家裡更清楚（也可能受到天氣的影響）看到沉落在海上的夕陽，我只為這片景象無法成為日常的景色感到有點可惜。

但這種微不足道的事和後悔無關。

回到家，獨自回到自己的房間後，回想起奶奶剛才談話中的一部分。不，其實聽到的時候就開始靜靜地侵蝕我的腦袋，然後漸漸成形，開始蠕動。

我一直以為，媽媽要我做習題集，是希望我成為她心目中理想的孩子，符合她嚮往的生活、嚮往的孩子，但也許媽媽並不是為這種事煩心。

也許奶奶在媽媽面前也說過那番話，只是不知道是否用了年輪的比喻。雖然應該不是當面對媽媽說，但媽媽就在可以聽到說話聲的距離，或是奶奶根本沒有確認媽媽在哪裡，就對別人說了這番話。我猜想八成是對爸爸這麼說。

媽媽當然也有自己嚮往的生活，所以才會離開溫泉町，去大都市讀大學。我不知道爸爸和媽媽相識的過程，但總之他們相遇、結了婚，只不過奶奶並不歡迎媽媽。

媽媽並不是奶奶認為的那種從小日積月累的人，奶奶口中那個即使學會了用餐禮儀，卻無法舉止優雅的人，應該就是指媽媽。

即使這樣，爸爸和媽媽還是結了婚，生下了我。難道媽媽想靠我彌補被奶奶暗示欠缺的部分嗎？想要讓我從小日積月累，在奶奶面前爭一口氣嗎？

也許媽媽只是想得到認同。

但是，後來搬到了笹塚町這種鄉下地方，想到必須靠自己一個人創造出這樣的環境，也許媽媽著急起來。爸爸和奶奶不一樣，對媽媽說，不必讓我做這種事，但媽媽反駁說，還不都是你媽媽逼我的？於是爸爸就無言以對了。

不僅如此，媽媽還催爸爸，趕快調回東京總公司。然後……

如果我們一家三口從笹塚町搬去橫濱，媽媽會希望我就讀今天去參觀的那所女校嗎？答案是會。雖然奶奶、媽媽和我三個人一起去參觀學校，聽到前橋奶奶的女兒也是從這所學校畢業，媽媽心裡應該很不好受，但應該覺得只要我進了這所學校，她肩上的壓力也會減輕不少。

雖然媽媽應該會因此給我壓力，但應該不會要求我做那所學校的考古題集，把我關去陽臺或是關在門外。

如果媽媽從小生活在這附近，如果只考慮學力的問題，媽媽應該也可以考進這所學校。只要親自走一趟、調查一下，不要道聽塗說，而是親自瞭解，就知道入學門檻並沒有多高。

所以我決定不去就讀那所學校。

我並不是因為討厭奶奶，我知道她很疼我，讓我不至於為自己沒有父母感到抬不起頭。雖然在教養的範圍內有時候說話比較嚴厲，但從來不曾否定我的人格。

那一次，是我第一次從奶奶口中聽到充滿偏見的歧視性言論。如果那些言論來自於曾經讀過那所學校的自信，我不希望去那種會產生自己高人一等錯覺的地方。

我並不是否定那所學校，原本還以為那裡是一個充滿賢妻良母這種過時價值觀的地方，但驚訝地發現學校致力於超越國家和性別框架的活動。如果奶奶沒有遇到她的老同學，聊那些話，我或許會像奶奶一樣雙眼發亮地聽學校職員的說明，在回家的計程車上大聲宣布，我絕對要讀這所學校。

雖然我知道，無論在任何環境中，自己的努力最重要，即使我還是個孩子，也知道並不是那所學校的所有人都會覺得自己高人一等。

即使這樣，我仍然選擇了其他學校，是因為在去參觀那所學校之前，我就已經有了想讀的學校，而且那樣的想法更加強烈。

所以在說服奶奶時，我也絕對沒有否定那所學校和奶奶，而是徹底傳達了我內心強烈的想法。

沒想到奶奶比我想像中更乾脆地支持了我的志願。

我至今仍然清楚記得對奶奶說的話。那天，爺爺也很早就回家，三個人一起吃完晚餐，在奶奶為爺爺準備了咖啡，為她自己和我泡好紅茶時，我鼓起勇氣開了口。

「奶奶，我覺得今天見到了在我還沒有出生，很久很久以前，還是中學生的奶奶，我很高興。想像在教室，在體育館都曾經有奶奶的身影，應該是這樣上課，奶奶應該跑得很快，就覺得比之前更瞭解奶奶好幾倍，比以前更覺得我們是一家人。」

「原來妳在想這些事。」奶奶有點害羞，但心情愉悅地說。

「所以，我想去讀爸爸以前讀的學校，如果可以，也想讀和爸爸同一所高中和大學……」

我沒有繼續說下去，是因為感到心虛，覺得自己有可能考不上那所大學，還是發現奶奶漸漸繃緊了臉上的表情？我對這件事的記憶有點模糊，但我告訴自己必須明確說出來，為了激勵自己，我把原本就沒有彎腰駝背的身體挺得更直了。

「我知道那所學校很優秀，我很驚訝日本竟然也有這樣的學校。但是，即使不去那所學校，我每天都可以看到奶奶，也可以從奶奶這裡學到很多可以在那所學校學到的重要事，但是，我想更瞭解爸爸，我想知道爸爸看到了什麼，帶著怎樣的心情過每一天。我想瞭解爸爸，我想見爸爸……」

淚水流了下來。晚餐前一次又一次在腦海中預演時，並沒有很想爸爸，也不覺得難過，但說出來時，就好像剝掉了一層又一層薄皮，露出了自己也沒有察覺到的感情。

看電影時，會因為感動和悲傷流淚，這是為別人的故事所流下的眼淚。那一次應該是來祖父母家之後，我第一次為自己的事流淚。雖然來祖父母家已經五年，他們都很疼愛我，但原來在我內心仍然渴望父母的愛。

奶奶站了起來，從架子上拿了用蕾絲盒套的面紙盒，輕輕放在我面前。在我伸手拿面紙之前，自己抽了一張，按著眼角。

「我也想見他。雖然好幾次在妳身上看到了妳爸爸的身影，但我一直提醒自己，妳就是妳，但是妳不介意我在妳身上看到爸爸的影子，對嗎？……真期待妳的入學典禮。」

奶奶表示了同意，爺爺也沒有反對。

這一天，我們就決定了上哪一所中學的事。幾天後，奶奶建議我去上補習班。得知爸爸以前也讀過那個補習班，我二話不說答應了。雖然沒有想到進補習班也要先考試，但總算通過了考試，之後順利進入了學區內的公立中學。

那裡是一個不必假裝，自在做自己的地方。這種感覺持續了多久？只不過像我這種不擅長偽裝自己，內心深處的感情都寫在臉上的笨人，應該乖乖地和身處相同環境的少數人一起，在大人的保護下生活。

我不一樣。當時沒有發現參觀學校時產生的這種想法是一種傲慢，成為我人生中最大的後悔。

第四章

【主文 判處被告死刑。】

【理由 犯罪事實 被告於平成十＊年十二月二十四日，在N縣N市笹塚地（省略地址）立石勝家中二樓的被告臥室內，將長女沙良（當時十八歲）產生殺機，用刀子刺向沙良身上十五處導致死亡。之後將遺體搬移至同樓層的沙良臥室，在當天深夜於沙良臥室內放火，導致於一樓臥室內就寢中的立石勝（當時四十三歲）與妻子千晴（當時四十歲）一氧化碳中毒死亡。】

「姊姊，即使在同一個地方生活多年，仍然會有許多人生初體驗。」

要不要申請和立石力輝斗面會？我傳了電子郵件向長谷部香導演提議，她意興闌珊地回覆說，她會考慮，但同時提出了另一個邀約。

要不要去法庭旁聽？我一口答應。

雖然只讀了兩年，但我曾經是法律系的學生，卻是第一次踏進法院。我有點納悶，閒雜人等可以隨便去法庭旁聽嗎？轉念一想，也許導演可以靠她的人脈搞定這件事。之前曾經在電視的談話性節目中看到，許多民眾在法院前大排長龍，只為了去白岩動物園無差別殺人案的法庭旁聽，聽說當時的倍率超過一百倍。

這件事暴露了我的無知。導演特地找了一個沒有知名事件開庭的日子，約我前往東京地方法院。原來不需要事先申請，也不必預約，只要在法院門口簡單檢查隨身物品之後就可以進入。

我原本想像法院是一個氣氛莊嚴的地方，結果發現開朗的氣氛和市公所或文化會館的大廳沒什麼兩樣，坐在好幾張座椅上的人臉上的表情也沒有很嚴肅，和在等待舞臺劇或是音樂會開場沒什麼兩樣。

我跟著導演來到大廳的查詢區，和圖書館的查詢系統一樣，任何人都可以自由查詢，然後根據螢幕上顯示的內容，挑選自己有興趣的案子。民事案還是刑事案。日期和時間。於是，螢幕上就會顯示出條件相符的案子。因為當天沒有殺人案，所以我們挑選了時間最接近的案子。

被告是一個二十多歲的外籍男子，因持有大麻，以現行犯遭到逮捕。包括我們在內，只有五名旁聽者。

我以前也曾經聽人說過，實際的法庭和在電視或電影上看到的完全不一樣。首先確認事實，幾月幾日，把裝了大麻的行李袋搬進了哪裡哪裡的倉庫。沒想到總共有五公斤，我懷疑自己聽錯了。不是幾公克而已嗎？不是分裝在小袋子裡，藏在皮包底層嗎？明明是這麼大數量的大麻，但被告主張他不知道行李袋中裝的是大麻，只是受同鄉的朋友之託幫忙。

不對，不對，不對。有太多可以反駁的點了。但是法庭上並沒有人像電視上演的那樣怒拍桌子，大聲喝斥被告，你怎麼可能不知道？一切都在平淡中進行。

後半場的發展更令人傻眼。

律師問被告：

「你媽媽還在自己的國家吧？你覺得對得起你媽媽嗎？」

被告藉由法庭通譯回答說：

「我很對不起媽媽，我讓她傷心了。」

「你現在有什麼話想對媽媽說？」

「真的很對不起，我會做一個好人。」

「你覺得你媽媽聽了你這些話，會怎麼回答你？」

「我想她會說原諒我。」

律師裝腔作勢的語氣讓審判變成了一場鬧劇。到底誰需要這種似乎可以聽到背景音樂〈媽媽的歌〉的對話？這場爛戲還沒有結束。

「你剛才說，你要做一個好人。在服刑結束後，你想要怎麼做人？」

這個問題讓我很有興趣。

「我想回自己的國家去讀大學。」

嗯？我忍不住納悶。不再做違法亂紀的事，要做對社會有貢獻的工作，投入社會福利工作，率先幫助他人。通常不是會說諸如此類的話嗎？讀大學當然很好，但不接著說要好好讀書，努力工作，為社會做出貢獻嗎？

但律師並沒有再繼續問下去。也許是國情不同的關係，也許只是日本的大學讓人有隨便的感覺，在他的國家，讀大學就意味著會勤勞刻苦，對社會做出貢獻。

下一次開庭才會作出判決，法官似乎對被告和律師演出的爛戲無動於衷，用訓誡的口吻對被告說，要充分意識到自己犯下的罪行有多麼嚴重，看起來就像是放學後，老師在訓斥問題學生。

因為搞不太清楚什麼時候可以解除「禁止交談」的規定，所以我們走出法庭，仍然默默無言地走在安靜的走廊上，在搭電梯回到大廳後，才終於開了口。

「開庭都這麼馬虎嗎？」

雖然我有點擔心，像導演這麼認真嚴肅的人可能會感受到開庭的沉重，但還是忍不住這麼問。如果我和她之間的感覺落差太大，之後的合作可能令人堪憂。看到導演的苦笑，我鬆了一口氣。

「如果在電影中加入要對媽媽說什麼的那一幕，一定會被評論家罵得體無完膚，會說這是昭和時代的喜劇嗎？」

「那我們就重整旗鼓，去聽下一場。」

查詢之後，發現時間安排上剛好可以旁聽另一起持有毒品案。被告把零點五公克的大麻藏在去京都太秦電影村買的忍者刀刀柄中放在家裡。法官一臉嚴肅的表情，朗讀用雕刻刀挖空刀柄等忍者刀加工方法時很有意思。

接下來是一起吃霸王餐的案子。在法庭上花了很長時間朗讀完罪狀後，被告更正說：「我不是無業，我是Youtuber。」和吃的霸王餐一碗味噌拉麵和兩杯中杯啤酒，店家的結帳金額是三萬五千圓這件事吸引了我的好奇心。

雖然被告犯了罪，但那家獅子大開口的店也有問題吧？到底是怎樣的拉麵？一定有美女在旁邊幫忙把麵吹冷吧。我滿腦子都想著這些無關緊要的問題，然後那天的開庭就結束了。

被告有熱中的粉絲會為他付清積欠店家的帳款（所以被告主張並不是吃霸王餐，只是那個女粉絲沒有及時付款而已），女粉絲目前去韓國留學讀韓文，下一次開庭會在女粉絲留學回來的一個月之後。

「難道不能用視訊電話把事情談妥嗎？」

導演在大廳的自動販賣機買了水，不停地轉動著肩膀發著牢騷。我為什麼有一種意興闌珊的感覺？有點像在參加高中的文化祭，因為沒有其他事可做，所以就依次去看各班並無任何精采可言的展覽。兩者的感覺很相似。

我們重新振作，決定再去旁聽一場。查詢之後，發現有一場結婚詐欺的官司，而且通常說到結婚詐欺，感覺都是女人受騙上當，但這起官司的被告是女人。開庭時間是十五分鐘後，時間上也剛剛好，導演也似乎很有興趣。

「不知道是怎樣的人，應該是女神級的超級大美女吧。」

我隨口自言自語，導演也一臉認真的表情回答說：

「那倒未必，比起被告的長相，我對說謊的人長什麼樣子更有興趣。不知道她露出怎樣的眼神看著對方，又用怎樣的聲音慫恿對方。」

我這才發現，這也是我想知道的事。我還是只追求自己想看的事。雖然感覺很像，但其實不一樣。我追求的是肉眼可以看到的事，導演追求的是更深層的東西。

我也要觀察這一點。我心情振奮地走進法庭，發現旁聽席有一半都坐滿了。不知道是官司相關的人，還是媒體記者。雖然我來這裡之後才知道這起官司，但也許是在社會上受到一定程度矚目的案子。

內心越來越期待。下午四點開庭，法官和相關人士步入法庭後，包括旁聽者在內，所有人都隨著法警的口令聲站了起來，但我忍不住偏頭納悶。因為只有一個男人坐在被告席上，原告席上有三個男人。

結果法官宣布了意想不到的事。

「今天下午一點，接到被告的聯絡，說因身體不適，無法出庭應訊。」

法庭內頓時一片譁然。啊？什麼？法庭內禁止交談，但大家還是忍不住脫口發出了質疑的聲音。雖然我自己沒有意識到，但也許我也發出了聲音。太驚訝了，太讓人不知所措了。

和剛才那起霸王餐官司時一樣，雙方的律師都拿出記事本，開始協商下一次開庭日期。被告似乎並非發生車禍，或是因為舊疾復發住院，而是昨晚開始發燒，原本以為早上就會退燒，所以決定繼續觀察，結果並未退燒……既然決定觀察到開庭之前，就代表不是流感，只是普通的感冒。

被告因為這種程度的症狀就不來出庭，而且竟然允許這種情況發生。

最後決定下一次的開庭日期在一個月後。下一次開庭時，被告也可能在當天發燒。不知道發燒到什麼程度？

如果我是被害人、原告那一方，會要求被告即使爬也要爬到法庭。坐在離我隔了三個座位的老婦人深深地嘆了一口氣，也許她是被害人的家屬。她看起來體力不是很好，不知道住得離這裡近不近。

更何況既然下午一點就接到聯絡，非要等到下午四點開庭，再煞有介事地在庭上宣布嗎？至少不是應該事先通知原告嗎？然後幾個律師可以用電話或是電子郵件決定下一次開庭的日期。

「感覺好悠閒。」

電梯的門一打開，我忍不住抱怨，和導演一起離開了法院。回頭仰望的建築物就像是紙糊的布景，只是一個空洞的箱子。

導演提議，要不要找個地方喝咖啡，但法院旁邊的公園看起來很舒服，而且剛好看到有長椅，於是我提議去公園討論感想。導演抬頭仰望著高大的樹，舒服地瞇起眼睛表示同意。

我們並排在長椅上坐了下來，遠遠地看到一對老夫婦帶著狗散步。我看著那對老夫妻開了口。

「很久之前就有人說，懸疑劇的法庭戲和現實生活中的法庭完全不一樣，電視劇中的法庭戲都會看到雙方激烈辯論，或是出現大逆轉、周到的辯護策略，總之非常精采。我之前就很好奇，既然和現實的法庭不一樣，為什麼電視劇的法庭戲不努力貼近現實呢？現在終於知道其中的原因了。」

我在說最後幾個字時看向導演，我們的視線交會，幾乎可以聽到視線交會時啪滋的聲音，我慌忙低頭移開視線。我發現自己穿了一雙黑色包鞋，原本還以為法院是必須穿這種鞋子的莊嚴場所。

「因為如果貼近現實，就會太無聊。我以前一直以為，開庭審判是為了釐清真相，但其實只是一場報告會，或是只是主張自己想要引導的局面的地方，真正的想法根本不重要，簡直就像三流戲碼的發表會。所以，電影和電視的製作團隊就覺得既然是劇情片，就拍出觀眾想看的那種精采激烈的法庭戲……」

我作好了迎接導演視線的心理準備，抬起了頭，再次看到了和剛才一樣的眼神，但我這次沒有移開視線。

「妳的作品不是追求真實性嗎？《一小時前》也完全沒有美化死亡，所以才深受好評，但批評也同樣多，認為妳踐踏了那些因為自殺而失去重要家人的家屬心情，但是，妳仍然不打算放棄自己的信念……對不對？」

「是啊。」

「所以法庭戲也會以那種方式呈現嗎？當然，我們還沒有旁聽過命案開庭審理的情況，不能和今天的情況混為一談。」

「不知道運送價值數億圓的五公斤大麻是怎樣的心情，不知道刑警在忍者刀的刀柄中發現這麼一丁點大麻時，臉上是怎樣的表情。不知道願意花錢贊助那個不起眼的Youtuber的粉絲，過著怎樣的人生。想瞭解的事實在太多了。」

「我也有想瞭解的事，像是為什麼一碗拉麵和兩杯啤酒就要三萬五千圓……」

當我說出口之後，就更覺得自己想瞭解的事多無聊。導演想表達的應該並不是這個意思。

「雖然我不知道自己的理解是否正確，但我認為實際發生的事是事實，在事實的基礎上加入了感情就是真相。在法庭審判中只要公開事實就好，否則就無法稱為公平，但是，人的行為必定帶著感情。正因為必須考慮到這一點，所以在法庭上呈現的必須是真相，但這是真正的真相嗎？」

「真正的？」

我無法理解她說的意思，偏著頭反問。

「很可能是在事實的基礎上，結合了之後的感情。在法庭上呈現的並不是被告犯案時的心情或是心理狀態，而是在事後加上了對審判有利的感情。」

「有道理。」

讓人似乎可以聽到〈媽媽的歌〉的一連串對話，聽起來不像是被告的真心話，而是背的臺詞。

「光靠審判紀錄，無法瞭解被告真正的心理狀態，也就是說，無法瞭解真相。」

導演露出淡淡的笑容點頭，似乎溫柔地表示同意。導演沒有因為很無聊、完全沒有收穫感到失望，而是想到了下一個疑問、下一個想要瞭解的問題。這意味著……

「所以如果不直接和立石力輝斗見面，就無法瞭解『笹塚町滅門血案』的真相嗎？」

「雖然是這樣……」

導演在說話時，從放在旁邊的皮包中拿出了厚厚的記事本。我以為已經決定了面會的日子，忍不住興奮期待，但導演提出的是和其他人面會。

難道她還在為和力輝斗見面感到遲疑嗎？在我發問之前，導演就告訴我，目前正在辦理相關手續。

只是和判刑確定的死刑犯面會並非易事。因為經常看到一些和死刑犯對話的書籍，所以之前沒有想到這是一件困難的事。導演已經寫信給力輝斗，正在嘗試是否能夠透過當初為力輝斗辯護的律師交給他。

我總覺得導演在那封信上並沒有提「笹塚町滅門血案」，而是寫小時候在陽臺上的事。信中只有一個問題。

在防火牆另一端的是不是你？

「姊姊，我也很想見貓將軍。」

我沒有回事務所，直接回了家。一回到家，就立刻躺在床上。雖然閉上眼睛努力回想貓將軍的樣子，但腦海中只浮現出站在夕陽下的黑色影子。明明是認識的人，難道因為增加了不瞭解的要素，就連記憶中的樣子也變得模糊了嗎？

【理由　關於責任能力的判斷　一　結論

關於本案各公訴事實，以及被告在犯下這些行為時的責任能力，檢察官主張「具備完全責任能力」，辯護人主張「在殺害行為時雖具完全責任能力，但在縱火行為時，處於心神喪失狀態」。

本法院基於以下理由，判斷被告無論在殺害行為和縱火行為時，都具備完全責任能力。】

【理由　關於責任能力的判斷　二　明神谷鑑定之信用性

關於被告責任能力問題，選任明神谷源之助醫生（以下稱「明神谷醫生」）為鑑定人，以「被告在犯案時及現在的精神狀態、被告在犯案時及犯案前後的心理狀態」為鑑定項目進行鑑定，已獲鑑定人提出的精神鑑定書及精神鑑定書補充說明等（以下將所有這些內容統稱為「明神谷鑑定」）鑑定結果。

根據明神谷醫生身為精神科醫生的經歷、專業領域和臨床經驗，認為是針對上述鑑定事項，為被告進行精神鑑定的適任專家，其鑑定手法和判斷方法亦無不合理之處，認為明神谷鑑定充分值得信賴。】

「姊姊，正隆背著我和長谷部導演聯絡，他還是這麼奸詐，反正他最後一定會失戀。」

對我來說，去鄉下地方就是從東京一路往西的行為，但現在才發現一件理所當然的事，那就是一路往相反的方向，也可以看到一片相似的風景。

別人問我老家在哪裡的時候，也許對方是為了瞭解大致的位置，經常問我離家最近的車站是哪一站，我曾經為了回答從家裡走到車站要將近一個小時的車站，算不算是離家最近的車站煩惱不已，還是公車站也可以算？如果騎腳踏車，拚了老命騎三十分鐘可以到的距離，難道不能勉強擠進離家最近車站的範圍嗎？

但在到了東京一年之內，我發現只有被問的我自己這麼認真思考這種問題，這種事對問的人根本不重要，因為十之八九的人問這個問題，並不見得真的打算去那裡。

難得又想起這個問題，是因為我目前正在搭海邊的單線鐵路列車。列車抵達五站前的車站時，減少了多餘車廂，目前只剩下一節像公車大小的車廂喀隆喀隆、搖搖晃晃地行駛在離海很近的地方，只要從車窗丟一塊小石頭，應該就可以丟進海裡。

離目的地還有三站，下車之後還要再搭四十分鐘公車，但因為沒有接得很順的班次，要在車站等超過三十分鐘才有下一班車，所以我預約了計程車。

這趟行程的車資可以申請報銷，還是必須自己付費？我是「大畠凜子事務所有限公司」的員工，之前即使是為最後未受採用的劇本進行採訪工作和開會相關的所有開支，我都會向事務所報帳。無論結果如何，身為員工的我接受了公司指派工作，拿收據報銷的行為天經地義。

但是，這次是我個人接受「笹塚町滅門血案」的工作，非但如此，甚至還是在向大畠老師豎起叛旗的狀態下進行的工作，我怎麼有臉向公司申請報銷？雖然平時都是由我負責收據類的管理，但偷偷摸摸申請，會讓我心生愧疚，好像在做什麼壞事。

如果我執意問老師是否可以報銷，老師一定會問我去了哪裡。在劇本完成之前，我不想讓老師知道，我去見了最初負責立石力輝斗精神鑑定的醫生。

但是，在長時間搭車期間再次看了精神鑑定報告的影本後，我發現報告上並沒有這位醫生的名字。我是在網路上得知葛城淳和這個名字，不知道是否因為透過聲音不容易打開透過眼睛儲存在腦內的檔案抽屜，從導演口中聽到這個名字時，我想了很久，不知道是在說誰。幸虧在導演補充說明之前，我及時想了起來，所以導演應該知道我也自行調查過，但她會不會認為我做事不夠積極？

還是找大畠凜子老師合作比較好。如果導演有這種念頭，那我就完蛋了。

一方面也是因為這個緣故，所以當導演問我要不要去見葛城淳和老師時，我就像在教學參觀日積極求表現的小學生一樣舉起手回答：「我要去！」完全沒有想到在交通上就要花半天的時間。

身為外地人，並不想認定有專業能力的人在鄉下地方工作，就是在東京無法生存，或是遭到降職、曾經發生醜聞，基於這些負面的原因選擇在這裡落腳。

讀小學的時候，聽到被調去離島的老師用了「流放」這個字眼，心裡感到很不舒服。雖然是因為那個老師當時說，比起流放到離島，笹塚町還比較好一點，但我相信離島的人聽了這句話，一定會感到更不舒服。雖然我知道自己現在也遠離了家鄉，根本沒有資格說這句話。

即使如此，當我得知原本在東京的大學附屬醫院工作的葛城醫生，目前在可以稱為偏遠地區的城鎮診所內工作，還是無法擺脫是被迫到這裡的印象。雖然我不知道是因為檢舉明神谷醫生而被逼走，還是因為被逼走，所以才憤而檢舉。

然而，無論葛城醫生目前住在哪裡，都必須找機會見一面。我問已經透過電子郵件和葛城醫生聯絡過的導演，用什麼方式和葛城醫生建立了聯繫管道，沒想到導演的回答單純得讓人吃驚，她反而很驚訝我竟然不知道這件事。

葛城醫生在大學時的學弟，目前是正隆在波士頓那家醫院的同事，正因為這個原因，所以正隆在明神谷醫生的精神鑑定問題上，知道不少連網路上並沒有很多人討論的事。精神鑑定並不是正隆的專業領域，當他提起這件事時，我就應該想到這個問題。

因為我有自知之明，知道自己很無知，所以不會對別人知道的事產生疑問。這是身為劇作家不該有的缺點。

但正隆才有很大的問題，這麼重要的事，竟然只告訴導演，而且他不僅向導演提供了葛城醫生的聯絡方式，還透過那個學弟醫生牽線，把導演介紹給葛城醫生，簡直是熱心到家。

老實說，我甚至不知道正隆已經回去波士頓了。這個傢伙如願和從小認識，現在成為世界知名電影導演的美女香香重逢，相互交換了聯絡方式之後，就把鄉下表妹一腳踢開，而且毫不掩飾這種態度。

包括這種事在內，我早就知道正隆就是這種人。姊姊舉行鋼琴發表會時，每次都是他抱著所有親戚合買的大花束上臺獻花。發表會結束之後，姊姊每次都把花束交給我。

我並不是無法瞭解正隆的心情，如果是只需要聯絡某一方的事，我也會選擇聯絡導演，但我有點擔心當初只是讀同一所幼兒園，正隆就表現出一副好像青梅竹馬的態度，會不會讓導演覺得困擾，於是我為這件事向導演道歉。

我並不覺得這件事有多嚴重，說起來只是場面話而已，沒想到導演用力搖著雙手否認。

——我完全不覺得他臉皮厚，或是造成了我的困擾。相反地，我真的很抱歉讓妳產生了這樣的感覺。

我才該感到抱歉。因為明知道導演是那種很會多想的人，我竟然忘了這件事，結果我們兩個人就相互鞠躬道歉好一陣子。我覺得有點像改編版的互瞪遊戲，忍不住笑了出來，導演也終於露出了笑容。

——我從小就幾乎沒什麼朋友，但並不是遭到排斥。在不同的階段，都會有一起吃便當、相互借書，或是交情還不錯的同學，但分班之後，或是從學校畢業之後就斷了聯絡。

導演的話令我感到意外。我一直以為像她這種才貌雙全的人，無論在人生任何階段，都會像公主一樣，周圍有很多跟班，即使在畢業之後，朋友的邀約多得讓她難以招架。

——在接受採訪時，記者也經常問我，是不是有很多朋友傳訊息向我道賀？或是問我得獎之後，收到了多少訊息，但其實九成五都是業界人士，剩下的零點五其實也不算是朋友，而是交情不錯的美髮師、整骨師，即使這樣，收到他們的道賀仍然很高興，但聽了記者的問題，讓我感到有點難過。別人都是用線連結過去的人生，我只是斷斷續續的點。

雖然她難過地說著這些事，我不知道該對她說什麼，即使告訴她，我也沒什麼朋友，也根本無法安慰她，我覺得最好的方法，就是默默聽她傾訴。

——所以正隆說我們是青梅竹馬，說話時無拘無束，反正就是用正常的方式和我說話，反而讓我感到很高興。

那就好。原來臉皮厚和神經大條偶爾也可以發揮正面的作用。

——真尋，妳和正隆感情很好，看起來不像表兄妹，好像親兄妹一樣，和千穗之間也這樣嗎？

導演突然提到我的事，我的思考停頓下來。她是問千穗和誰的關係？正隆怎麼對待和他同齡的姊姊？他們已經好幾年沒見面了，但我知道正隆對姊姊很好。

——因為我們住得很近。我這種人當然沒資格對妳說什麼大話，但我認為人生並不是只有一條線，而是很多線像繩子一樣糾結在一起，其中有些線並不重要。有時候為了保護重要的線，必須剪斷不重要的線。而且即使其中有一條線斷了，還是有些線牢牢地連在一起，只是沒有意識到而已。

說完這番話，我的臉立刻紅到了耳根，導演也一臉呆滯的表情看著我。

——我想說的意思就是，妳太美化正隆了，那種人，妳只要稍微捧他一下，他就會飛上天。如果他說話不知分寸，請妳馬上告訴我。

原本打算那天約導演一起吃飯，最後也因為覺得太丟臉，逃也似地匆匆向她道別，但並不是因為這個原因，導致我一個人長時間搭車。

「這是車站前的照片。雖然我第一次來這裡，而且這裡離笹塚町很遙遠，但只有我對眼前的景象有一種似曾相識的熟悉感嗎？像是麵包店的招牌之類的。以前妳上完鋼琴課後買回來的菠蘿麵包超好吃……啊，我上次回去時為什麼忘了吃！笨死了，笨死了，笨死了。」

雖然我很想去麵包店，但預約的計程車已經等在車站前的圓環，所以我只好放棄麵包店，坐上了計程車的後車座。當我報上目的地時，司機說剛才送了一個女客人去相同的地點，我猜想是導演，忍不住想咂嘴。

早知道我們應該約在車站，不要約在診所集合。

因為導演寄了資料給我，又邀我一起去參觀法院，我覺得自己不能表現得太被動，就提出由我來訂新幹線的車票，導演一口拒絕了。

她說那段時間剛好要去北海道勘景，所以打算直接從北海道前往。聽說她接了一齣電視劇，根據某大型文學獎得獎作品的推理小說改編，將成為年底的特別節目。電視臺方面安排在衝收視率的時段播出，所以邀請導演執導也在情理之中，但我很希望她只拍獨創的作品。

我很希望她花足夠的時間面對自己想要瞭解的事。但也不能一概而論，並不是只要有時間，就可以不斷湧現各種思考，即使投入其他作品相關的工作，導演應該隨時都會惦記著「笹塚町滅門血案」。

我一直看著窗外的景色，但在思考停止的瞬間，發現窗外的風景和我剛坐上計程車時完全不一樣了。眼前一無所有，右側是大海，左側是一片草叢，不時出現防止土石流的水泥牆。

雖然是柏油路，但不知道是山上有落石，還是海浪沖上來的沙石，灰色的道路上積了一層沙子，好像塗上了白色。輪胎輾過沙子發出的沙沙聲音，讓我想起從神池的家往後山的那條路。

那時候我還在讀小學低年級，我以為沒有鋪柏油的狹窄山路是行人專用，有一天發現一輛印了電機公司名字的小貨車超越我和姊姊，駛上了山。我驚訝不已，用控訴的語氣問姊姊，車子怎麼可以開上來？姊姊氣定神閒地說，因為有鐵塔啊。

雖然從山麓就可以看到鐵塔，但我從來沒有想過，那條路竟然可以通往鐵塔。

原來姊姊去過那座鐵塔。平時我向來毫不猶豫地向姊姊發問，但當時無法開口。因為姊姊的視線看向遠方。那天的天氣並沒有特別好，周圍並沒有漂亮茂密的綠葉，也沒有小鳥在啼叫，我猜想姊姊正沉浸在肉眼無法看到的景象中。

以前媽媽曾經悄悄告訴我，姊姊可以接收到普通人看不見的東西，然後變成鋼琴的音色釋放出來，所以叫我不能打擾姊姊。即使那些知名的老師無法接受，姊姊仍然有她追求的音色，有她想要表現的音色。

當時我猜想一定是正隆偷偷帶姊姊一個人去鐵塔，所以不理他好一陣子，但我猜想誰都沒有發現，事情就這樣過去了。幾年之後，姊姊才帶我去那座鐵塔。

雖然感覺自己正在前往無人的未開墾地，但沿著崎嶇山路轉了幾個彎，看到了一個小村莊。堤防遠處有一座棧橋，停了五艘漁船，幾個像是小學生的男生並肩坐在一起，好像正在玩什麼遊戲。

我又發現了一件理所當然的事。診所不可能開在無人居住的地方，而且並不是鄉下的孩子都只玩抓迷藏。

計程車經過民宅、郵局、賣食品和日用品的雜貨店，在周圍的風景再度變得有點冷清時，計程車駛入了靠海的小路，來到小路盡頭一片可以停六輛車左右的沙地停車場，發出沙沙的聲音停了下來。

我還是向計程車司機要了收據，以備不時之需。

停車場周圍是一片松樹林，後方是一棟白色鋼筋水泥平房，門口的招牌上寫著「磯崎診所」。磯崎應該是這一帶的地名，剛才看到的郵局也寫著「磯崎郵局」的名字。

不知道診所開幕才不久，還是重新整修過，房子外觀一片潔白，看起來不像診所，反而更像民宿。我覺得還是先打電話給導演比較好，於是在門口附近拿出了手機，聽到吱呀一聲開門的聲音，驚訝地抬起頭，剛好和坐在候診室長椅上的導演四目相對。

我就像經過漫長的旅程，終於見到了朝思暮想的人一樣，興奮地用力揮著手，但隨即想到我並不是來這裡和導演見面，所以立刻收斂了。但導演還是走到門口，為我拿了拖鞋。

我們來這裡求見的葛城醫生還在看診。

並沒有其他病人候診。櫃檯一名穿著護理師服的大嬸告訴我們，這裡除了醫生以外，還有兩名護理師和一名藥劑師。那個大嬸的年紀應該和我們母親的年紀差不多，顯然知道導演是「世界聞名的長谷部香」，而且在態度上表露無遺，對導演異常親切，每隔五分鐘就對她說「醫生馬上好了」。

至於對我……她看到了我手上拿的紙袋，問了我「這是很熱門的法國麵包脆餅吧」之後，對我的態度才漸漸友善起來。她似乎認為我是導演的助理或是秘書。

雖不中，亦不遠。我暗自苦笑時，看到一名年輕媽媽帶著嬰兒走了出來。那個媽媽年紀應該比我小，單手抱著男嬰，向導演微微點頭，然後在旁邊的椅子上坐了下來。她手上的嬰兒臉蛋紅通通，可能在發燒。

幾分鐘後，一名身穿白袍的女人從同一個診間走了出來。

「長谷部導演，不好意思，讓妳久等了。」

我完全沒有想到葛城淳和醫生竟然是個女人，忍不住瞪大了眼睛，而且她漂亮的臉蛋也讓我倒吸了一口氣。她看起來完全不像已經四十五、六歲，比起白袍，感覺更適合穿和服。

難怪即使不是自己的專業領域，正隆也會產生興趣，而且主動介入這件事。我看向候診室大窗戶外的水平線。

【理由　關於責任能力的判斷　三　本案中各犯案時被告之精神疾病及其他病態

1. 被告雖然和他人相處時情緒異於常人，但在犯案之前，並未嚴重影響其正常社會生活，可見其在社會性方面，對於不得做出如本案各犯罪行為之行為有充分認識，並未對其責任能力產生影響。

2. 被告形成了內心雖有強烈攻擊性，卻徹底不去意識此事的特有人格構造，並有徹底從意識中排除憤怒感情的強烈人格傾向，即使強烈的憤怒爆發，也缺乏加以感受的認識過程。被告藉由淡化外界刺激，進一步弱化這種功能。】

【理由　關於責任能力的判斷　四　被告之精神狀態對本案各犯罪行為之影響

1. 被告在本案犯下殺害行為時有充分是非辨別能力，但因為被害人的挑釁行為而產生憤怒感情，如前所述，由於控制感情的機能弱化，導致內心深處的強烈攻擊性爆發，進而殺害了被害人。

2. 本案中憤怒失控下的殺人行為，和本案中非常冷靜、有序的縱火行為時的意識

狀態有所改變，但難以認為改變程度顯著到責任能力受限。】

「兩位不是為了動物園事件，而是為笹塚町事件而來，對嗎？」

在狹小的會客室內做好談話準備後，葛城醫生一開口就這麼問。長谷部導演事先已經告知，想就「笹塚町滅門血案」請教她的意見，但她還是無法不確認嗎？

來這裡的路上，我也多次上網搜尋葛城醫生揭發一事的相關內容，發現這一個月來，對此事發表評論的人大為減少。她鼓起勇氣揭發的事並沒有在網路上引起熱議，就漸漸沉寂下來。

在這種情況下，深受矚目的電影導演，特地透過住在國外的大學學弟上門聯絡，葛城醫生內心當然也會抱有期待，只不過她想談的應該是白岩動物園無差別殺人案。

「對，是關於『笹塚町滅門血案』的被告立石力輝斗。」

導演經常為一些微不足道的事露出尷尬的表情，但此刻一雙大眼睛正視對方，毫不猶豫地回答。

葛城醫生臉上的表情讓我難以分辨那是美女特有的憂鬱表情，還是真的感到失望，因為我沒看過她的其他表情，所以難以分辨，但她已經準備了有關立石力輝斗的資料。

「我擔任明神谷教授的助理，參與了立石的鑑定，前後為期一個月的時間。不，正確地說，由我進行心理諮商，教授根據心理諮商的結果撰寫鑑定報告。無論是立石先生，還是動物園的……過去十五年期間，明神谷教授進行精神鑑定的所有事件，幾乎都是以這種方式進行。」

我完全無法插嘴。葛城醫生的聲音對女人來說有點偏低，和窗外海邊寧靜的景色渾然一體，像海浪的聲音般在腦海中響起。那種感覺就像是在假日午後聽著FM廣播，身體深處很自然地產生了舒服的睡意……不行，聽這些事時腦袋必須保持清醒。我放在膝蓋上的手稍微向下移動，在小腿上方捏了一下。

我偷瞄了導演，發現她挺直身體，一動也不動地直視醫生。

「是一個月，一個月。」

醫生對著導演重複。兩個人的眼神都很有力，我沒有自信能夠長時間承受這樣的眼神。

如果有整整一個月的時間面對葛城醫生，我人生中的一切，包括自己並沒有察覺的事，甚至是已經遺忘的事，應該都會被她看得一清二楚。而且她的聲音會令人陷入催眠狀態，不僅會情不自禁說出原本想要隱瞞的事，甚至會稍微添油加醋，變成更充滿喜怒哀樂，比實際人生更了不起的人生。

「真短啊。」

我懷疑自己聽錯了，看著導演，但導演根本不在意我的反應。

「妳是不是也這麼認為？」

葛城醫生語帶興奮地說，似乎終於找到了知音。醫生的身體微微前傾，對著導演繼續說了下去。

「並不是一天二十四小時都密集進行，而是在有限的時間內進行心理諮商，更何況並不是每個人都從第一次就願意敞開心房。有些人閉口不談，有些人會在諮商時感到不舒服，經常發生無法完成規定項目的情況，但是，我認為和對方之間的對話更重要。因為面對不信任的人，根本無法說出真心話，不是嗎？尤其是那些保護自己和說真話這兩件事相互牴觸的人。」

在聽葛城醫生說話時，我想到的不是力輝斗，而是沙良的臉。在聽了逸夏的故事後，我和正隆告訴導演，沙良有習慣性說謊的問題，但我們並沒有直接為沙良進行診斷。

目前並沒有發現沙良生前曾經看過身心科的紀錄，但無論我們還是媒體，未經專業醫生的診斷，都理所當然地使用這個字眼。

每個人都曾經說過或大或小的謊，到底說了多少謊，會被判斷為習慣性說謊，或是病態性說謊？

「我清楚記得立石力輝斗的事，這麼說或許有點奇怪，但那時候我剛當上醫生，所以卯足了全力。那時候我常常覺得自己白忙一場，他從第一天開始就很認真面對。雖然他有點說不清楚，或者說不習慣用言語表達自己的感情，但可以感覺到他努力想要表達的態度。」

「他殺人的動機是什麼？」

導演問，我慌忙拿起桌上事先準備的筆記本和筆。因為葛城醫生希望不要錄音，所以由我負責記錄，但剛才竟然只是呆若木雞地聽醫生說話。

我以條列的方式記錄。

（犯案現場的狀況）

案發當天是十二月二十四日，父母說要去附近的酒廊和朋友一起開聖誕派對，晚上七點左右出門。晚上九點時，去朋友家參加聖誕晚會的沙良回到家中。家中只有力輝斗和沙良兩人。

力輝斗平時不會和家人一起坐在餐桌旁吃飯，但因為這一天母親買了一個圓形蛋糕放在廚房，所以沙良拿著蛋糕去了二樓力輝斗的房間，兩個人一起吃蛋糕。

（殺害沙良的動機）

在吃蛋糕時，沙良語帶輕蔑地數落他不讀高中，二十歲後也一直躲在家裡，和打工都無法持久這些事。

沙良對他說：「如果我以後成為偶像出道，被人在網路上公布有你這種家人，搞不好會毀了我的前途，我看你還是自殺好了。」

（殺害沙良的方法）

他看到沙良從廚房拿來切蛋糕的菜刀，不假思索地拿了起來，刺向她的胸口。

沙良當場倒地，他害怕沙良又坐起來，所以拚命連刺好幾刀。

然後他把沙良的屍體搬回位在隔壁的沙良房間的床上藏起來。

他坐在那裡發呆了一陣子（不記得正確的時間），看到蛋糕的紙袋裡有點蠟燭用的打火機，為了掩蓋行兇殺人的行為，他決定點火燒掉。

沙良的房間內有煤油暖爐。

他把剩下的蛋糕放在沙良房間的桌上，把紙袋也放在旁邊，為蠟燭點了火。

他也想到了火會燒到暖爐的可能性。

（殺害父母的方法）

他發現父母喝了酒之後回到家中，睡在一樓的房間。

因為他害怕父母發現沙良的屍體，所以點火之後，立刻逃出了家門。

（對父母的想法）

他想到了父母可能來不及逃生，相反地，他強烈希望他們無法逃生。

他痛恨父母從小就只疼愛沙良。

「在說完案發經過後，力輝斗說，他記得犯案時所有的事，他很正常，所以不需要做精神鑑定，請直接判他死刑……這是他在鑑定第一天說的話。」

葛城醫生說到這裡，垂下了眼睛，我也把筆記本放在桌上。雖然我就像書記官一樣拚命記錄，但除了媒體報導以外，也已經看過法庭的審判紀錄，並沒有聽到任何新鮮的內容。

「對不起，連茶都沒有為兩位準備。」

醫生露出柔和的微笑後起身走出會客室。「不必費心了。」雖然導演拒絕，但醫生邁開修長的雙腿，英姿颯爽地走了出去，應該只聽到導演說的前兩個字。

導演一開始就告訴櫃檯的大嬸不必準備茶水。因為她一路上喝了許多茶和咖啡，我坐在導演身旁，也嘿嘿笑著表示同意。雖然我們分頭行動，但想到導演也不知道該怎麼打發時間，忍不住有點高興。雖然我覺得她其實應該一路上都用筆電在工作，根本沒時間補充水分。

「我可以看一下嗎？」

導演指著我的筆記本問。

「好啊，好啊。」我遞上筆記本。

「沒有上高中、繭居族、打工無法持久。」

導演自言自語著，似乎在說，會因為這種原因殺人嗎？

立石力輝斗、貓將軍並沒有讀高中。根據週刊雜誌的報導，他在讀中學時就經常拒學，他從小學開始遭到霸凌，上了中學之後，霸凌的現象更加嚴重。

所以他才會去公園嗎？他經常在那裡出沒，所以那些野貓才會毫無警戒心地跟在他身後嗎？但是，不知道力輝斗自己想不想升學，是否有目標，是否有什麼夢想。

包括我在內的那些小學生都把力輝斗當傻瓜，但並不是當他的面說這種話，無論是做算數題或是猜謎題，只要有同學答不上簡單的問題，其他人就會笑他說：「你是貓將軍嗎？」甚至有同學一臉認真的表情說，雖然不想讀書，但至少不想成為貓將軍那樣的人。

但是，冷靜思考之後，就覺得如果力輝斗正常上學，功課應該不會太差。

在媒體聚焦在沙良的習慣性說謊問題之前，週刊雜誌上經常出現「夢想成為偶像的女高中生」之類的標題，第一篇報導的標題是「就讀當地升學高中的女生」。雖然還分為特別升學班和普通班，沙良讀的是普通班，但即使是公立中學的普通班，成績排名也要在前三分之一才能擠進去。

姊姊讀的也是普通班。

雖然以我為例就知道，兄弟姊妹未必具有相同的才華，但除了突出的才華以外，其他部分應該不至於相差太多。

「在學校的……」

導演在開口的同時，門打開了，櫃檯的大嬸端著托盤，跟在醫生身後走進來時，狹小的房間內頓時瀰漫著紅茶的香氣。

茶几上除了每個人的茶杯以外，還放著點心盤。有我帶來的法國麵包脆餅，還有看起來像是北海道特產的巧克力，還有整齊排列著沒有塑膠紙包裝，而是裝在鋁箔紙杯內的黃色麻糬。

「也請嚐嚐這裡的名產。」

大嬸穿著剛才在櫃檯時沒有穿的薄質羽絨衣，可能剛才特地跑去買回來的。「那我就不客氣了。」我深深鞠了一躬，「請隨便用。」大嬸笑著走了出去。

導演希望醫生趕快繼續說下去，看向剛坐下的醫生，醫生也向她推薦麻糬，「請兩位趁變硬之前趕快吃。」於是就暫時進入了點心時間。

裝在鋁箔紙杯中的麻糬比想像中更軟，整口吞下去時，立刻在嘴裡融化，滑入喉嚨深處，嘴裡只留下濃郁的奶油風味。

「真好吃！」

我毫不猶豫地大聲稱讚，醫生對我露出了溫柔的微笑。

「這叫奶油麻糬。我也是來這裡之後才第一次吃，現在完全中了毒，只要兩天不吃，就會出現戒斷症狀。」

說完，她把簡直可以成為日本畫模特兒的薄唇張到最大，也一口吃下了麻糬，但我在意的重點不一樣。

來這裡之後……即使我沒有去過，也知道她以前任職的那家醫院是東京都內知名的醫院，只要政治人物和藝人住院，電視上就會出現那家醫院的建築。我再次深刻意識到，她被從東京都內的知名醫院貶到這個鄉下地方的診所。

我忍不住思考，不知道葛城醫生的老家在哪裡？雖然並不是比這裡更鄉下的地方就比較沒問題。

身旁傳來咳嗽聲。導演也吃了麻糬，但氣管似乎被避免麻糬黏在鋁箔紙杯上的粉嗆到了。「妳沒事吧？」我拍著她的背，立刻發現這個舉動毫無意義，馬上道了歉。

導演並不是被麻糬卡到喉嚨。

我這個人很貪心，什麼都愛吃，經常被食物卡到喉嚨，我很喜歡姊姊溫柔地為我拍背，因為覺得姊姊好像在我的背上彈奏音樂。

導演從皮包裡拿出寶特瓶的水喝了起來，用手帕擦了眼角和嘴角。雖然沒有造成任何人的困擾，但還是說了聲「抱歉」，然後重新坐好。

我覺得導演的動作似乎表示要重新回到立石力輝斗的話題，於是我也重新坐好，稍微挺直了身體。

「來這裡之前，我看了法院的紀錄，上面也提到了妳剛才說的事，以及遭到霸凌的事，但力輝斗在家庭內的情況如何？有沒有遭到虐待之類的……」

導演最想知道的事，還是防火牆另一端的到底是沙良還是力輝斗。

「我也多次問了他在家庭內的情況，他只說他行兇的原因是父母只疼愛妹妹，問題是父母對待他們兄妹有什麼不同。」

我聽著醫生的話，然後突然想到要做筆記，翻開筆記本，拿起了筆。

（關於力輝斗的虐待）

只有妹妹總是穿漂亮的衣服。

一家人出去吃飯時，有時候不帶他一起去。

他經常幫忙洗碗、做家事，但從來不曾得到稱讚，妹妹只是把垃圾丟進垃圾桶，就會得到稱讚。

「他對我說了這些事。」

「就這樣而已？」

我拿著筆，忍不住脫口問道。我忍不住感到納悶，這算是虐待嗎？但還是做了紀錄。雖然並不是期待有什麼激烈的行為，但原本還以為情節會越來越嚴重。

「對……」

醫生的語氣聽起來也有點難以啟齒。

「有沒有說不讓他吃飽，或是在寒冷的天氣，把他關在陽臺上之類的事？」

導演探出身體問。如果防火牆另一端的是力輝斗，當然會出現這種證詞。

「沒有。」

如果他遭到更嚴重的虐待，可能覺得被關在陽臺上這種事並不算是虐待，有可能不會提到這件事，但實際情況到底如何？醫生繼續說了下去。

「這只是我的猜測，我認為力輝斗想被判死刑。他曾經對我說，事實上，他的確是帶著惡意犯案，所以請判他死刑。即使他真的受到妳剛才所說的虐待，但他故意不說，很可能是為了避免法官酌情減輕刑度。」

「妳在為他進行心理諮商時，沒有出現我剛才提到情況的徵兆嗎？」

我聽了導演的問題後，也跟著點頭。

「心理諮商並不是偵訊，而且也並非只是根據嫌犯的證詞進行判斷，會根據對方動作、視線、說話方式、心理測驗，有時候為了深入瞭解證詞的真假，還必須改變措詞，在不同的日期重複問相同的內容。在這種情況下，即使面對照理說不願回答的問題，或者說，在不回答反而更自然的狀況下，他仍然很努力陳述，真的是很努力，沒錯，他看起來像是在逼迫自己回答如何痛恨妹妹和父母，如何犯案。他有想要隱瞞的事。雖然有人靠謊言來掩飾，但他是靠稀釋能夠說的事實，掩飾他想隱瞞的事，所以必須搞清楚隱約看到的東西到底是什麼。」

我覺得那就像是防火牆另一端的身影，還是隱藏了更深奧的事情？

「我在診斷書上明確記錄了這一點，也向明神谷教授提出了申請。」

原來如此，如果繼續進行心理諮商……但某些東西打斷了我繼續想下去。網路上的報導。葛城醫生為什麼在這裡？剛才裝麻糬的鋁箔紙被空調吹出來的風吹得搖晃了一下，發出啪沙沙的聲音。

「但是，心理諮商沒有繼續進行下去。」

導演搶先說出了口，醫生對著導演深深地點了點頭。

「因為教授已經著手進行下一個委託的案子，所以不想繼續拖延下去……」

「進行這方面鑑定的醫生人數不足嗎？」

導演問。我在網路上搜尋明神谷醫生後，也為這件事感到驚訝。這二十多年來，經常在電視和網路上大肆討論、連我也知道的重大事件，幾乎都是由明神谷醫生負責鑑定。

我當然知道，日本各地每天都在發生各種事件，以此為分母考慮，明神谷醫生負責的案件數只能算是一小部分而已。

「也許該說是明神谷品牌吧。隨著網路的普及，律師、法官都可以輕易查到精神鑑定醫生，面對罪大惡極的罪犯，即使不是被害人的家屬或是朋友，也有很多人希望罪犯被判處極刑，但法院並沒有作出自己所期待的判決，只判處比自己想像中更輕的刑罰。到底是哪個法官作出這種判決？是誰巧舌如簧，保護了加害人？是誰診斷加害人沒有責任能力？除了在網路上大肆撻伐，還會直接寄恐嚇信到對方的職場或是家中，甚至埋伏攻擊，連家人也會受到危害。明神谷教授的鑑定……雖然很難形容，但我認為經常很符合輿論的期待。」

原來是這麼一回事。我能夠理解。但是……

「不，但網路上的多數意見並不代表社會上的多數意見。」

因為我平時就這麼認為，所以一下子就把這個意見說了出來。大畠老師不久之前的電視劇也在網路上遭到強烈抨擊，說什麼想法太古板、否定了生活方式的多樣性、思想很偏頗等等，八成以上都是負面評論。如果是我寫的作品遭到這樣的評論，一定會沮喪得不想起床。

但是，大畠老師看起來完全沒放在心上。老師平時向來不會在網路上搜尋自己的作品，而且她還說。

——在網路上表達意見的人，應該並不是想把這些意見傳達給我，相反地，我很想嘲笑他們以為我會去看這種無聊的留言，未免太抬舉自己了。我敞開大門，接受真正想要對我表達意見的人。網路上有事務所的地址和電話，我也經常去演講，舉辦簽名會，雖然會收到粉絲的信，從來沒有收過批評的信。有人當面說我的作品很好看，從來沒有人向我抱怨，或是向我丟石頭。我認為這才是真實的社會。

我竟然向這樣的人下戰帖。我有點畏縮，但隨即告訴自己，要專注在目前的狀況。

「是啊，也許我說明的方式不太妥當。雖然我之前揭發明神谷教授，現在這麼說或許有點奇怪，但我認為明神谷教授本身並不是刻意讓診斷結果符合網路上那些激進意見的期待，只是周圍的人期待這樣的結果，然後委託明神谷教授進行診斷，所以他無法在某一起案子上耗費很長的時間。」

「明神谷教授對只花一個月左右的時間診斷一起案例有什麼看法？」

導演問。

「他曾經說，並不是花費的時間越長，就越能夠獲得明確的結果。有時候會因為材料增加，反而導致無法看清楚重要的事，所以必須進行取捨選擇。」

我覺得教授的意見也很有道理。大畠老師也曾經說，並不是花的時間越多，就越能夠寫出好作品。雖然我知道娛樂作品和精神鑑定無法相提並論。

「葛城醫生，妳認為立石力輝斗的鑑定問題上，這種取捨選擇不正確嗎？」

導演問了這個問題。我認為這應該是重點，於是拿起了筆。

「我認為立石力輝斗殺害妹妹沙良應該有其他更深奧的理由，足以讓溫厚的力輝斗拿起刀子亂刺一通的理由。力輝斗在當時的責任能力，屬於可以酌情減輕量刑的狀態，所以我認為有必要重新進行心理諮商，而且他說縱火時已經發現父母回家這句證詞的可信度也有疑問。」

「妳沒有把這一點告訴明神谷教授嗎？」

「我當然說了，但教授說，立石力輝斗殺了父母和妹妹是事實，力輝斗本人也承認，也能夠自己說明動機和當時的狀況，和警方的見解也沒有不同，力輝斗的個人傾向也對責任能力並沒有影響。既然這樣，還需要什麼？我們的工作並不是為被告寫成長史。」

我漸漸想投明神谷教授一票。感情的解釋見仁見智，如果太偏向被告的成長史可以成立，所有罪犯都有斟情減輕量刑的餘地。相反地，如果可以寫出成長環境完全沒有問題的成長史，就證明罪犯人格有明顯的缺陷，反而可能無法追究罪犯的責任能力。

「所以，我也就放下了立石力輝斗的案子。」

從醫生的語氣中，可以感受到她並不只是隨波逐流的自尊心，最後還是自己作出了這樣的判斷。

更何況葛城醫生並不是在「笹塚町滅門血案」的精神鑑定問題上揭發明神谷醫生。

「謝謝妳。」

導演深深地鞠了一躬，似乎在肯定葛城醫生。雖然她還是無法確認在防火牆另一端的到底是不是立石力輝斗，但她抬起頭時的雙眼有一種神清氣爽的感覺。

「我一直認為法院的判例和作為判例根據的精神鑑定報告，是專家經過充分仔細的調查後得出的結論，根本不允許外行人提出任何假設性的質疑，即使外行的偵探再怎麼調查，也不可能查出更多真相。但是，我現在知道事實並非如此。這當然不是要為被告寫成長史，如果可以在法庭上朗讀這些內容，而且還配上背景音樂，當然不可能作出正確的判決。但是，我是電影導演，在電影的世界可以這麼做，而且，如果要描寫實際存在的人物，即使只是一天，不，只是幾小時的場景，都需要那個人的成長史。在這個基礎上，妳提供了我重要的靈感，我想要找出立石力輝斗極力想要隱瞞，而且也實際在審判中成功隱瞞的真相。」

當導演這麼宣誓時，我為坐在她身旁的是自己而感到驕傲。因為我知道自己可以參與，不，是必然能夠挖掘出比現實社會更加現實的工作。

參與？我應該發揮奠定基礎的作用。

必須重新檢視「笹塚町滅門血案」，其中必定隱藏了某些提示。內心的自己對我這麼說。我相信導演也一定這麼想。

「導演，我期待妳的新作品。」

葛城醫師用既不是挖苦，也不是奉承，而是可以感受到她發自內心期待的語氣和表情對導演說。

「姊姊，我覺得和人見面是一件重要的事。姊姊，妳除了家人以外，還有思念的人嗎？應該有很多吧？因為妳一直都很受歡迎。」

原本期待可以和導演一起回東京，沒想到在診所的候診室大窗戶前看到叫的計程車出現時，導演說她還要回北海道的勘景現場。

我有很多話想和導演討論，原本還很期待和她相處的時光，覺得回程的時間會在轉眼之間過去。

立石力輝斗到底隱瞞了什麼事？防火牆另一端的到底是不是力輝斗？我……這麼認為。

即使很在意計程車司機，但至少想把這些想法告訴她。當我正在這麼想的時候，計程車已經到了。

我們走出會客室時，剛好有病人來診所（一個母親帶著一對看起來還沒有上學的姊妹，姊姊看起來渾身無力），所以由櫃檯的大嬸為我們送行。

沒想到她竟然還買了奶油麻糬的伴手禮送我們。不光是導演，也送了我一袋兩盒六個裝的奶油麻糬。大嬸說要和導演拍紀念照，於是我就接過了她的手機，所以在候診室時無法延續會客室內的談話。

當我們一起坐上後車座時，計程車就駛了出去。看到導演回頭看著診所，我也回頭看向那棟白色建築物。

不知道是否穿護理師服太冷，還是櫃檯必須隨時有人，大嬸已經不在門口，所以我立刻把頭轉了回來，但導演仍然看著後方，然後維持著這個姿勢問我：

「真尋，妳也看過身心科嗎？」

「也」是什麼意思？是說我和立石力輝斗一樣嗎？而且我有什麼理由要看身心科？

那件事……假設她知道那件事，所以認為我內心有一道裂痕並不奇怪。

只不過就這樣問我，神經也未免太大條了。

「沒有。」

我回答之後，我們兩個人都陷入了沉默，回程的路感覺比來時遠了一倍。

插曲5

原本以為從公立小學升上公立中學就像是小學的延續，同學和之前不會有太大改變，就像升上小學七年級一樣。但在入學之後，我立刻發現並不是這麼一回事。

並不是因為有不認識的同學，而是少了那些父母熱中教育的同學、喜歡讀書的同學、運動等方面優秀、有才華的同學這種考上私立學校的一群人，說得好聽點，就是一群放鬆悠閒的普通學生，說得不好聽一點，就是只剩下毫無長處的學生聚集在那裡。大部分都是根本沒有任何抱負的學生，還有一小部分因為家境的關係，或是考試失利，在十多歲時就因為挫折而受傷，導致缺乏自我肯定的學生。

大部分都是雖然希望自己獲得認同的認同欲求很高，卻無法表達的學生……回顧當初，我得出這樣的結論。

在這些學生中，我算是功課好，運動能力又強的學生。在一年級第一學期時，導師指名我擔任班長。我對班長的工作並不以為苦，也從來不覺得背後被稱為惡魔的英文老師每逢週末出的功課太多。

同學總是稱讚奶奶每天早上為我做的便當看起來很好吃，我也在班上交到了新朋友，午休時間都會在一起，每個月也都會去看一次電影，雖然每次看的都是根據漫畫改編的電影；在爺爺建議之下加入的網球社中，也有相互激勵要以參加縣賽為目標的朋友。

運動會的騎馬戰時，我搶到了敵隊的四頂帽子，對分隊比賽的B隊優勝小有貢獻；在文化祭時，擔任全班合唱的指揮，在全校三個年級中獲得了第二名。

不知道奶奶是對自己的母校仍有留戀，還是單純認定公立學校都很粗野，所以在吃飯時，比以前讀小學時更常問我在學校的情況。

在學校有沒有交到朋友？是否能夠跟上課業？面對奶奶的這些發問，我都能夠笑著回答說「沒問題」，只要看模擬考的成績，就可以證明我的成績並沒有低於全國水準；每次學校舉辦活動時，去參觀的奶奶都會興奮地回顧我活躍的場面，好像是她在活動中表現活躍。

「我很想大聲告訴所有人，那個指揮是我的孫女。妳爸爸以前……」

每次聽到奶奶說「妳爸爸以前……」這句話，我就覺得終於等到了這一刻。我所不知道的爸爸，和奶奶眼中的我重疊在一起的瞬間，讓無法妥善控制自我而陷入焦慮的我，能夠發自內心慶幸我就是我自己。

即使古文考試的成績不如人意，聽到奶奶說，妳爸爸以前讀古文時，也不太會語法中的動詞活用時，會比考到好成績時更加開心。相反地，即使奶奶說爸爸的數學曾經考過全年級第一名，拐彎抹角地責備我的成績還有進步空間，在感到沮喪之前，內心充滿鬥志，決定那就是我下次的目標。

在補習班時也一樣，因為補習班中也有讀私立升學高中的同學，原本以為自己應該考不進S班，但得知爸爸以前是在S班，我就開始發憤用功，覺得只要努力，應該也可以考進S班，在一年級的寒假前，終於從A班轉進了S班。

爸爸以前是學生會的副會長，製作的防治犯罪海報連續兩年獲得縣長獎。雖然我並不是盲目相信遺傳，但我告訴自己，爸爸有能力做到的事，我一定也可以。雖然並不是在所有的事上都有相同的結果，遇到這種情況時，我認為是自己努力不夠，所以絕對沒有輕言放棄。

有一次，班上的女生這麼對我說：

「我好希望自己是長谷部香。」

那個同學因為考試成績無法達到父母規定的分數，被沒收了喜歡的偶像演唱會門票，在埋怨這件事時說了這句話。

「妳各方面都很厲害，又漂亮，身材又好，家裡又有錢，看起來根本沒有煩惱，這個世界太不公平了。」

雖然我覺得平時經常把爸爸、媽媽掛在嘴上，不管是說父母的好話還是壞話，平時像呼吸一樣很自然地談論父母的人，根本沒資格對我說這種話，但我並不想和她聊自己的身世。相反地，以前和我讀同一所小學的同學知道我沒有父母，在一旁為我說話，「香香也有自己的苦衷」，反而讓我感到一陣心酸。

我被父母拋棄，但我仍然希望自己是他們的孩子，我希望在自己身上尋找從他們那裡繼承的要素。雖然那也許只是經過奶奶美化的爸爸，我也只是對奶奶美化後的形象深信不疑而加以模仿。

升上二年級後，奶奶發問的問題漸漸發生了變化。隨著電腦進入家庭，爺爺也很快買了一臺自用的筆電，發下豪語說，以後將進入任何事都可以上網掌握最新資訊的時代，但奶奶似乎無意仿效，而且看報紙時看遍每個角落，好像在和爺爺抗衡，然後經常在吃晚餐時分享在報紙上看到的社會問題。

也許是因為家中剛好有求學期間的孫女，奶奶對霸凌和班級失序，正常教學無法進行的「班級崩壞」問題產生了興趣。

「小香，妳的班級沒問題嗎？」

雖然我立刻回答「沒問題」，但如果奶奶換一種方式提問，或許我就無法做出相同的回答。

妳的學校沒問題嗎？妳的年級沒問題嗎？不，那只是我牽強附會。我為什麼會切割思考？答案很簡單，因為我不想有任何牽扯。

「那奶奶就放心了，妳在的班級不可能發生班級崩壞這種問題，因為妳繼承了爸爸的正義感，一定可以防患於未然。」

奶奶告訴我，爸爸在中學時代，曾經保護班上遭到霸凌的同學。

「奶奶完全不知道這件事，妳爸爸也從來不提。在畢業典禮時，有同學的媽媽哭著向我道謝，奶奶才終於知道曾經發生過這件事，奶奶為爸爸感到驕傲。雖然在那位家長面前，奶奶只是回答說，『小犬只是做了該做的事。』」

如果不是在爺爺、奶奶面前，我可能會用雙拳捶自己的腦袋，同時想到一件事。

如果我是爸爸，聽到奶奶問相同的問題，可能會這麼回答。

我的班導師很負責任，班上的同學關係也都很好，但其他班級有遭到霸凌的同學，他和我讀同一個補習班，所以我無法袖手旁觀。

我缺乏了爸爸具備的正義感，或是把這種想法說出口、表現在態度上的行動力。當我發現這件事之後，就格外意識到這件事。不僅如此，即使數學考得很好，即使繪畫作品入選，也無法再為自己感到驕傲。

我該從爸爸身上繼承的，不是學習能力、繪畫能力這些可以靠努力解決的問題，而必須是人格。

下山兼人是隔壁再隔壁的二年D班學生。一年級時，我和他並不同班，但之所以知道他漢字的全名，是因為在中學入學同時讀的車站前升學補習班中，我和他同班。

那個補習班每兩個月就按照成績排名換班，我直到一年級寒假前才進入補習班的S班，下山從一開始就是S班。

他乾瘦蒼白，比我更矮，我在一年級時就知道學校和他同班的男生都叫他「兼子」。在補習班時，從來沒有人這麼叫他，大家都叫他「下山」。無論在學校的走廊上，或是在補習班走廊上遇到他時，他臉上的表情都一樣，就是始終面無表情，好像完全聽不到周圍的雜音，所以我一直以為他根本不在意別人怎麼叫他。

入學後不久，在走廊上遇到他時，我曾經向他打招呼道「早安」。因為我們是同一所補習班的同學，我只是很自然地向他打招呼，但他完全沒有回應，當時我猜想他是因為不認識在補習班成績比他差的同學，所以有點討厭他。

雖然學校不會公布考試的分數和排名，但聽和他同一所小學的同學說，下山是全年級第一名，大家有時候會私下議論，說他完全可以考進東大合格率為全日本第一，同時設有中學部和高中部的六年一貫頂尖私立學校，為什麼會在這所學校？

因為他爸爸被公司裁員，因為他父母離了婚，因為他在考試當天得了流行感冒。當時我對這些臆測哪一個是真，還是全都是亂猜都毫無興趣，甚至覺得聽別人聊這些很丟臉。

我在補習班升上了和他同班的S班，走進教室時，和他四目相接。我輕輕舉起一隻手向他打招呼，但他嘆了一口氣，移開了視線，根本不理我。他不知道我和他讀同一所學校嗎？幾天之後，我又在學校門口遇到他，向他打招呼道「早安」，他只是咳嗽了一下，然後移開視線沒理我。

我覺得他這個人太討厭了，看起來就沒朋友，他一定看不起其他人，覺得自己和這些笨同學不一樣。

所以在二年級時，聽到下山遭到全班的排擠，我也覺得不意外。聽到D班的學生說，他也不是無緣無故遭到霸凌時，我還在內心點頭。

我完全沒有想到那個學生是用這種方式自我正當化。因為他功課很好。因為他之前不理我。就因為這種理由，我也成為霸凌的幫兇。

但是，如果是爸爸……

雖然我這麼想，但我並沒有勇氣衝去其他班級，對那個班級的人說，不可以霸凌同學。更何況我這麼說，下山也會感到不舒服。

因為我不曾有過被霸凌的經驗，所以只能想像（我想應該受到之前看的那些電影的影響），能不能忍受霸凌並不是在對抗加害者，而是在對抗自己的內心。

為了避免自己心靈受創，首先不承認自己遭到霸凌這件事。不是別人不理我，而是我不理那些傻瓜，所以不會主動接近那些傻瓜，也絕對不會露出難過的表情。無動於衷。我對你們這些人根本不屑一顧，我的耳朵也聽不到你們這些人的聲音。

我終於想到，下山的面無表情和漠無反應是為了自我保護的盔甲。我心血來潮的舉動雖然沒有粉碎他的盔甲，但是不是讓他的盔甲產生了裂痕？

不，我當時並沒有想這麼多，只是想要像爸爸一樣勇敢的自己，和原本膽小的自己天人交戰，讓我舉棋不定，裹足不前。

不久之後，就連其他班級的人也都開始不理下山，甚至有人從來沒有和他接觸過，也開始說他的壞話，說他比女生更白，一看就很噁心；說他摸起來黏黏滑滑，身上有像海藻一樣的臭味，也有人跟著叫他「兼子」。

我沒有跟風。我只有這種程度的正義感。我無法原諒這樣的自己，暗自下定決心，在補習班遇到他時要像對其他同學一樣，不，要對他比其他人更好。但是根據每週考試成績排的座位，我和下山之間有超過十個同學以上的距離，既沒有和他說話的機會，也沒有什麼必要和他說的話，經常在補習班下課，離開教室之前，甚至不會互看一眼。

有一次，我很快就做完了題目，幾乎和下山一起走出教室，在剛好互看一眼時，我對他說了聲「拜拜」。雖然下山立刻移開視線跑走了，但我並沒有去想他為什麼會表現出那種態度，只是為自己向他打了招呼感到自我滿足。

像我這樣的人能夠做到這種程度就足夠了，但在那之後，我和下山的距離漸漸縮短。並不是指心靈距離這種肉眼看不到的距離，而是在補習班教室的座位距離。

雖然我的成績小有進步，但正確地說，是因為下山的成績退步，導致我們的座位越來越靠近。在即將升上三年級時，他和我坐在一前一後的座位，只是排名比我們更後面的同學用一隻手也數得完。

那一天是決定下個月的二月，也就是升上三年級第一次分班的重要考試，沒有上課，就只有考試。大家走進教室後，就把自動鉛筆和橡皮擦放在桌上。

下山比我稍晚走進教室，在座位上坐下之後，也從背包裡拿出筆盒。但打開筆盒之後，他窸窸窣窣找了半天，最後把筆盒內所有的東西都倒在桌上。我在他身後探頭張望，發現他沒有橡皮擦。

雖然補習班所在的那棟大樓附近就有一家便利商店，但離上課時間只剩下不到三分鐘。

我把自己的橡皮擦掰成兩半，戳了戳下山的背，然後把橡皮擦遞給了他。我以為他會不理我，沒想到他接過橡皮擦，反而讓我有點不知所措，而且我還聽到他小聲說了聲「謝謝」。他的聲音聽起來很低沉，和他外表的感覺完全不一樣，我有點驚訝，連「不客氣」也沒說，然後老師走進教室開始考試。

考試結束後，下山把只有小拇指到第一個關節那麼小的橡皮擦還給了我，還對我說「謝謝」。當他第二次向我道謝時，我也能夠對他露出笑容。

「不用還我，你拿去丟掉吧。因為我想在新學期用新的橡皮擦，你幫我用掉一些，我還要感激你。」

我覺得自己很會說話，這樣可以減少對方的心理負擔，沒想到下山沒有回答，把拿著橡皮擦的手放進長褲口袋，拿起原本掛在課桌上和椅子上的背包和運動衣，逃出了教室。

他這是什麼態度？我覺得莫名其妙，一看山下的桌子，發現完全沒有橡皮擦屑，連地上也沒有。

我擔心他怕把我的橡皮擦用完，所以不敢用，所以在公布分班之前，一直很在意他的考試成績，幸好我和下山都在新學年順利分到了S班，但這次換我坐在他前面。我以為是橡皮擦的關係。

並不是只有補習班和下山同班，在三年級時，我和他在學校也被分在同一班。一走進新教室，我立刻覺得空氣有點沉悶，是因為預感到之後會發生的事嗎？還是說，事情已經在檯面下開始醞釀了？

班上的同學投票選我當班長，選下山當男生的體育股長。

雖然我覺得選運動能力很差的同學當體育股長簡直就是在整人，但同學選我當班長，難道就不是整人了嗎？既然認為自己是因為受到同學的肯定，才獲選為班長，如果對選出的其他班幹部有不同的想法，不是反而代表自己看不起那個同學嗎？因為當時有這種想法，所以在全班面前就什麼都說不出口了。

班上同學對下山的霸凌並不僅止於不理睬他而已，在選他當體育股長時，計畫就已經開始了。

在五月連休結束的某一天，上完體育課的第四節課是國文課，那天上現代文。被老師根據學號點到的同學正吃力地朗讀「高瀨舟」時，我坐在靠窗戶最後一排座位上，昏昏沉沉地聽著同學朗讀，靠走廊的角落傳來咚噹的巨大聲響，接著又聽到啪答一聲，周圍的女生尖叫起來。

下山倒在放清潔用品的置物櫃前，他的手腳都被膠帶綁住，而且嘴上也貼了膠帶。微張的眼睛幾乎翻著白眼，遠遠看去，不知道他是否還清醒。

在一片驚叫聲中，聽到有男生叫著「好臭」、「好髒」。下山失禁了，而且只要看他白色運動服短褲，一眼就可以發現，同時也有臭味飄了過來。有人想要逃離下山，有人想要湊近過去看，同學在教室內大叫著站了起來，簡直就像是驚悚電影中的一個場景，我看到有幾個男生坐在座位上，不懷好意地笑著。

分不清內心湧起的激烈情緒是什麼，我走向離我座位最近、一臉竊笑的男生。當我回過神時，發現自己踹著他的課桌。

「這裡是人渣聚集的地方嗎！」

我對他大聲喝斥。那幾個整人的同學故意環顧四周，好像在找到底是誰幹的，然後尷尬地移開了視線。我又狠狠瞪了他們一眼。

接著，我來到下山身旁問他：「你還好吧？」我看到下山的脖子向我的方向稍微挪動了一下，知道他沒有死，鬆了一口氣，然後叫旁邊兩個男生幫忙把他送去保健室。

「啊？」那兩個男生退縮著，我又說了一次「拜託了」。他們無奈地互看了一眼，分別握住了下山的雙臂和雙腳。我回到自己座位上，從裝社團用品的運動袋裡拿出大毛巾，蓋在被兩個男生抬起來的下山腰上。同學響起一陣驚叫聲，我沒有細想其中的原因。雖然我很喜歡那條毛巾，但我並沒有打算洗了之後再用。

和橡皮擦一樣，我打算送給下山。

我忘了是當天還是隔天就開了班會，班導師並沒有縱容整人的同學，立刻找出了首謀，讓他在全班面前交代到底做了什麼。學校並沒有男生用的更衣室，男生都在教室換運動服。因為教室內有皮夾等貴重物品，所以由體育股長在所有男生都離開教室後負責鎖門。

下山必然成為最後留在教室的人，主謀和他的三個跟班利用這一點，把下山關進放清潔工具的置物櫃。雖然是五月，但那是可以去游泳池游泳的高溫天氣，下山被關在連蹲下都有困難的狹小空間超過一個小時。

那個同學說，他只是惡作劇，他以為置物櫃可以輕易從內側打開。班導師並不相信這種藉口，立刻把所有整人同學的家長找來學校，向下山和他的家長道歉，為了這起事件，校方還召集了全校學生，校長花了將近三個小時告訴全校學生，霸凌是侵犯人權，是犯罪行為。

我心不在焉地聽著校長訓話……內心感到後悔不已。

當時在教室上課的國文老師是個廢物，只是站在黑板前，傻傻地看著一切。但是，我不需要那麼積極，當時站起來之後，應該走出教室，去找班導師來處理。我知道班導師會妥善處理，而且也不需要因為自己是班長就這樣愛出風頭。

這件事剛發生後陷入一片混亂，所以我沒有馬上察覺，但在幾天之後，當我走進教室時，感到有點不太對勁。因為班上同學都不看我，兩、三個好朋友還像以前一樣和我相處，也說我當時的表現很帥，但其他人都刻意避開我，所以如果沒有她們，我應該會害怕去學校。

雖然我和同學說話時，他們會理我，但不會正眼看我，總是害怕地移開視線，好像一旦和我視線交會，他們就會變成石頭，然後說完話就馬上逃走。

即使這樣，我仍然覺得自己做對了。不光是因為班導師當面誇獎我，我向奶奶報告後，奶奶也喜極而泣地說我果然是爸爸的女兒，認同了我的正義感。

但是，下山並沒有向我道謝。因為他出現了脫水症狀，所以被送去醫院，在醫院住了一晚，第三天就正常來學校上課了。雖然他走進教室時，同學都議論紛紛，但沒有人直接和他說話，也沒有人調侃他。大家不知道怎麼和他接觸，而且應該也不想和麻煩事有任何牽扯。

所有同學都假裝沒看到他，我和下山擦身而過時問他：「你沒事吧？」但他沒有看我，快步走向自己的座位。我覺得沒關係，他不想引起別人的注意。

在補習班時，我們也不會有眼神的交會。因為我在學校時覺得班上的同學都疏遠我，所以我也不想拉近和他們之間的距離（我應該藉由這種方式維持自己的自尊心），我的成績進步顯著，每隔一個星期，和下山的座位就越來越遠。

我已經對下山的座位在哪裡失去了興趣，但在暑假前重新分班時，我還是在教室內尋找了下山的身影。我沒有看到他，他降到A班了。

然後就是那一天。

在第一學期結業式的前一天，補習班像往常一樣在晚上九點下課。我都是騎腳踏車去補習班，當我走去腳踏車停車場，發現籃子裡有一封信。吐司廣告中出現的吉祥物熊熊圖案信封上，用工整的字寫著「長谷部香同學收」幾個字，信封沒有用膠水黏起來。

我以為是情書，忍不住心跳加速，看了四周之後，把信從信封中抽了出來。那並不是情書，相同圖案的信紙上寫著簡短的內容。

「我有事想問妳，我在綠色公園等妳到十點。下山兼人敬上」

綠色公園是車站對面一個小型兒童公園，在退出社團活動之後，去補習班上課之前，我經常去那裡背英文單字，或是為考試做準備。我不知道下山是否知道這件事，只是覺得有點麻煩，但我慢慢更像爸爸的自信為我壯了膽，我走向公園。

當我推著腳踏車走進公園時，發現下山淺淺地坐在我平時常坐的那個在滑梯旁的長椅上。他看到我時露出了驚訝的表情。我無法想像和他一起坐在長椅上，也覺得沒這個必要。於是把腳踏車停在離長椅有點距離的沙坑旁，下山走了過來。

「你要問我什麼事？」

我努力讓自己的聲音聽起來不至於太嚴肅。

「那……個……暑假時，要不要一起……去看電影？」

他的聲音幾乎被夜晚的風吹走。他不是問我學校的事，也不是補習班的事，他到底在說什麼？我忍不住看著他的臉。他低著頭，我看不到他的表情，但他身上的臭味隨著風吹了過來。

那很像混濁的海水發出的臭味。我想起以前有人說他身上有海藻的味道，同時想起了另一個畫面。即使他之前失禁時，我也敢靠近他，但現在強烈地想要拒絕繼續聞到這股臭味，更難想像要和他坐在一起兩個小時。

「對不起，不行，因為要讀書，我們是考生啊。」

我應該更斷然拒絕他嗎？下山突然向前一步，用力抓住我的肩膀。我慌忙扭著身體，但他仍然不鬆手，反而更加用力，我覺得自己快被他捏碎了，好像每一根手指都掐進了我的肩膀，難以想像他就是別人口中的「兼子」。

「好痛……」

下山無視我的叫聲，沒有鬆開緊抓著我的手，繼續向我逼近。

「只要一次……」

下山的臉出現在我臉前，我們的鼻尖碰在一起，滑膩的黏膜擦過嘴唇，我腦筋一片空白。

「不要！」

我用盡渾身的力氣扭動身體，下山鬆開一隻手，我用肩膀撞向他的胸口。下山重心不穩，一屁股坐在沙坑上，我撞完他之後，自己的身體也失控，倒在下山的身上。我還來不及回過神，他又抓住了我的肩膀，把我的身體轉了一百八十度，兩個人交換了位置。他原本抓著我肩膀的手慢慢向下滑，在我的胸部停了下來。

我來不及大叫，左手抓了一把沙子丟向他的臉，趁他的身體抽離時站了起來。我默默走開就好，但還是撂下一句話：

「你又臭又噁心！」

我不知道下山臉上露出了怎樣的表情。我就像對他吐口水一樣惡言惡語，根本沒有看他的反應，就騎上腳踏車，全速離開了公園。

他想幹嘛？他想幹嘛？他想幹嘛？噁心死了，噁心死了，真是噁心死了……

我回到家，泡在浴缸裡，用肥皂一次又一次用力洗嘴唇。

心臟好像分成了兩半移到了兩側的肩膀，可以感受到脈搏在肩膀上跳動。變成空洞的心臟部分宛如有大量蚯蚓爬來爬去，噁心的感覺讓我全身發抖。

明明不需要忍耐溢出的淚水，但我用力咬著嘴唇，沖澡的熱水中帶著血。

我想死……如果當場有刮鬍刀，如果我房間書桌抽屜裡有刀子，後果不堪設想。
如果房間的天花板再低一點，如果剛好有可以掛在梁上的繩子。
直到隔天，我才知道下山也有同樣的想法。

第五章

妳也看過身心科嗎？

會被問這種問題的人，在別人眼中是什麼樣子？在別人眼中，是一個需要心理諮商的人。雖然目前看起來很正常，但可以感受到之前曾經處於不安定的狀況，知道她曾經面對需要心理諮商的狀況。

無論如何，這都不是在討論殺人兇手之後該問的問題。

得知那個殺人兇手立石力輝斗的精神鑑定可能有瑕疵，千里迢迢去見了當時負責鑑定的醫生，但又花了很長時間回到家之後，腦袋裡一片空白，只有舌底微微感受到那裡的名產奶油麻糬很好吃這種無關緊要的事。

雖然原本湧現了身為創作者的鬥志，但一句話就讓我不知道接下來該做什麼。

完全抓不到概念，看不到輪廓。不是關於事件的概要，而是導演到底想拍什麼。導演是否值得信賴。我真的想看導演想瞭解的事嗎？

我認為導演年幼時期，在防火牆另一端的應該是力輝斗。兩個身處痛苦狀況的孩子，用手相互支持，我的確想看看他們經過多年的歲月重逢的景象。

而且，我也認為這件事應該成為「笹塚町滅門血案」的起點，但兩天前收到導演寫來的電子郵件，說請律師轉交信件這件事有困難。

雖然我們為了這件事約了今天一起吃飯兼討論，但我有預感，覺得整件事會暫時擱置，或是導演提出將改變拍攝的事件。如此一來，我的工作是否也到此結束？

我預約了這家餐廳。這是大畠凜子事務所的日常業務之一，所以很快就搞定了。

走進這家義大利餐廳的包廂後，想起之前和逸夏見面時的情況。

立石沙良已經死了，她的習慣性說謊，以及若無其事地危害他人這種事，有必要再昭告世人嗎？更何況她的習慣性說謊和這種對別人的攻擊性，兩者之間沒有關聯嗎？

因為她活在自己打造的世界中，所以她能夠口若懸河地談論在她為自己打造的世界中的真相。其他人都只是配角而已，一旦她判斷那個人礙事，就加以排除，完全不會有任何痛苦……

門打開了。

「不好意思，我來晚了。」

長谷部導演走了進來，她穿著和上次電影簡介照片上相同的黑色套裝。我猛然驚覺時序已經進入需要厚上衣的季節了。

「還沒到約定的時間。」

我在說話的同時站了起來，導演驚訝地瞪大了眼睛。

「不好意思，妳預約了這麼出色的餐廳，我完全沒打扮就來了。」

是我太精心打扮了。因為我想展現自己是個能幹的女人，想讓人覺得我是一個健全的、不需要心理諮商的人。

「和我見面，不需要打扮。上次辛苦了。」

我請滿臉歉意的導演坐下，把飲料單和葡萄酒單遞給她，她仍然是一臉困惑的表情。

「對不起，我雖然酒量不錯，但不太懂酒，可以麻煩妳點嗎？」

由我來點當然沒問題，我有關葡萄酒和料理的知識都是向別人現學現賣的。即使在鄉下長大，來東京住了十年，即使不需要死記硬背，也能夠很自然地學起來，即使只是因為剛好有機會身處這樣的環境。

如果要分類，導演也屬於相同條件的人。不，她在橫濱長大，照理說比我更有機會常常出入更高級的場所，為什麼和我這種完全不需要緊張的人在外面吃飯會讓她顯得手足無措？

為了盡可能不受店員的干擾，我同時點了葡萄酒和料理。雖然我聽到導演對使用了無花果的沙拉嘀咕了一句「好懷念」，但語氣中並沒有興奮，所以我決定充耳不聞。

那並不是笹塚町的名產。

「關於信的事，可以再稍微等一陣子看看嗎？我原本以為既然是律師，就會幫忙做任何事，看來是我誤會了。我目前正在請人聯絡支持者。」

既然連轉交一封信都這麼困難，面會是根本不可能的事吧？

「導演，妳這樣費盡千辛萬苦，到底想瞭解什麼？聽了心理諮商的事，我認為在防火牆另一端的應該是力輝斗。即使精神鑑定的時間不夠充裕，但既然當事人已經認罪，就代表審判紀錄上所寫的事實概要都是事實，即使力輝斗隱瞞了什麼，這是第三者必須知道的事嗎？知道了之後又怎樣呢？」

雖然有另一個我在向我咬耳朵，怎麼可以主動建議導演中止這件事呢？但我還是停不下來。

「因為如果不瞭解，就無法繼續向前走，就像是站在漆黑河流的水面上。」

「站在水面上嗎？」

「我一直這麼認為，但在跌落水中之後，知道並不是這樣，我只是站在微微露出水面的石頭上。我目前在哪裡？為什麼會在這裡？接下來要去哪裡？如何才能在不傷害他人的情況下過河？只有瞭解之後，才能夠知道這些問題的答案。瞭解之後，就可以看到眼前的石頭，真尋，妳不想瞭解嗎？」

我把自己套入導演的話，在腦海中想像時，好像突然有人從背後推了我一把。為了避免落入水中，我雙手拚命轉動，努力保持身體平衡。在腦海中讓自己站穩之後，轉頭看著她問：

「瞭解什麼？」

「對不起，因為我想知道千穗後來的情況，所以就去查了一下，但只查到她到中學為止的比賽結束，所以我就在想，也許佐佐木先生知道。」

「為什麼不直接問我？至少可以問正隆。」

「我在見到正隆的那一天，用電子郵件向他道謝時問了他，千穗最近在忙什麼？他回覆我說『她很好，目前在世界各地飛來飛去，請妳不要再追問我或真尋這件事』。」

「難道妳看了他的回覆之後，無法理解為不要再問這件事了嗎？」

「我以為是因為忙的關係……」

「妳百分之百真心這麼認為嗎？妳能夠斷言，妳完全沒有好奇，是不是有什麼家人不想說的狀況？」

「對不起，我不能說完全……」

「而且，既然知道了，至少應該表示哀悼，或是像大部分人一樣，當作不知道，然後不碰觸這個話題，結果竟然還問我有沒有去看過身心科。的確有這種人，露出一副擔心的表情，大剌剌地刺探、踐踏別人的隱私，還覺得只有自己表示同情，自鳴得意。妳想暗示自己知道，然後要我主動告訴妳嗎？」

「不是……」

「那妳真的同情我腦袋有一部分壞了嗎？」

「這……」

「妳覺得我是個可憐的妹妹，無法接受姊姊的死，還以為她至今仍然活著。」

「等一下。」

「姊姊死的那一天，我就知道她死了。她死的時候的樣子，她的葬禮都清楚留在記憶中。我當然很難過，也放聲大哭，全家人都很悲傷，不知道為什麼會這樣。妳曾經說，瞭解之後，才能踏出下一步。」

「對……」

「姊姊在高一那一年的夏天之前，騎著腳踏車從鋼琴教室回家的路上被車子輾過。兇手……沒有逃走，當場叫了救護車，向警方自首。那是一個很少人經過的路口，姊姊的腳踏車闖紅燈衝了出來。即使他的證詞完全像在推卸責任，但仍然覺得那個人值得信任。那是一個三十歲的男人，公司職員，工作態度很認真，結婚一年，孩子隔月就會出生，聽說公司內部為他連署向法官求情，希望可以減刑，可以判緩刑。他明明是殺人兇手，就連我們這一方的人也說什麼『雖然千穗很可憐，但對他來說，也是飛來橫禍』，而且姊姊的同學還特地告訴警方說，姊姊最近為鋼琴的事很煩惱，於是學校內出現了一些莫名其妙的傳聞，說什麼姊姊可能騎腳踏車時不專心，或是故意衝出來自殺。我媽媽為了姊姊一年多前就對媽媽說想放棄鋼琴，但媽媽說服她再堅持看看這件事多麼懊悔。當時，應該……也曾經開庭，但只有爸爸去旁聽，深夜告訴媽媽時，我偷聽他們的談話，所以現在才能這樣喋喋不休。最後，兇手……沒有入監服刑，公司也沒有開除他，小孩子順利生了下來，而且還帶著老婆、孩子來我們家道歉，律師也一起上門，這樣還有辦法罵他嗎？」

「啊？」

「奪走重要的人生命的兇手就在眼前，即使打他、罵他，心情也無法平靜，但就連這樣也無法做到。不，通常應該會這麼做，即使努力克制內心的憤怒，仍然會說一些責備的話。即使這麼做，也無可厚非，對方應該也作好了這樣的心理準備，搞不好期待這些責備或是挨打……」

沒錯。我一直覺得帶孩子上門的兇手、加害人心機很重，但現在對這件事產生了疑問，他帶孩子上門，真的是讓我們無法對他生氣，為了博取我們的同情嗎？雖然是姊姊突然衝出去，但他終究害死了一條生命，他看起來不像是覺得自己不必為這件事負責的人。

想要發自內心道歉，如果可以獲得原諒，他希望可以邁向新的人生。他是否因為有這種想法，所以才會帶著妻兒上門？雖然明知道妻兒可能會遭到傷害，但還是希望能夠得到家屬的原諒，允許他們一家三口繼續邁向未來。

「真尋？」

導演探頭看著我的臉。我的身影出現在她深邃的眼睛中。對，那是過去發生的事，我正在把這些事告訴導演，而且帶著憤怒，又搞錯了發怒的對象。

「對不起，我原本想說，瞭解未必一定能夠得到救贖。無論加害者是好人還是壞人，都無法改變姊姊已死這個事實。相反地，得知加害者是好人，而且沒有受到法律的嚴厲制裁，就覺得姊姊死得太冤枉。早知道完全不必瞭解加害人的狀況，只是希望開車撞死女高中生的人，受到應有的懲罰。我一直、一直這麼覺得，但現在覺得真是這樣嗎？也許正因為瞭解，所以才有後續，現在我記憶中的風景正在改變顏色。對不起，剛才把氣出在妳頭上，妳可以繼續聽我說下去嗎？」

「當然沒問題，妳不必對我感到抱歉，不需要有這種想法，妳只要把妳的想法說出來就好。」

我和導演眼神交會，她的眼睛深處好像有一道銀幕，那一天的景象出現在那道銀幕上。我不再抗拒這種感覺，讓自己的意識集中在銀幕上。

我的父母並沒有讓他們進家門，包括律師在內，我們家的人和他們在玄關前，面對面沉默了片刻。

我一個人在家很害怕，所以就走出去站在媽媽身旁，但父母並沒有說，真尋，妳趕快進屋。

雙方的表情都很陰沉，幾乎分不清哪一方是被害人。除了嬰兒以外。我和嬰兒對上了眼，立刻低下了頭。因為我覺得如果一直看著他，他一定會哭出來。

到時候，我就沒辦法哭了，我的父母也一樣。

我看著自己的鞋尖。我那天穿了一雙橘色螢光球鞋。因為學校很流行這雙鞋，大家說穿了這雙鞋，就可以跑得快。雖然我跑步並不快，但還是央求大人幫我買。姊姊葬禮的時候，來幫忙的芳江阿姨忍不住皺眉頭說，這個顏色有點問題，結果媽媽從鞋櫃裡找出了姊姊的黑色皮鞋。那是姊姊在鋼琴發表會時穿的漆皮皮鞋，雖然我覺得表面很亮的那雙鞋也不適合穿去參加葬禮，但阿姨什麼都沒說。

那雙鞋子後來去了哪裡？葬禮結束後，我脫在玄關，媽媽又把鞋子收好了嗎？我忍不住思考這個問題。不光是以前的鞋子和禮服，姊姊不久之前穿的鞋子呢？衣服呢？鋼琴呢？姊姊的東西後來都如何處理？

媽媽打破了沉默。

——謝謝你之前到醫院探視問候。

雖然媽媽的聲音有點沙啞，但我聽得很清楚。姊姊死後，媽媽整天沉浸在悲傷中，整天閉口不語，我幾乎都忘了媽媽的聲音。

所以我懷疑自己聽錯了，但並不是只有我一個人感到吃驚。當我驚訝地抬起頭時，看到每一個大人的臉上都露出了錯愕的表情。

最後，我戰戰兢兢地看向媽媽的臉，發現她的臉上帶著淡淡的笑容。媽媽帶著這樣的表情繼續說了下去。

——託你的福，她的傷勢恢復很順利，目前也已經順利送她去巴黎留學了。

巴黎？留學？媽媽，妳在說什麼？雖然這句話已經衝到喉嚨口，但我無法說出來。因為我從爸爸身上感受到不可以這麼說的氣氛。爸爸好像準備演說般清了兩次嗓子，面對加害者開了口。

——我女兒從小就學鋼琴，去巴黎留學是她的夢想之一。她目前已經去留學了，所以請你們回去吧。

原來爸爸、媽媽當作是這麼一回事。即使我還是小孩子，也很快就領悟了。

加害者支支吾吾地想說什麼，但最後沒有說下去，深深地鞠了一躬。他無法下跪，也無法說出道歉的話。我現在知道，如果我身處他的立場，應該也只能像他一樣。

嬰兒突然大哭起來，那對年輕夫妻手足無措地哄著孩子離開了，但我似乎在他們離去前的臉上，看到了鬆了一口氣的表情。

也許是因為這個原因，我一直覺得他們帶著嬰兒上門這件事心機太重了。

「我原本以為只是用去巴黎留學這種說法趕走那些人，但之後回到家裡，媽媽又延續了這個話題。晚餐要吃什麼？千穗原本不太喜歡吃日本的餐點，現在差不多該想家鄉味了，所以她會吃關東煮？還是洋芋燉肉？真尋，妳覺得會是什麼？媽媽突然問我，我不知道該怎麼辦，只好看向爸爸。」

我的視線移到桌上，導演順著我的視線，為我的空酒杯中倒了葡萄酒。小時候未知的味道把我的情緒從那時候帶回這裡。

「妳爸爸說什麼？」

「千穗不可能因為去了法國，就突然喜歡吃日本菜。我覺得她應該想吃妳做的那個，那個叫什麼，就是奶油醬的義大利麵。已經吃過好幾次，爸爸老是記不住義式培根蛋麵的名字，姊姊每次都調侃他，每次冷場的時候，就會用像猜謎題的方式發問。雖然不是因為這個緣故，但我那時候像姊姊一樣問爸爸，用培根、雞蛋和牛奶做的奶油醬義大利麵的正確名字是什麼？」

我的身體探向導演的方向，好像要向她尋求答案，發現導演的淚水在眼眶中打轉，就像爸爸當時一樣。但是，她沒有流下眼淚，緩緩露出微笑後開了口：

「是不是義式培麵、之類的？」

我愣了一下，才終於開了口。

「妳怎麼知道？妳怎麼會知道我爸爸當時的回答？培根蛋麵才是正確的名字。」

「我只是猜想，他可能會這麼回答。其實妳爸爸記得正確的名字，只是喜歡用那種方式和千穗對話……對不起，我只是胡亂猜想。」

「不，我覺得事情應該就像妳說的那樣。我爸爸很好學，目前迷上了醃米糠醬菜，和他聊天後發現，他可以很流利地說出很多種連我也不知道的茄子種類名稱，卻記不住培根蛋麵的名字也未免太奇怪了。但是，爸爸當時繼續假裝不記得，媽媽很受不了地回答說，應該是義式培根蛋麵，那天晚上，我們三個人就吃了培根蛋麵。吃晚餐的時候，媽媽嘀咕說，不知道會不會語言不通，爸爸回答說，千穗耳朵很靈光，不會有問題，還提議一起寫信給姊姊。」

「後來寫了嗎？」

「我是個死腦筋的小孩，雖然從周圍的氣氛中知道，爸媽當作是這麼一回事，但還是很排斥寫那種收不到的信，所以趁媽媽不在的時候問爸爸，為什麼要這樣？爸爸對我說，人會死兩次，第一次是肉體的死亡，第二次是連存在都消失的死亡。只要相信姊姊還活著，姊姊就會繼續活在相信這件事的人內心，爸爸、媽媽和我就可以繼續過著姊姊仍然存在的人生。」

「妳爸爸很慈祥。」

「應該是，我明明很笨，卻自以為聰明，認為爸爸是為了媽媽這麼做，說服我要配合，覺得媽媽真的認為姊姊還活著，因為太受打擊，所以腦筋有點錯亂了。因為姊姊一直是媽媽引以為傲的女兒，這也不能怪媽媽，如果死的是我，也許媽媽就不會這樣。既然這樣，我至少要當一個能夠支持媽媽的小孩，我就是用這種方式，一直在家裡談論姊姊。」

「妳不會覺得痛苦嗎？」

「哪方面？如果像電視劇中偶爾看到的，媽媽一直把我當成姊姊的話，也許會感到痛苦，但我就是我，而且媽媽聽到我聊姊姊的事時很開心，她說腦海中就會浮現姊姊在做那些事的樣子。」

「這樣啊……妳救了妳媽媽，我竟然還問妳會不會痛苦，真的很抱歉。」

「我不知道有沒有救了媽媽，但我現在覺得是爸爸和媽媽救了我。他們知道所有的一切，卻表現出那種態度。我們會為姊姊舉行法事，也會去掃墓，因為外公在隔年去世，所以就為他們一起舉辦，但也不會明說，讓姊姊死去這件事變成了灰色地帶，只是在那個場合絕對不能提姊姊的名字。不知道是爸爸去打了招呼，還是很愛妹妹的芳江阿姨察覺到了，正隆和姨丈也都一起配合。包括這些事在內，其實我並不知道媽媽到底是怎麼想的，她因為癌症已經去世，所以也無法向她確認了。」

「妳媽媽已經……」

「我對媽媽的死就有明確的認識，是不是很奇怪？原本以為在媽媽死了之後，姊姊還活著的設定也會解除，但爸爸仍然持續，所以我也就這麼做，還會用工作用的手機傳給私人手機，作為傳給姊姊的電子郵件。我有兩支手機，雖說是私人手機，但其實只有我自己知道號碼和電子郵件信箱，專門用來接收給姊姊的電子郵件，這方面真的很病態吧？」

「不會，我認為很多人都會在內心問某一個人，只是沒有用文字寫下來而已。也許我也該像妳這麼做，即使最後必須由自己找出答案，腦海中想著別人的臉，或許可以在內心引導出其他不同的答案。」

導演在聽我說話時，是不是想到了別人，或是以前曾經發生過的事？但我並不能因為說了這麼多自己的故事，就有權利要求她，如果內心有什麼故事，也要告訴我。

我是因為惱羞成怒，才開始說這些故事。

但如果導演想要向我訴說……

「要不要點熱飲來喝？對了，還有甜點，像是提拉米蘇，其實我從來沒吃過。」

我覺得即使只是享受喝茶時間也無妨。

有哪些設施雖然在自己從小出生、長大的地方，但外地人比本地人更熟悉？

如果我向爸爸出這個猜謎題，不知道他會怎麼回答？正隆可能也想不到這個答案。不，他可能不假思索，就可以說出答案。

答案是住宿設施。

因為大畠老師說想去笹塚町，所以我查了那裡的飯店。雖然她在各方面都有可以提供意見的人脈，但在寫曾經實際發生過的命案時，是否遇到了什麼需要調查的事？

沒想到她不顧我也正準備寫同一個主題的劇本，竟然要求我為她安排交通和住宿。當然，我身為事務所的職員，這是我的主要工作。

這意味著老師根本沒把我視為競爭對手嗎？還是要告訴我，她要去現場採訪，再次明確表示要光明正大和我一決勝負嗎？

而且她竟然提出要我帶她四處參觀。

又要回去嗎？雖然這麼想，但又覺得是很好的機會，簡直是絕佳時機，我甚至懷疑是不是導演打電話向大畠老師提出了什麼要求。

我必須認真面對，但不是立石沙良和力輝斗的事，而是要面對姊姊的死。

我當然知道姊姊已經死了，我是明知道姊姊已死的基礎上，表現得好像姊姊還活著，但我終於發現，這種做法是否代表我並沒有認真面對姊姊的死亡。

我不需要瞭解。我對自己一直以來的這種想法，也產生了疑問。

我當然知道開車撞死姊姊的人，但這並不代表我瞭解姊姊的死。

她真的不想再彈鋼琴了嗎？如果她真的有這種想法，這種想法對她造成了多大的壓力？她曾經和別人討論過嗎？四歲的年紀差異，高中一年級和小學六年級聽起來好像差很多，但我只是一個甚至無法聽姊姊訴苦的妹妹嗎？

也許媽媽、我和爸爸都害怕瞭解，比起希望加害者受到嚴厲懲罰，也許覺得車禍的原因在於自己這件事，才令他們更加痛苦。

如果之前都不願正視這些，也許真的有必要瞭解。

導演說的那件事成為一個很大的疙瘩留在我內心，讓我產生了這樣的想法。

——我之前問妳，妳是不是也去看過身心科，這個「也」並不是和立石力輝斗相提並論，而是我自己。對不起，因為之前沒有說清楚傷害了妳。

導演說完那句話後，說了她中學時的同學，姑且稱之為A的死。

妳說的「也」，是指和誰一樣？我為自己沒有確認就亂發脾氣感到羞恥。

也為覺得導演經常把「對不起」掛在嘴上很煩感到羞恥。

我似乎可以瞭解導演在面對假裝姊姊還活著的我時，格外小心翼翼的原因了。

同時似乎也知道了為什麼瞭解會成為她活下去的動力。

在想像力這件事上，最重要的不就是懷疑自己的想像嗎？

大畠老師基本上都堅持週休二日。

她安排在星期一去笹塚町出差，是讓我可以在笹塚町度過週末兩天的時間嗎？還是雖然目前委託她寫劇本的工作減少了，但還是有許多擔任劇本競賽的評審和寫隨筆的工作，手上有很多案子讓她忙得分身乏術，只能安排週一開始的整整兩天時間？

她並沒有提出和我搭相同的班機去笹塚町，也婉拒了我要去機場接她的提議，我們約在笹塚車站見面。雖然這裡是鄉下地方，但車站大樓內的連鎖咖啡店在週末下午還是人滿為患。

這種店也要預約嗎？雖然我想了一下，但猜想星期一應該就沒問題，於是轉身走向東側出口。

我和爸爸約在之前有一家舊電影院地下室的「影院」咖啡店。我告訴爸爸要回來看他，問他能不能來接我，他指定在那家咖啡店見面。他似乎在那裡有什麼事。

沿著通往地下室的階梯往下走，推開沉重的木門，響起叮鈴噹啷的清脆鈴聲，記憶猶新的咖啡香氣撲鼻而來。爸爸坐在吧檯的座位，六張吧檯前座位都被比爸爸更年長的男客坐滿了，可能都是熟面孔，包括老闆在內，散發出愉快的氣氛。

爸爸看到我之後，跳下吧檯椅走了過來，示意我坐在門口附近兩人坐的座位。

「要不要烤一個鬆餅？」

因為我餓了，所以很感謝爸爸的提議，但又覺得在這群叔伯面前被當成小孩子有點坐立難安。

「咖啡就好，早知道你在和別人談事情，我搭計程車回去就好。」

「沒有沒有，今天的事已經談完了，那就點影院綜合咖啡？」

爸爸說完，向老闆點了兩杯綜合咖啡和一份鬆餅。我也坐在座位上，對著吧檯的老闆和其他客人鞠躬打招呼，謝謝他們對爸爸的照顧。

「阿良，真羨慕你啊。」

有人叫著爸爸的暱稱笑著說，也有人對我說「慢慢聊」。

「你在和誰談事情？」

「就是『影院』的老客人啊，雖然時間還有點早，但明年是這家店五十週年，大家在討論要製作什麼紀念品。」

「是喔，好棒喔，所以之前有做了什麼紀念品嗎？」

「二十週年的時候有做過。」

「那麼久之前？」

「三十週年和四十週年的時候曾經推出過獨家綜合咖啡豆，但二十週年後，就沒有製作過可以留下來的紀念品。好像才沒多久之前的事，竟然已經三十年了。」

「該不會是我出生的那一年？」

「差不多喔……」

爸爸深有感慨地嘀咕。

「只有老頭子覺得時間停止了，還是這家店的時間都沒有在動？」

雖然我並沒有豎起耳朵，但聽到坐在吧檯前的大叔對老闆說：

「只有自己覺得沒變。」

老闆笑了起來，吧檯前的那些大叔你一言，我一語地調侃著彼此的白髮和禿頭。

「二十週年的紀念品是什麼？」

我問爸爸。

「是馬克杯，當時募集了想做杯子的人，在杯子上印了每個人的名字，排放在店裡的櫃子上。」

「就像寄酒一樣。」

「沒錯沒錯。」吧檯前的大叔又回答了我的話，這個大叔在室內也戴著獵人帽。

「當初是我提議的，因為我不能喝酒，所以一直很嚮往這種感覺。雖然也考慮過寄咖啡豆，但咖啡豆並沒有越陳越香這種事，於是就想到杯子也許是好主意。」

那個大叔說完，拿起了咖啡杯。白色咖啡杯上有一條藍色和金色的線。和上次我喝咖啡時相同的杯子，但上面並沒有名字。

「現在已經不用了嗎？」

「持續了五年，在二十五週年時，各自帶回家了，因為有人說，希望在打破或是有缺損之前帶回家當裝飾品。」

這時，腦海中突然閃過了記憶。

「該不會是藍色的杯子上用金色燙了羅馬拼音的名字？」

「沒錯，就是那個。」

爸爸回答之後，露出發現自己失言的表情。我並不意外爸爸有這樣的反應，因為我把那個杯子打破了。那時候爸爸每天都用那個杯子，我平時向來不會幫忙做家事，為了央求爸爸幫我買遊戲，裝乖幫忙洗碗，在準備放回碗櫃時，因為姊姊在背後叫我，我嚇了一跳，手一滑，結果杯子就掉了。

我記得那時候我讀小學五年級，姊姊讀中學三年級。

雖然爸爸並沒有發脾氣，但看他臉上的表情就知道他很捨不得。我想買新的杯子給爸爸，於是就和姊姊討論，姊姊說她上鋼琴課的教室附近有一家漂亮的雜貨店，於是我們在假日一起去買杯子。

對當時還在讀小學的我來說，搭電車去一個地方就像是出遠門，同時想到姊姊每個星期中有五天都要往返這樣的距離，當時就覺得難怪姊姊不想再學鋼琴了。

姊姊沒有和我討論過她對鋼琴感到疲累的事，所以應該是我隱約察覺到了。

當我在想事情時，就看不到眼前的景象，但咖啡和鬆餅的香氣，把我帶回眼前現實的景象中。

「對不起，把你這麼重要的杯子打破了。」

「妳不必放在心上，而且妳不是還去買了新杯子嗎？」

「幸好找到了很像的杯子。」

我挑選了藍色底色上燙了一個金色R的杯子，但爸爸皺起眉頭問：

「不是貓的杯子嗎？」

那已經不是可以稱為誤差的記憶錯誤。我想起那家店有一個貓的杯子，並不是漫畫風格的貓，而是用水彩畫的溫柔筆觸畫了一隻橘貓，雖然大男人用這種杯子也不會奇怪。

對了，我記得姊姊還買了其他東西。我為父親挑選完杯子後，就去看可愛的文具，我記得當時姊姊在看其他東西。

「那個杯子還在嗎？」
「我收藏得很好，因為是遺物……啊，不……」
「說遺物沒關係。爸爸，回家之後，我有事情想和你談一談。」
「是嗎？」
爸爸沒有再說什麼，也許他猜到了我想和他談什麼。
「我也想要杯子。」
我故意大聲說，想要轉換一下心情。
「妳只來過這裡兩次而已也想要？」
「沒關係，沒關係。」獵人帽大叔又回答了我。
「上次做了一百個，這次能湊到二十個人就不錯了。」
我假裝沒有察覺大叔說完這句話，露出了一絲落寞的表情，只說了一句「那就拜託了」，就開始吃熱熱的鬆餅。
回到家後，爸爸立刻拿出了馬克杯。馬克杯仍然裝在盒子裡，打開一看，果然是貓的圖案。
「我還以為是妳們姊妹兩個人一起挑選的。」
「不……我們一起挑選了藍色底色上用金色寫了一個R字的杯子，然後就請姊姊去結帳，所以我不知道，但如果要換花樣的話，應該會向我打一聲招呼，可能是店員拿錯了，或者是姊姊買了送給朋友的生日禮物，結果裝錯了？中學生送禮物都會送馬克杯。」

「這樣啊，當時我還覺得很像是妳們會挑選的杯子，原來妳們挑的並不是這一個。千穗還特別叮嚀我要收好……」

爸爸用指尖撫摸著橘貓的頭，把盒蓋蓋好，放在桌子上。是姊姊害我打破杯子的，所以我們一起用零用錢買了這個杯子，但在爸爸眼中，那是姊姊最後送他的禮物。

是不是應該將錯就錯？不，說清楚比較好。就連隨口聊到的杯子，也發現了誤會，也許在其他方面也有這種情況。

「爸爸，我們明天去掃墓。」

「媽媽的墓嗎？」

「嗯，還有姊姊的。」

「……發生、什麼事了嗎？」

「因為我對自己想像的姊姊到底是不是真正的姊姊缺乏了自信，所以覺得好好面對姊姊的死，才能夠見到真正的姊姊，這樣才是對她的哀悼……」

「是啊。也許不忘記並不是把她視為還活著，而是回憶和她共度的時光。」

「你覺得這樣好嗎？」

「當然。」

「我可以去看姊姊的抽屜嗎？」

「這要問千穗。」
「好。」
我坐在神桌前點了線香，合起雙手。首先向媽媽報告我回來了，然後再和姊姊說話。
現在才為妳點香，妳會生氣嗎？

姊姊在二樓深處的房間仍然保留了車禍那一天的樣子。媽媽去世之後，幾乎沒有打掃，但爸爸可能經常為姊姊的房間開門窗保持通風，所以房間內積了灰塵，但並沒有感受到悶熱的濕氣。
書桌上堆著高一時的課本，以前姊姊偶爾同意我進她房間時，看到她的課本，都感覺很艱澀、很高難度。經過十幾年後，就覺得只是一隻腳還沒有踏上社會、年輕孩子的東西，也是自己再也不會碰的舊東西。
由於一樓有鋼琴專用的房間，所以樂譜和鋼琴相關書籍都放在那裡，姊姊的房間只是普通女高中生的房間，完全感受不到她曾經想當鋼琴家。
也許是因為她在高中一年級的運動會和文化祭之前就死了，也可能是因為她專心練琴，沒有參加學校的社團活動，低矮衣櫃上的相框內都是中學時代的照片。
為了面對姊姊的死亡，可以侵犯她生前的隱私嗎？我內心產生了這樣的抗拒。如果姊姊還活著，應該不准我隨便碰她的東西。
偶爾會在媒體上看到發現已故知名作家未曾發表稿件的新聞，大畠老師每次看到相關新聞，就會對我說，如果她死了，就要把未曾發表的內容和未被採納的稿子如數銷毀。雖然我覺得既然這樣，不如趁活著的時候自己親手銷毀，但據說是因為某些原因，所以繼續留在手邊。

老師說，雖然作品整體乏善可陳，但有些語句或表達方式只有當時的情境下才能寫出來，也許以後能夠派上用場。

即使這樣，我仍然把手伸向書桌的抽屜。因為我想瞭解。

姊姊，請妳原諒我的這種想法。

我在內心小聲禱告，緩緩打開抽屜。映入眼簾的無數音符，讓我陷入了好像打開音樂盒的錯覺。樂譜上用鉛筆寫了很多筆記，於是我知道，即使姊姊回到自己的房間之後，仍然面對鋼琴。

我又打開另一個抽屜，看到了出國留學的書和簡章。我不知道是媽媽給她的，還是姊姊自己蒐集的，但書中夾的幾張便利貼上有可愛的貓插圖，所以我推測應該是姊姊自己貼的。

下面的抽屜裡裝了文具和信紙信封，信紙信封也全都是貓的圖案。照理說，即使不是和很親的人也會聊到喜歡貓狗之類的話題，但姊姊為什麼從來沒有告訴我，她喜歡貓這件事？

不光是動物而已，我和姊姊曾經聊過什麼？我在姊姊眼中是怎樣一個妹妹？我以前曾經想過這個問題嗎？

姊姊，姊姊。我平時很喜歡姊姊，也經常央求她教我功課，也要她幫忙我一起烤鬆餅，但看到爸爸、媽媽……整天稱讚姊姊，在別人面前為姊姊感到驕傲，有沒有內心緊張，做出一些邪惡的舉動？

我很高興看到姊姊在比賽中獲得優勝，但是否曾經因為姊姊沒有得到冠軍，暗自鬆了一口氣，覺得姊姊更親近，更愛姊姊？

姊姊會把心事告訴這樣的妹妹嗎？

最下方的抽屜放了一本小型筆記本。也許是因為筆記本散發出某種感覺，讓我緊張了一下。打開一看，果然是日記。

我可以看嗎？但我的雙眼已經開始追著上面的文字，似乎在證明剛才的自問只是矯情。

姊姊從中學二年級的秋天開始寫日記，在縣內的比賽中只獲得銅牌，對姊姊來說是很不理想的結果。幾天之後寫的內容不像是日記，而是用條列的方式寫了對比賽反省的內容。

人分為努力型和天才型，千穗屬於天才型。

在親戚聚會時，大家這麼評論姊姊。我不知道姊姊聽了之後有什麼感想，我想是因為正隆之後說了那句話，所以她才能笑而不答。

世界上沒有不努力的天才。

大人都沒有反駁，然後表示同意，稱讚他們兩個人。大人只是為家裡有小孩子很有才華感到高興，所以不時想要談論這個話題。

我總是以局外人的身分看著這一幕，然後也用自己的方式思考。

努力有成果的人才是天才。

只是當時我連努力的意思都搞不清楚，誤以為稍微認真一點就是努力，痛恨這個世界的不公平。

姊姊嚴格回顧自己彈的每一個音，除了可以從文字中感受到她的懊惱，更能夠感受到她的堅強。評審無法接受自己彈出的音色，非得用比賽專用的音色來決勝負嗎？這是姊姊奮鬥的紀錄。

但是，這種堅強漸漸淡薄。

看不到前途。很想放棄。想過平凡的生活。最好出車禍，陷入不得已放棄鋼琴的狀況。

但同時也有另一種想法阻止了這種念頭。

「我想成為平凡的女生，但一旦放棄鋼琴，我可能連平凡女生都不如，尤其在運動方面。因為要保護手指，所以我在運動方面很偷懶，而且環境也允許我這麼做，或許就是因為這個原因導致我太偷懶了。難道是因為鋼琴的關係，我才學不會翻身上單槓嗎？也許是因為我把對自己不利的事都怪罪給鋼琴，所以才會被鋼琴神討厭，怎麼可以連翻身上單槓也不會！」

之後，姊姊在鋼琴教室下課之後，就去有單槓的公園練習。看到這些內容，我想起一件事。姊姊的便服有九成都是裙子，差不多就是從那個時候，她開始請媽媽幫她買長褲，說是方便騎腳踏車。

以前姊姊的舊衣服都不適合我，我記得當時還曾經想，那件褲子以後可以給我穿。

雖然我無法理解在鋼琴路上遇到的瓶頸，為什麼會和翻身上單槓扯上關係，但覺得很像是姊姊的作風。她經常在比賽前一個月暫時不吃義式培根蛋麵，或是每天晚上把比賽時要穿的鞋子擦乾淨，用這種方式許願。

如果可以學會翻身上單槓……就可以在鋼琴上也獲得成功，但翻身上單槓似乎為姊姊帶來了另一種幸運。

真的假的？我在看日記時，忍不住叫了起來。

「我的翻身上單槓實在太爛了，所以別人甚至不知道我在練習。我在練習時聽到有人用擔心的語氣問，妳在幹什麼？我有時候會看到他，所以之前就有點在意，他可能很同情我，覺得於心不忍。我露出並不認為這是什麼大問題的表情告訴他，說我在練習翻身上單槓，他抓住旁邊更高的單槓，輕輕鬆鬆地翻了一圈。我有點生氣，以為原來他只是想炫耀，但發現他既沒有露出得意的表情，也沒有看不起我。該怎麼說，他臉上沒有表情，然後繼續面無表情地對我說了一句話。因為實在太小聲，我忍不住『啊？』了一聲，他說了聲『對不起』就逃走了。早知道我不應該問，因為我聽到了他說的話。

就像在踢太陽一樣。

在太陽下山之後這麼說，我也不知道要怎麼做。但我可以想像，可能是以前的小學老師，在太陽照在頭頂上的中午上體育課時這麼教他，下次星期天的時候去試試看。等我學會了，就要在他面前炫耀一下。啊，他已經會了，沒辦法在他面前炫耀。」

就像姊姊在日記中寫的，即使她白天的時候去練習，也沒有找我一起去。如果曾經找我一起去，我一定會記得這件事。是因為我可以輕輕鬆鬆翻身上單槓嗎？姊姊並不是會在妹妹面前逞這種強的人。

她是不是期待在公園再次遇到那個人？也許那個人也跑去公園練足球，姊姊不想讓家人知道那個人的事。如果換成是我，一定會這麼做。

接下來好幾天的日記都寫練翻身上單槓的事，因為姊姊在日記中提到，雖然很想用學校的單槓練習，但覺得被同學看到很丟臉，所以我猜想那個公園應該是學區外很少人去的地方。那個人經常在那個公園，但從來沒有向姊姊打招呼，姊姊也沒有向他打招呼。兩個人都很自閉。然後……

「太棒了！我終於會了！我太高興了，忍不住想要撲向他，但只是在腦袋裡想想而已。但我盯著他看，似乎在問他是不是很厲害，他對我說了聲恭喜。雖然很小聲，但我這次沒有問他說什麼，然後用三倍的音量說了聲謝謝，沒想到他又跑走了。我說話太大聲了，反省一下。

但是，太開心了，太開心了，太開心了。

我要送禮物謝謝他。要送他什麼好呢？不知道他願不願意收我的禮物。」

姊姊到底買了什麼？我翻到下一頁，竟然寫的是家長去學校和老師一起三方面談。姊姊的志願是縣內一所私立音樂大學附屬高中，但爸爸和媽媽說，她可以去東京，如果可以因為成績優秀成為那所學校的特別優待生，不僅可以免除學費，還可以去位在法國的姊妹校，一所音樂學院留學一年，而且那所學校的一名講師是姊姊最尊敬的鋼琴家。

原來去法國留學的設定來自這裡。

姊姊在日記中寫道，她思考了很久，要送什麼禮物給那個人，最後選了巧克力，避免對方覺得太沉重。並不是去糕點店買的巧克力，而是在超市買了冬季限定，入口即化的白巧克力，而且沒有特別包裝，就直接交給對方。

「他露出驚訝的表情，我擔心嚇到他，小聲對他說，謝謝他教我翻身上單槓，他誠惶誠恐地收了下來。但這次輪到我驚訝了，因為他當著我的面把那盒巧克力拆開了，然後把盒子遞到我面前。

因為不能帶回家，所以要在這裡吃，但分量太多了，分妳一半。

我很震驚。我不知道他為什麼無法帶回家。難道他父母不准他接受別人的東西嗎？但以他的年齡，照理說父母不會禁止這種事。也許醫生說他年幼的弟弟或妹妹不可以吃巧克力。如果是這樣，我追問理由就很沒禮貌，但我更為自己送了不合宜的禮物，覺得自己很蠢。

別人有時候會說我搞不清楚狀況，或是神經太大條，說我不要以為自己能夠做到的事，別人也一定能夠做到。說我無法設身處地為他人著想，缺乏想像力。因為別人說的完全正確，所以我就哭了，完全沒有想到別人的感受。果然不出所料，他把巧克力的盒子交給我之後就跑走了。但是，但是，他很快又跑了回來，雙手拿了兩個小寶特瓶，然後遞到我面前。

那分別是奶茶和檸檬茶。我選了奶茶，對他說了聲『謝謝』。不，我只是希望自己可以成為先說『謝謝』的人，因為我當時說的是『多少錢？』他一如往常的面無表情，搖了搖頭，小聲對我說。

我會去打工。

會去打工？不是『我有打工』？難道他認為我覺得他看起來很窮，所以才問他多少錢嗎？我該怎麼辦？我只能沉默不語。沒想到他又突然跑走了。但這次沒有跑去公園外，而是跑向公園內的單槓。他把手上的檸檬茶放在附近的長椅上，抓住單槓，翻身上了單槓。當我回過神時，發現自己也跑了過去，抓住單槓。如果也能夠順利轉一圈就太帥了，但我失敗了，幸好第二次成功了。

因為我之前練習時，都想像那裡有太陽。

我鼓起勇氣，指著頭頂上方說。他露出了溫柔的笑容。我想我一輩子也不會忘記今天的事和他的笑容。

補充。

寫日記要暫時告一段落，因為我要寫信給他。他說他沒有手機。如果我不是去上鋼琴課，大人應該也不會幫我買手機，還是寫信比較好，可以在見面時交給他，我要去買怎樣的信紙和信封呢。」

雖然姊姊在日記上這麼想，但我想她之後可能還會遇到一些想要寫在日記上的事，所以繼續翻著筆記本，但都是空白頁。

我認為由此可以證明，姊姊和那個人的發展很順利。

同樣是寫日記的行為，每個人在怎樣的心情下想要寫日記各不相同。有些人是基於每天的習慣，記錄一天發生的大小事；有人只寫開心的事；也有人只有在社團有比賽，或是旅行等特別的事時，才會記錄下來。當然也有人像姊姊一樣，只有煩惱、徬徨時才寫。

那個人到底是怎樣的人？運動方面很強、沉默寡言，而且很溫柔。他有沒有來參加姊姊的葬禮？因為我當時太難過，不知道該如何處理失去姊姊的心情，所以根本不記得誰來參加葬禮。

爸爸記得嗎？

我把日記放回原來的位置，走出姊姊的房間。我覺得口渴，所以下了樓。

原本打算如果爸爸還沒睡，和他聊一下日記的事，但一樓所有房間的燈都熄了。

窗外有月光，即使不開廚房的燈，喝水也沒問題。我從流理檯旁的杯架上拿了一個杯子，裝了自來水，一口氣喝了下去，用袖口擦了擦嘴角。

去東京讀大學的第一天，我就發現東京的水很難喝。以前每次看到電視劇中有人拿著瓶裝礦泉水喝水，我就很納悶他們為什麼特地買水喝，但只喝了一口就解決了內心的這個疑問。

以前遇到這種事時，我應該會看著窗外的月亮，想傳電子郵件給姊姊。「姊姊，法國的水好喝嗎？我每次喝硬水礦泉水時就會肚子痛，即使旅行時可以克服，但應該沒辦法在那種地方長住。」

也許不需要改掉這個習慣，但更重要的是，明天早上要記得為神桌換上新的水，然後一廂情願地拜託姊姊，好好守護爸爸。

黑暗中看到了微亮的燈光。那是電子鍋預約煮飯的燈。應該是爸爸睡前按下的。我猜想爸爸每天看到神桌時，也會合起雙手，對媽媽還有姊姊說，請妳們好好保佑真尋。

也許爸爸一直在等待我開口說承認姊姊已死這件事。

神池家位在往寺院的途中，因為過門而不入有點過意不去，而且我也帶了伴手禮回來，所以決定回程時去看他們。

我們開著爸爸的輕型汽車前往寺院，我告訴爸爸，原本以為墓園都在必須沿著蜿蜒狹窄的山路開一段路的山上，但東京的墓園都在平地。爸爸說，即使是鄉下地方，也有寺院和墓園在平地。

即使是這樣，我還是希望可以埋葬在山邊這種可以眺望整個城鎮，也可以看到海的地方，爸爸小聲地嘀咕，妳要和未來的老公葬在一起。我並沒有太生氣，是因為我只剩下爸爸這個唯一的親人了嗎？

如果媽媽還活著，姊姊也成為出色的鋼琴家，結了婚，過著幸福的生活，聽到爸爸說，真尋，妳也趕快結婚這種話，我可能會抱怨說，就是因為這樣，我才討厭鄉下地方。但這種假設的前提太多，根本已經是虛構的境界了。

即使我想收回要埋葬在山邊的墓園這句話，也因為上氣不接下氣，根本沒有力氣說話。但我還是拎著裝了水的水桶，另一隻手拿著一束菊花，假裝是個孝順女兒，跟著爸爸爬上山。

爸爸手上提了一個兔子圖案的手提包，可能是買什麼東西的贈品，裡面應該裝了掃墓用的東西，但好像還有其他東西。

墓園沒有個別的墳墓，只有祖先的墳墓，旁邊的石板上刻著已經入墓者的戒名。上面也有姊姊的戒名，但我猜想是爸爸、媽媽發揮了巧思，避免姊姊的名字緊跟在外公、外婆的名字後面。

爸爸和媽媽在生前就取好戒名，然後用紅字刻上自己的戒名，旁邊才是用黑字刻的姊姊戒名。我記得曾經有人問一休大師，幸福是什麼，他回答說「黑髮人送白髮人」。我忘了告訴我這句話的是大畠老師，還是信吾。

不知道是因為這一帶的習俗，還是這家寺院的獨特做法，石板的各個戒名前除了有線香架，還放了茶杯。從曾祖父母開始，六個人面前都放了藍底白色圓點的相同茶杯。爸爸把媽媽和姊姊面前的兩個杯子移開，從手提包裡拿出了兩個用報紙包起的茶杯。

其中一個是媽媽生前使用的櫻花圖案茶杯，那是姊姊參加中學畢業旅行去京都時為媽媽買的。另一個不是茶杯，而是馬克杯，就是我昨天第一次看到的貓咪圖案馬克杯。爸爸放在姊姊面前後，打算用長柄勺裝水。

「等一下，等一下，為什麼這個給姊姊用？」

「既然千穗原本打算送給別人，至少用在她身上比較好，不是嗎？」

爸爸似乎在昨晚有了什麼想法。

「但即使不小心被拿錯了，有一半是我送你的禮物。而且，如果你捨得放手，與其供給姊姊，還不如送到姊姊原本想送的人手上。」

爸爸陷入了沉默，看向大海，又看著石板，最後將視線移回我身上。

「妳知道對方是誰嗎？」

「不知道，但我昨天發現姊姊有喜歡的人。……我找到了她的日記。」

在藍天下承認這件事有點愧疚。

「是嗎？日記上有寫對方的名字嗎？」

「沒有，但如果在她房間找一下，也許可以找到什麼線索，也可以去向姊姊的同學打聽，更何況也不必急著交給對方。你也想知道姊姊喜歡怎樣的人吧？」

爸爸再度看向大海，然後又看著石板，目不轉睛地盯著姊姊的戒名，然後默默拿起馬克杯，用報紙包好，放回了手提包。雙手各拿起一個原本放在一旁的茶杯打量著，小聲嘀咕著「原本是哪一個？」然後把其中一個放在姊姊的戒名前，又嘆著氣說「沒關係」，把另一個放在自己的戒名前開始倒水。

我似乎破壞了爸爸的心意，感到有點愧疚，於是換了花，拔了草。爸爸把點好的線香放在墓前和每個人的戒名前，我和爸爸一起站在墓前，合起了雙手，閉上眼睛。

第三次睜開眼睛，看了爸爸之後又閉了起來。當下一次睜開眼看爸爸時，我們四目相接。

「妳在對千穗說話嗎？」

「嗯，是啊……」

我只是對姊姊說，妳其實在這裡，但沒有提日記的事。不知道爸爸在對誰說話。

「妳有告訴妳阿姨，我們要去神池的家裡吧？」

「對，阿姨也回覆說，如果不趕時間，就去她家吃午餐。」

爸爸再度看了石板上姊姊的戒名，又看向大海，最後將視線移回我身上。

「那接下來的話就去那裡再說。」

雖然爸爸說話的語氣和平時一樣平靜，但我有一種小時候在放學之後，被老師留下來的感覺。

雖然自己不算是好學生，但因為很膽小，所以不記得自己做了什麼壞事。那一次是違反了什麼校規？

插曲 6

下山兼人自殺了。他被他母親發現在家中自己的房間上吊。

我在第一學期結業典禮之前，在教室內得知了這個消息。

早上一踏進教室，教室內像往常一樣吵吵鬧鬧，完全感受不到即將面臨考高中的緊張氣氛。一大早就被熱得有點慵懶，但教室內充滿了對隔天就要解脫的期待，同學忙著閒聊和八卦。

在即將開始上課之前，一個女生走了進來，教室內立刻變得鴉雀無聲。

「好像有人死了。」

她今天早上才衝去老師辦公室補交原本一個星期前就必須交的報告，有點像是用報告換取暑假的許可證，然後沒有發現辦公室的門上貼了「禁止進入」的公告。

據她所說，辦公室內的空氣超緊張，嚇得她馬上退了出來，但在數秒鐘內，還是聽到了重點。

「好像是我們班上的同學。」

班上的同學並沒有面面相覷，所有人都看向下山的座位。這代表大家都猜到了，然後不約而同地說著「糟了」。

這下糟了。真的糟了。超糟糕啊。「糟了」這兩個字就像漣漪般持續擴散，漸漸變成了大合唱，簡直就像是一群只知道這兩個字的動物。

但是，我並沒有說這兩個字。我什麼話都說不出來，也搞不清楚內心湧現的感情是什麼，只是茫然地看著他們的「糟了」大合唱。有人感到害怕，有人受到了驚嚇，但那只是少數，大部分同學都帶著興奮大叫著。我想起以前在電視上看過在狹小的地下室Live house內狂熱的歌迷。

我悄悄看向霸凌主謀的那幾個同學，他們也笑著說「糟了」。不知道是否為了對抗內心對做了無法挽回的事所產生的恐懼，還是每個人都知道自己害死了同學，在遭到指責之前的逃避，假惺惺地展現同情心，還是純粹覺得好玩？

我覺得想吐。要不要去廁所？正當我這麼想的時候，班導師走了進來。因為擔任社團顧問——我記得是棒球社——而曬得黝黑的臉上神情嚴肅，在環視教室內所有的人之後，用力嘆了一口氣。

「大家都安靜坐下，老師有重要的事要告訴大家。」

班導師說話的語氣中沒有怒氣，只有悲傷和疲勞。這種感覺好像傳染了整個教室，所有人都慢吞吞回到了自己的座位。

於是，全班同學都知道下山兼人死了。

沒有人在老師面前說「糟了」，也沒有人進一步問：「為什麼？」有人偷瞄著曾經霸凌下山的同學，那些霸凌的同學臉上也收起了笑容。有人低著頭，有人看向窗外，也有人盯著地面，眼神不和任何人交會。

原本早上班會課之後要去體育館，但我們這一班留在教室待命。

班導師並沒有用責備的語氣對同學說話，似乎顧慮到突然失去同學而感到慌亂的學生，字斟句酌地說明今後的情況。

老師說明了下山的守靈夜和葬禮的情況。因為下山家決定舉行只有家人參加的葬禮，所以不希望學生和老師集體參加，但如果有同學私下想要去為下山上香，不要擅自前往，要先和學校討論。

絕對不要接受報紙或電視臺的採訪。

對於下山自殺的詳細原因，由於學校方面也要展開調查，所以可能會利用返校日或暑期輔導時間，向各位同學做問卷調查或是瞭解情況。目前尚未確定日期，但如果在此之前有想要報告或討論的事，可以隨時聯絡班導師。

在暑假期間，如果認為自己需要心理輔導，校方將安排心理醫生到校，班上的同學可以隨時提出要求。

大家都聽著班導師說這些聯絡事項，沒有一個人流淚，班導師說話時也沒有哽咽。如果不是下山，而是其他同學自殺，班上的同學會有不同的反應嗎？如果下山不是自殺，而是發生車禍身亡，大家會表現出更真實的感情嗎？

我覺得沉默成為每一個人的盔甲，每個人都心有愧疚，雖然程度有大有小，但每個人都知道自己也是加害者之一，所以比起下山的死，更擔心惹麻煩上身。該如何閃躲？該如何避免？

萬一等一下找每一個人談話怎麼辦？這種事無法和任何人討論對策，自己該怎麼回答？不知道其他人又都說些什麼。

我覺得這些同學糟透了。之前曾經多次看過有人因為遭到霸凌而自殺的報導，每次都覺得那些加害人和旁觀者都是人渣，也對這些人產生憤怒。如今，這些人就坐在自己周圍。

雖然明知道這麼做根本沒有意義，但我認為班上的每個同學都應該輪流向下山表達道歉，必須說出自己到底做了什麼，必須面對自己犯下的罪行。

即使不這麼做，班導師也知道班上同學霸凌下山的事，所以我期待班導師最後能夠提到這件事，否則我擔心大家經過一個暑假，就會把下山的事忘得一乾二淨，當作下山選擇一死了之的事沒有發生。

怒火在我內心燃燒，簡直就像直到最後，就只有我一個人支持下山，好像這樣就能夠消除拒絕他約我看電影的罪惡感，好像這樣就能抵銷我最後對他說的惡言惡語。

班導師隻字未提霸凌的事，只是再三叮嚀我們要直接回家，不要接受媒體採訪，然後好像把我們趕出教室般地宣布放學。

老師只叫我一個人留下來。我以為因為我是班長的關係，我以為要重新調查霸凌的事。即使下山付出了生命的代價，班上仍然有同學袒護加害者，對身為旁觀者的自己說謊，說自己什麼都不知道。

班導師一定知道這種行為毫無意義，所以才會指名我一個人留下來，如實說明班上的情況。

我可以為下山找回公道。不，必須為他找回公道。我作好了這樣的心理準備跟在班導師身後，走進了貼著「禁止進入」的會議室。

校長、教務主任、學年主任，還有班導師。我對被這些男老師包圍感到害怕，但仍然認真面對這些老師。

學年主任向我發問。他神情嚴肅地瞪著我，如果不瞭解學校狀況的人看到，會以為他是警察。

「妳說說和下山同學的事。」

「下山同學在班上遭到了霸凌……」

「不是指這件事。」

我才準備開始說，就立刻被打斷了。

「我是問妳和下山同學的事。我們知道妳在班上對下山同學很親切，你們讀同一個補習班吧？」

學年主任用他認為的溫柔語氣說話，然後向我點了點頭，似乎表示他支持我。我忍不住想，難道下山是為了補習班的事自殺嗎？他很在意沒有分到S班的事，也不敢告訴家人嗎？

我說了補習班的分班情況，以及下山從一年級開始就在S班，上次的分班考試之後，被降到了A班的事。

「妳有沒有為這件事鼓勵他？」

「沒有……」

「他沒有約妳單獨談一談嗎？」

「……沒有。」

學年主任怎麼會知道這件事？我想起了這件努力想要從腦海中抹去的事發生至今還不到二十四小時。哪裡最先開始發抖？是指尖？還是仍然殘留著被下山抓住感覺的肩膀、手臂、胸部，還是嘴唇……？

我不知道該怎麼呼吸，聽到班導師說：「今天就到此為止吧。」

最後，那幾個老師特地找來體育課的女老師把我帶去保健室，然後跟著搭計程車來接我的奶奶一起回了家。奶奶為班上同學自殺之後，只針對我一個人進行調查這件事向學年主任和班導師嚴正抗議。

所以我對奶奶說：

「我沒事。」

那時候真的還沒事。

直到班導師和學年主任一起來家裡。這次還有保健室的女老師同行。

為什麼一直為這件事來找香？祖父母為此感到不滿，所以也一起參加。我也納悶為什麼一直來找我？還是我剛好是第一個，這些老師之後也會去找全班的其他同學？

但他們好像只找我一個人。

因為遺書上提到了我的名字。下山在房間內堆滿考高中參考書的書桌上留了遺書。

下山的遺書不是寫在信紙上，而是寫在筆記本上。

嶄新筆記本的第一行，就用紅色的原子筆寫著「長谷部香 請妳原諒我」。那一頁只有這行字，然後從下一頁到最後一頁，完全不顧字行的間隔，好像要塗滿白色頁面般寫滿了「對不起對不起」。

我沒有看到實物，據說被警方拿走了。

筆記本上只有「長谷部香」這一個名字，也沒有寫給爸爸、媽媽的話。他有一個姊姊，也沒有寫給姊姊任何話，只對長谷部香道歉。既然如此，校方就必須調查我和他之間發生了什麼事。

香同學，這件事並沒有責怪妳。是班導師對我說了這句話嗎？

但為了下山同學的家長，也希望妳告訴我們到底發生了什麼事。這句話也是班導師說的嗎？

「真是不要臉，竟然還敢寫出來！」

奶奶氣鼓鼓地說。她可能想到了最惡劣的情況。不，在場的所有人在知道他的遺書內容後，可能都想像了相同的內容。既然這樣，由男老師問我不是很矛盾嗎？

我認為必須否認這件事。

「補習班放學後，他約我去附近的公園，說要和我去看電影。」

也許是奶奶建議男士迴避時，在奶奶身旁的我試圖只讓聲音從亂成一團的身體中發出來，所以大家都沒有聽清楚。之後，我重複了三次相同的話。

「電影……」

我想不起是誰發出驚訝的聲音，也想不起是誰叫我繼續說下去。無論是誰都無關緊要。

「我拒絕了。」

「為什麼？」

因為我才不想去。

「因為我是考生……」

「下山同學接受了嗎？」

班導師問。我搖了搖頭，奶奶摟著我的肩膀，瞪著班導師。

「我沒事。」

我又說了這句話，看著老師。照理說我當時看著他們，卻想不起他們當時臉上的表情。每一張臉看起來都是下山。

我沒有錯。必須讓他們瞭解這一點。

「我明確告訴他，我要讀書，但下山同學不接受，跑過來抓住我的肩膀和手臂……還強吻我。」

最後那句「還強吻我」說得很快，連我都沒有把握自己是否真的說出了口。但是，我沒辦法重複這句話，所以不讓他們有時間反問和發問，就馬上說了下一句話。

「我很害怕，就把他推開了……一路逃回家裡。」

我一說完，就忍不住嗚咽起來，無法再說他還對我襲胸這些話。眼淚流了出來。再次提起很想忘記的這些事，讓我產生了好像再度遭遇了同樣的事的恐懼。我用雙手抱著自己，指尖摸到了起了雞皮疙瘩的粗糙感覺，我用力搓著手臂，想要把雞皮疙瘩搓平。

但是。我不知道「但是」這三個字的表達方式是否恰當。

「真的只有這樣而已嗎？」

奶奶問了這句話。我點了點頭，奶奶鬆了一口氣。長大之後，我才能體會那種感覺。假設我有女兒，遭遇到可能被性侵的狀況時，得知只有被強吻，應該會同樣鬆一口氣。

但是，對十五歲的我來說，那是極其重大的事，很想用刀子把下山碰過的部分全都割下來。而且……

「妳把下山同學推開了？」

班導師等我心情稍微平靜後，確認了這件事。我覺得耳朵嗡嗡作響，可能露出懷疑的眼神看向班導師。

「下山同學被妳推開之後，有沒有向後搖晃？還是坐在了地上？」

這簡直就像在偵訊霸凌的加害者，好像是因為我把他推開，他才會自殺。

「他應該、稍微搖晃了一下，我不記得了。」

我說了謊，奶奶立刻為我助陣，大喝一聲：「夠了沒有？」那幾個老師就離開了。

「小香，妳完全沒有錯。」

奶奶這麼說著，持續撫摸我的後背。

「遭到拒絕，被人推開就會自殺嗎？絕對還有其他原因，只是因為沒有勇氣寫下來，只對自己喜歡的女生說什麼對不起，根本是找麻煩。把自己的脆弱怪罪到別人頭上自殺，根本是無恥的行為⋯⋯」

我無法瞭解奶奶的心情，不知道她是想安慰我，還是為下山羞辱了長谷部家感到義憤填膺，但原本氣憤的語氣越來越弱，最後安靜下來，流下了眼淚。她可能想起了自己的兒子也是自殺身亡。

否則不可能因為生氣而流眼淚。

我也無法充分瞭解到底發生了什麼狀況，對下山死了這件事也沒有真實感，只覺得給爺爺、奶奶添了麻煩感到抱歉，但我內心並沒有產生太大的罪惡感。

反而覺得自己是受害者，甚至覺得下山最後向我道了歉。

我幾乎在家中度過了整個漫長的暑假。那天晚上之後，家裡從來沒再提過下山的事，老師也沒有再把我找去學校，也沒有再上門，警察也沒有上門。

媒體並沒有大肆報導下山自殺的新聞。

我無心讀書，也不去補習班，整天都心不在焉地看著爺爺買回來的電影ＤＶＤ，暑假很快就結束了。

雖然上學這件事讓我心情沉重，但我並不至於不想去學校。我決定豁出去了，不多想無關緊要的事，為了考高中去學校。當奶奶說要陪我去學校時，我又回答說：「我沒事」，然後獨自走出了家門。

來到校門口附近時，看到有一個女人站在門旁。那個女人的臉比整個暑假幾乎都沒有外出的我更白，一頭長髮也很凌亂，看起來格外疲憊。

我一時以為是媽媽，忍不住心跳加速，但發現那個人長得和媽媽完全不像，輕輕嘆了一口氣。

但是，那個女人和我眼神交會後，沒有移開視線，直直向我走來。雖然她看起來很憔悴，但走路的速度很快，我還沒走幾步，她就已經來到我面前。

「妳是長谷部香嗎？」

「……對。」

我有點畏縮地回答，她仔細打量著我，然後雙手緩緩抓住我的肩膀，把臉貼了過來。

「為什麼不陪他去看電影？」

好像隨時會哭出來的表情讓我想到了四十天前的下山。她和下山長得很像，我納悶自己剛才為什麼沒有察覺？如果察覺的話，我會逃走嗎？不，應該還是會發生相同的狀況。

女人繼續向我逼過來。

「妳不是對他很好嗎？不是給他橡皮擦和毛巾，是妳讓他想入非非，為什麼不能陪他去看電影？妳不是喜歡看電影嗎？既然這樣，看一次電影……坐在一起看一次電影有什麼關係？」

雖然我感覺到她的口水噴到了我的臉上，但我覺得眼前的狀況不允許我擦口水，也不允許我移開視線。

「不要用這種同情的眼神看我，妳倒是說話啊。」

不知道是因為聽到她提起了「眼神」，還是因為聞到了和下山相同的臭味，我無意識地閉上了眼睛，把頭轉到一旁。

「怎麼了？妳覺得很可怕嗎？那妳推我啊，就像那天推兼人一樣。還是要我親妳？妳倒是告訴我，妳是怎麼拒絕他的？怎麼把他推入絕望的深淵……」

不是、不是，不是妳想的這樣。即使我深受打擊，但仍然這麼想，是因為我覺得那才是正義。

「下山同學被班上的同學霸凌……」

「我知道。」

女人馬上打斷了我費力擠出的聲音。

「只要看兼人的樣子和他的衣服，馬上就知道了。雖然聽到老師向我說明的情況，發現比我想像中更嚴重，讓我很受打擊，也覺得對兼人很愧疚，但他笑著對我說，根本不必理會那些傻瓜的惡作劇，反而激發了他的動力，要好好讀書，比那些傻瓜過得更好。他還告訴我，有人支持他……那個人應該就是妳吧？」

我無言以對。

「妳幫兼人，只是為了自我滿足嗎？」

我聽到內心有什麼東西斷裂的聲音，支撐我這個人的某種粗大的東西在那一剎那確實斷裂的聲音，讓我幾乎無法站立。

就在這時，同學找來的三個老師趕到，把我從下山的母親面前拉開了。但已經遭到致命一擊的我並不覺得這是在幫我，甚至懷疑那些同學一直躲在角落等下山的母親把所有的話說完，我知道這個世界上沒有人會救我。

妳沒事吧？保健室的老師問我。我無法回答「我沒事」，轉身全速跑回家裡。

我把自己關在房間，穿著制服，用被子蒙住了頭哭了起來。沒有開冷氣的房間很悶熱，我立刻感到昏昏沉沉，但我用力閉上眼睛，很希望自己就這樣死了。

下山自殺是我的錯。爸爸拋棄我們母女，也是我的錯。媽媽的不幸也是我造成的。

當我醒過來時，發現房間內很涼爽，我躺在用柔軟毛巾包起的冰枕上。轉頭一看，和奶奶對上了眼。奶奶哭腫的雙眼似乎有很多話想要對我說，但她先遞給我一杯運動飲料。

不知道她去哪裡買回來的，在這麼熱的天氣，急急忙忙去坡道下方買回來的嗎？如果我死了，奶奶和爺爺就必須面對兒子和孫女都自殺身亡這個事實。所以，我必須活下去，不傷害任何人。

中學三年級之後，我幾乎沒有去學校，但義務教育很不可思議，我照樣畢了業，而且也可以考高中。

我封印了電影的世界。充滿溫情的故事全都是偽善，沒有溫情的故事把死亡當成了遊戲，兩者我都完全不想碰。

我跟著奶奶去看了身心科。妳沒有錯。像催眠術一樣不斷對我重複的這句話，反而就像是對做錯事小孩的處罰。我不想繼續去那種地方，於是決定要努力走出去。

我讀了奶奶母校的那所私立女校的高中部。

之後，奶奶說希望我讀大學，於是我又讀了同體系的女子大學。

雖然我在高中和大學都沒有請假，每天都正常去學校上課，但和同學、老師都保持距離，所以不記得任何人的臉。雖然學了知識，也過了最低限度的日常生活，但完全沒有留下任何記憶。

腦子裡只想著今天必須做的事，完成之後，就立刻拋在腦後。日復一日，年復一年。

大學畢業之後，我進了爺爺任職的那家貿易公司。

因為每天搭電車通勤，所以騎腳踏車到坡下的車站。即使淡淡地過日子，推著腳踏車上坡時仍然會流汗。日子一久，當夕陽照在背上時，會情不自禁停下腳步回頭看。

天空是紅色。我已經有多久沒有意識到這個世界的色彩了？

這也許是爸爸在人生終點時渴望的景色……

我突然想起了下山。雖然我並沒有和他一起看夕陽的回憶。

也許是因為從爸爸聯想到電影的關係。

下山想和我去看什麼電影？

又過了兩年的歲月，我才去按了下山家的門鈴。他的母親一看到我，就雙手用力推開我，關上了玄關的門。我一屁股跌坐在地上，下山的姊姊握住我的手臂，把我拉了起來。她用同情的眼神默默看著我，走進了屋內。

在我拜訪下山家的隔週，收到了他姊姊寄給我的一封信。普通尺寸的牛皮紙信封中，有一張預購的電影票和一頁撕下的筆記紙，還有一張折起的白色信紙。

電影的上映日期早就結束了，那是暑假固定推出的當紅動畫影片。

筆記紙上……寫著對母親的感謝和道歉，還有無數眼淚滴落的痕跡。

信紙上寫了簡短的文章。

「我為弟弟向妳道歉，也為我媽向妳道歉，因為我相信我媽一定無法接受弟弟自殺的原因在自己身上，所以我撕下了筆記本上的第一頁。第二頁向妳道歉的那句話是我弟弟寫的，第三頁之後的『對不起』全都是我寫的。即使憎恨成為動力也無妨，我希望我媽活下去。當時我這麼希望。現在我為此感到後悔，我希望我媽能夠瞭解弟弟最後的想法，即使這樣，我仍然無法交給她。請原諒我們這個膚淺的家庭。」

接下來的五年期間，我一次又一次拜訪下山家，希望他們能夠同意我寫下下山兼人生命最後的一小時。

第六章

外公和外婆還活著的時候，我去神池的家從來沒有按過門鈴。每次都用力拉開玄關的拉門，大叫著「外公、外婆」，在門口甩掉鞋子，就直接衝進屋內。我不知道每次都是媽媽還是姊姊為我把鞋子放好。

外公、外婆離開之後，即使已經熟門熟路，那裡已經變成了別人的家。爸爸和我按了門鈴之後，在門口等待屋內的人出來應門，但聽到芳江阿姨數十年不變的開朗聲音，有一種回到了熟悉地方的感覺。

因為還不到吃午飯的時間，阿姨為我們泡了茶，我告訴她說，這次回來是為寫劇本做準備，要帶大畠凜子老師四處參觀。

「太厲害了，又是以笹塚町為舞臺嗎？這裡有這麼多適合拍愛情故事的地方嗎？真尋，妳知道嗎？」

阿姨興奮地問，我告訴她，這次的作品不是愛情故事，而是懸疑推理。

「是以實際發生的事件為基礎的故事，妳還記得『笹塚町滅門血案』嗎？」

阿姨皺起了眉頭。我很意外向來喜歡討論週刊八卦的阿姨竟然會有這種反應，原本我還期待她會滔滔不絕地告訴我她蒐集到的消息。

不，也許這種反應才正常。對發生在遙遠世界的事才能夠不負責任地大談特談，如果在自己生活的城鎮發生了殺人命案，就會覺得很不光彩，很希望世人趕快遺忘。即使自己並不是當事人，或是並不認識被害人、加害人也一樣。

「雖然記得，但日本各地都有類似的命案，為什麼偏偏選笹塚町的命案？真尋，該不會是妳提議的？」
阿姨說話的語氣中充滿了責備，好像我把秘密傳了出去。
「不是，不是我。」
我告訴阿姨，電影導演長谷部香小時候曾經住過這裡。爸爸的眉毛抖了一下。
「我聽正隆說過，他們是幼兒園的同學。我問他還記得對方嗎？他說就像昨天的事一樣，記得一清二楚。那孩子或許是這樣，導演在這裡也發生了什麼特別的事嗎？她生活在這裡的時候，和發生命案的時間相差很遠啊。」
「她當時就住在那家人的隔壁。」
「啊喲，原來是這樣啊。」
阿姨點了點頭，似乎接受了我的解釋，眼中露出一絲好奇。
「對了，這個給妳。」
一直沉默不語的爸爸，從裝了掃墓用品的手提袋裡拿出了一個夾鍊袋。裡面裝的是米糠醬醃的茄子。
阿姨高興地接了過去，走向廚房，然後轉頭對我說，雖然時間還早，但還是開始準備午餐。這是示意我去幫忙。阿姨做事很俐落，向來不需要別人幫忙，有話要說的時候才會找人幫忙。我猜想一定和電視劇有關。
「大畠凜子老師打算寫怎樣的劇本？」
她要求我煮蕎麥麵的乾麵，自己站在天婦羅的鍋子前問我。我說不知道。如果我告訴她，這次也要寫自己的劇本和老師競爭，不知道她會露出怎樣的表情。

「導演似乎將焦點集中在加害人的身上。」

我回答了無關緊要的事。

「喔，是那個哥哥。如果是這樣……久保坂直樹應該很適合這個角色。」

阿姨說了目前正在演晨間電視劇的男星名字，這個高高瘦瘦、皮膚很白的男星以前曾經演過超級戰隊系列的電視劇，雖然細長的輪廓和立石力輝斗有共同點，但久保坂的賣點是帶著一絲羞澀的親切笑容。

週刊雜誌上刊登的力輝斗照片幾乎都是他在中學畢業紀念冊上的照片，但每一張的眼神看起來都很陰沉。即使是知名導演的作品，如果挑選久保坂來演，一定會在網路上引起抗議，要求導演不要糟蹋這個演員。

「他的形象太開朗了。雖然他演技很好，演殺人兇手也沒問題。」

「是嗎？嗯，也對，是殺人兇手……」

沒想到阿姨很乾脆地接受了。如果是根據原著改編的作品，阿姨猜中演員的機率相當高。即使最後沒有猜中，有些人曾經在企劃階段討論過，每次都讓我佩服不已，所以她向來為這件事很得意。

「長谷部導演這次不來嗎？她本身也漂亮得像女明星，真想親眼見一見她。」

阿姨像平時一樣興奮地說道，我告訴她，正隆已經和導演見了面。阿姨一直打聽正隆當時的態度，簡直把我當成了為他們牽線相親的人。

很可惜，導演的心應該不在正隆身上。她不是那種輕易相信男人的人，但是，假設有一個導演願意相信的人……我無法把這件事告訴阿姨。

三個已經遠離青春期的成年人的午餐，只需要十五分鐘就搞定了。和阿姨閒聊了沒多久，蕎麥麵冷麵和天婦羅就已經出現在客廳的餐桌上。

「如果佳奈子知道妳和世界知名的導演合作，一定會很欣慰。妳有沒有告訴妳媽了？」

阿姨夾著地瓜天婦羅問我。

「嗯……」

「姊姊，今天我們一起去見了千穗。」

爸爸靜靜地對阿姨說。阿姨比任何人更關心媽媽，聽到這句話，就知道了爸爸和我之後在這件事上的態度。她用手指按著眼角，用力點了點頭說：

「千穗也一定會很高興。我原本以為佳奈子死的時候，你們會這麼做，但終究沒那麼容易放下。這次是有什麼原因嗎？」

阿姨看著我，爸爸也同時看向我。

「我想應該是看到了長谷部導演勇敢面對自己的現實。」

爸爸和阿姨似乎都接受了我的說法。

「這就是緣分，也許就是緣分到了。」

阿姨看著我的臉，深有感慨地連續點了好幾次頭。

「妳不是想知道有關千穗的事嗎？」

爸爸對我說。有關姊姊的事，我當然都想知道，但爸爸現在說的「想知道的事」，是不是指剛才在墳前討論的事？阿姨知道這件事嗎？

「姊姊好像在中二後半的時期有了喜歡的人，阿姨知道是誰嗎？」

阿姨看向爸爸，似乎在問她可以說嗎？爸爸默默點頭。該不會只有我不知道這件事？

「雖然我不知道具體是誰，但我曾經看到千穗和一個男生在一起。我去參加町內會的聚會，回來的路上，看到他們一起從那條山路上走下來。雖然千穗叫我別說，但我還是……」

「妳告訴媽媽了嗎？」

「那個男生看起來很不錯，我想佳奈子應該也會高興，沒想到後來千穗說她不想去讀音大附屬高中，要去笹高，和妳媽媽發生了爭執。」

「結果呢？」

我問爸爸。接下來是我們家庭內部發生的事。

「我並不認為她非得要成為鋼琴家，千穗有自己的人生，只是無法贊同因為有了喜歡的男生這種理由，就改變自己將來的夢想，以及和夢想相關的升學計畫。這不就只是選擇眼前輕鬆的路嗎？即使分隔兩地，男人不是應該支持女生的夢想嗎？因為有這種想法，所以媽媽在責備千穗時，爸爸也沒有吭氣……」

「媽媽怎麼說？」

「媽媽一直相信千穗有才華，而且也一直支持她，所以不願輕易讓步。她堅稱無法原諒千穗這麼做，千穗也很堅持，說如果不讀笹高，她從此都不會再碰鋼琴，她們母女的個性太像了。」

我記得以前有一段時間，媽媽和姊姊之間的關係很緊張，但那是我剛懂事的時候，她們那一次的關係並不是對立，而是媽媽在激勵姊姊，和她共同克服難關。因為媽媽從來不曾用這種態度對我，所以我還有點羨慕姊姊。

「但最後姊姊還是去了笹高。」

「因為正隆也說要考笹高，所以媽媽也就無法強烈否定。笹高雖然是公立高中，但重視學生個性的教育方針很受好評，所以最後也就同意了，而且千穗和妳媽約定，她會繼續彈鋼琴，高中畢業之後會去考音大。」

那所高中的校規並不禁止學生參加演藝活動。我想到的不是姊姊，而是立石沙良。正因為學校不禁止，她才能夠在學校公開談論甄選的結果。

所以，最後爸媽尊重了姊姊的意見，姊姊也決定繼續彈鋼琴。但是，在姊姊上鋼琴課回家的路上遇到車禍的事發生之後，他們一定產生了莫大的後悔。

如果當初好好說服她，讓她讀音大附屬高中，去國外留學的話……但相反地，既然是短暫的人生，就不需要用鋼琴綁住她，既然她有喜歡的男生，就應該讓她有更多自由的時間。

「所以你們知道姊姊的男朋友是誰嗎？」

「不，那就不知道了。因為當初曾經為這件事發生爭執，所以千穗也極力隱瞞，我也就沒問……」

爸爸回答。媽媽應該曾經問姊姊對方是誰，我可以輕易想像出姊姊抿緊嘴唇，瞪著媽媽的表情。

對了，姊姊會露出這樣的表情。她為了忍住不甘心的淚水，用力瞪大眼睛，然後好像要打自己一樣握緊拳頭，一雙大眼睛微微顫抖。

但活在我心中的姊姊總是露出不食人間煙火的笑容，對鋼琴沒有任何煩惱和糾結，即使談戀愛，也只有開心的事。

我終於知道，假裝姊姊還活在世上的行為，其實並不是為了回想真實的姊姊，而是在埋葬她。

「阿姨，妳不是見過那個人嗎？是住在附近的人嗎？」

「因為那天太陽已經下山了。」

阿姨說完，看了每個人的杯子，然後去廚房為茶壺加熱水。也許姊姊和那個人一起去看夕陽後準備回家。

「不知道是怎樣的人……」

寂靜的空氣讓我感到沉重，我故意這麼問。這時，放在一旁皮包裡的手機震動起來，大畠老師傳來簡短的訊息「明天拜託了」，附了一張可愛的表情貼圖。

對了，姊姊當時買的是附有相機功能、價格很貴的手機。因為鋼琴老師說可以拍下手指的動作，所以媽媽為她挑選了最新款的手機。姊姊也曾經幫我拍照，不知道手機上有沒有他們的合影。

比起大畠老師的訊息，我更應該思考「目前該調查什麼」這些身為劇作家的工作，但我仍然滿腦子都是姊姊的事。

走去和大畠老師相約的車站大樓內的咖啡店之前，我去了手機專賣店。

昨天，我從鋼琴房架子上姊姊去鋼琴教室時使用的皮包中，找出了車禍當時掉在馬路旁，但並沒有摔壞的手機，卻找不到充電器。雖然我們假裝姊姊還活著，但爸爸還是去手機店辦了解約，爸爸說，記得當時把充電器一起帶去，店家只把手機還給了他。

——要不要適可而止，控制在千穗活著也會同意的範圍就好？

爸爸小聲嘀咕著。雖然語氣中並沒有責備，但他應該覺得我不該看姊姊的日記。我知道姊姊不會原諒我的行為。

即使如此，我仍然想知道。這種對自私的厭惡感，很像不久之前，對長谷部導演的感情。導演常常道歉，應該並不是基於對（導演認為）自己曾經傷害的人的罪惡感，而是意識到自己用想要重新站起來這種冠冕堂皇的理由，涉入了他人想要隱瞞的事。

即使我在內心對姊姊說對不起，那仍然是自私。

開著爸爸的輕型汽車前往車站的途中，雖然在內心不斷說著這些辯解，但我仍然期待手機內可能保存了像是運動型的男生和姊姊兩人滿面笑容的合影。

我的期待落空了。即使是手機專賣店，也未必有十七年前機種的充電器。雖然店家暫時保管了手機，但無法百分之百保證一定能夠充電。

算了吧。我覺得腦海深處響起了爸爸的聲音。

雖然大畠凜子是在業界內數一數二的大人物，然而這個世界上沒什麼人對劇作家這個職業有興趣。即使不時會在電視上露臉，但不光是咖啡店內的客人，整個城鎮應該也幾乎沒有人會認出她是劇作家大畠凜子，只不過不時有人偷瞄她，覺得她可能是名人，卻不知道她是誰。

以前，我也曾經在路上遇到過那種猜想對方可能是名人的人。事後才知道對方是寶塚的巨星，不禁折服她渾身散發的氣場。大畠老師似乎也有相同的氣場。

但大畠老師的衣著和平時完全不同。即使只是在事務所寫劇本的日子，老師也穿著可以稱為禮服的洋裝，一頭長髮也是漂亮的波浪形，臉上的妝也完美無瑕，腳踩高跟鞋。雖然我並沒有問過，但我認為那是她的戰鬥服。

但是，老師今天只是牛仔褲和黑色連帽衫的簡單搭配，頭髮也綁在腦後，腳上穿著球鞋。

老師看到我後，舉起一隻手站了起來，背起了運動品牌的背包。原來她有背包，然後我更驚訝地發現，那個背包很舊。她該不會是向親戚的小孩借來的？她有這樣的親戚嗎？還是她誤以為笹塚町是個很落後的地方？

老師似乎並不打算和我在咖啡店聊天，立刻結完帳，走出了咖啡店。

「那就帶我去命案現場。」

老師完全沒有打招呼，劈頭就這麼對我說，我一時答不上來，並不是因為她沒有打招呼。

「正確的地點……」

我並不知道正確的地點，老師，妳知道嗎？我無法繼續說下去，因為老師皺起眉頭打量著我。

「妳接到委託之後已經回來過兩次，該不會還沒去過？妳週末時在幹什麼？」

我就像沒有讀書的考生。看到老師臉上無奈的表情，我知道自己說什麼不願認輸，想要得到認同的想法終究只是說說而已，並沒有認真對待「笹塚町滅門血案」。

但是……

「命案現場的立石家因為力輝斗縱火，所以全都燒毀了。」

「所以呢？」

「不……車子停在停車場。」

我帶大畠老師走去開車。我知道命案現場大致的位置，只是不知道確切的位置。

大畠老師似乎早就料到了這種情況，坐上副駕駛座後，拿出了B5尺寸的筆記本遞給駕駛座上的我。上面抄了地址。

因為車上沒有衛星導航系統，我把地址輸入手機，確認地圖之後，把車子開了出去。老師忙著從前後左右的車窗觀察外面的景色，讓我很擔心她會暈車。

老師腦海中的攝影機應該已經動了起來。

十五分鐘左右就抵達了目的地，可以近距離看到八島重工建在海邊的造船廠，以一定間隔發出咚隆、咚隆的沉重聲音。

讀小學時，某次校外教學曾經去那家造船廠參觀，當時有許多作業用的大型車來來往往，印象中更熱鬧，如今已經完全不見往日的景象，甚至看不到小型連鎖漢堡店或便當店。

路旁老舊的房子就像缺了幾顆牙齒的狀態。

在手機中輸入地址的位置沒有房子，雜草叢生的空地角落隨意丟了幾根生鏽的鐵柱，看起來就像是旁邊那家工廠材料堆放處掉出來的東西。以前不可能只有這一棟房子特別漂亮。

我想起逸夏提到，沙良經常去男友奶奶家的事。即使在別人眼中，那裡只是一棟老舊的房子，但也許在沙良眼中，就是理想的家。

空地的另一側是一片農田，蘿蔔和白菜的葉子很茂密，離收成還有一段時間。

「差不多四十坪左右，原來這麼小的土地也可以建造獨棟的房子。」

大畠老師從背包裡拿出小型數位相機拍了幾張照。

「如果命案發生之前，周圍就是這種狀況，即使家中發生口角，鄰居也聽不到，即使發生了虐待也一樣。每個家庭都一樣，如果這也在計算之中，就太厲害了，但我相信有幾棟房子應該是在這十年期間拆掉的。」

大畠老師只是隨口說出目前的想法嗎？還是在說給我聽？

老師拍完照之後，從背包裡拿出A4尺寸的紙。那是房子的格局示意圖。她拿著圖，說著「這裡是玄關」，然後走進了空地。我也跟在她身後。

一樓是客廳、廚房、廁所、洗手臺、浴室，當時在一樓最後方房間內發現了父母被燒焦的屍體。二樓有兩個房間，前面那間兩坪大的是力輝斗的房間，後方三坪大的是沙良的房間。

即使大畠老師踩到了還剩下液體的寶特瓶，仍然沒有停下腳步。

「二樓沒有走廊，所以沙良每次都要經過力輝斗的房間才能出入自己的房間。」

我聽著老師的聲音，修正了腦海中的影像。力輝斗雖然有自己的房間，但無法關起自己房間的門，也無法在房間內藏重要的東西，所以他才整天去公園和貓玩嗎？

大畠老師繼續在周圍走來走去。也許農作物不需要每天照料，周圍看不到人影，感覺只有我們兩個人被遺忘在這個世界。

「即使是虛構的故事，有些故事可以靠想像，但有些必須在親眼確認的基礎上創作。」

大畠老師停下腳步，轉頭看著我。

「在可以上網輕易找到別人真相的時代，只憑自己想像的故事就會落伍，必須靠自己的雙腳親自走訪，用眼睛確認追上這些真相，再發揮想像力超越。否則，就無法在下一個十年生存。」

我無言以對。

「雖然我說得冠冕堂皇，但也已經好久沒有來陌生的地方採訪了，更何況是命案的現場，是有生以來第一次。」

「我……至今仍然無法想像這裡是命案現場。」

「既然這種很平凡的地方也會發生命案，就代表可能會發生在日本全國任何一個地方，但即使是稀鬆平常、看起來很相似的命案，發生的背景中會有不同的故事，甚至連隔壁鄰居也沒有察覺，搞不好就連當事人也未必瞭解所有的狀況。」

「既然這樣，該如何掌握所有的情況？」

雖然已經看了審判紀錄，也去見了當初為被告進行心理諮商的醫生，但仍然無法瞭解沙良和力輝斗對彼此的看法，以及力輝斗萌生殺機的心理變化。

「不可能。」

「啊？」

「正因為不可能掌握所有的情況，所以需要我們劇作家發揮想像力，向觀眾提示，也許發生了這樣的故事。雖然有很多作品描寫了三億圓事件，但沒有人知道哪一部作品才是真正發生的事，不是嗎？但即使這樣，仍然可以努力貼近實際發生的事件，也可以產生興趣。長谷部香導演不知道想要向觀眾呈現什麼？」

她應該並不是想要呈現。導演只是自己想瞭解立石力輝斗，不，她想要瞭解的是防火牆另一端，曾經鼓勵自己的那個孩子。

我該告訴大畠老師嗎？

我想了一下，向老師打了一聲招呼之後，傳了一封電子郵件。

持續往前走，來到了通往造船廠大門的大路，有幾個私人經營的餐飲店。老師突然說想吃拉麵，一個看起來像是店員的大嬸正在門口掛布簾，我們就走進了這家中餐館。

我們分別點了拉麵。

「這是正宗的本地拉麵嗎？」

老師興奮地打量著店內問道。正如她剛才說很久沒有外出採訪，她也很久沒有走進這種老舊的餐廳了，所以反而有一種新鮮感。我猜想應該是以海鮮為主的醬油拉麵，但就連我這個本地人，也不知道這算不算是正宗的本地拉麵。

「兩位是從東京來的嗎？」

站在吧檯內像是老闆的大叔問道。

「對，因為工作的關係。」

老師輕鬆回答。

「是來採訪那起命案嗎？」

我忍不住一驚，差一點脫口問他「你怎麼知道？」雖然是十五年前的事件，但可能這家店所有從東京來的客人，都是來採訪那起事件的人。

大畠老師呵呵笑著，喝了一口水，默認了這件事。

「有人認為當初的精神鑑定不夠充分，老闆，你以前有沒有見過立石力輝斗？」

「經常有人問我這個問題，但我從來不知道那家人還有兒子，因為每次都是一家三口出現，他們只有帶女兒來這裡。」

「是沙良吧？她是怎樣的女生？」

「很活潑可愛的女生，可能覺得其他客人點的餐都很好吃，每次都點了一大堆自己根本吃不完的餐點，通常只吃一口就說不想吃了，然後把其他都剩了下來。她的爸爸、媽媽也不會生氣，只會說著拿她沒辦法，把她剩下的食物吃完。尤其她爸爸很寵她，因為只有女兒和他有血緣關係，這種態度也不足為奇。」

老闆口若懸河地說著，同時做好了拉麵，放在我們面前。

「是啊。」

大畠老師附和著，拿起免洗筷，合起雙手後，豪爽地吃著麵。

「但是啊，即使父母再怎麼偏袒妹妹，或許也曾經對他動粗，他卻拿著菜刀對那麼可愛的妹妹亂刺一通，還把父母也燒死了，即使精神鑑定有誤，也無法改變他做了這些事的事實，我認為根本不需要同情他。我看了照片，根本就是一張沒血沒眼淚的死神臉。」

大畠老師用力點頭，繼續豪爽地大口吃麵，我不知道該在什麼時候低頭吃麵，只吃了幾片筍乾而已。

「本人更帥喔。」

回頭看向聲音的方向，剛才的大嬸拿著空的灑水壺，走進門後站在那裡。

「我搞不懂電視和週刊雜誌為什麼選那種看起來像兇神惡煞的照片，他的確不是笑容可掬的孩子，但五官很英俊。劉海很長，平時都遮住了眼睛，但有一次他不知道跑去哪裡，再加上風很大，所以我清楚看到了他的臉，他的眼睛很大，而且是雙眼皮，人長得很帥。聽說他妹妹想成為偶像，如果有像她哥哥那樣的眼睛就更漂亮了。」

我也只看過大嬸所說的、力輝斗像兇神惡煞的照片。

「他有沒有像哪個藝人？」

我問大嬸。

「嗯……我覺得好像有，只是我不太知道現在年輕藝人的名字。」

「是嗎？」

我有點失望，重新轉頭看向吧檯，發現大畠老師的碗已經空了，連湯都喝光了。我慌忙低頭追趕，老闆和大嬸仍然在聊事件的事，但都是週刊雜誌報導的內容，並沒有打聽到任何新線索。

即使如此，仍然可以想像沙良可能並不喜歡力輝斗。

回到立石家原本所在的地方，坐上停在路旁的車子，老師說要去笹高。這次即使不需要住址，我也可以開車過去。

老師問是不是我的母校，我搖了搖頭。

「是喔。」

大畠老師語帶遺憾地嘀咕。她向校方提出了採訪要求，但遭到了拒絕，原本期待我可能有熟識的老師。如果我事先找正隆或是逸夏幫忙，或許可以解決這件事，我為自己不夠機靈懊惱不已。

如果和姊姊讀同一所學校，也許就必須面對姊姊發生車禍的現實，而且認識姊姊的老師也可能向我表達哀悼。因為這些理由，我進入了鄰町的私立女子高中。父母完全沒有反對，還開玩笑對我說，可以多向同學學習，有一點女孩子的樣子。

校方當然不同意我們入內採訪，我只能把車子停在操場旁的馬路上。

「原來是一所升學學校。」

大畠老師看著校舍的方向問我。

「因為這裡是鄉下地方，和大都市的升學學校不太一樣。只要中學的成績在班上前三分之一，就可以進入普通班，只有特別升學班前幾名的學生才是真正聰明的學生。」

「雖然妳這麼說，但也算是一種地位的象徵吧？力輝斗只有中學畢業，沙良就讀的是本地的升學學校，父母甚至連拉麵店也不帶他去，雖然很惹人同情，但有很多孩子都有相同的境遇，但我不會像媒體一樣認為這就是造成力輝斗行兇的原因，我想背後應該有什麼原因。」

老師說完，回到了車上。

她接著指定去一家我完全沒聽過的咖啡廳。她再度提供了住址，我發現離我老家不遠，但我從來不知道那裡有咖啡廳。

我放慢了車速慢慢靠近，看到一棟老舊民宅，門口放了一塊木製的招牌。

「我一直想去這種老舊民宅的咖啡廳。」

老師說完這句話後下了車，但她的目的當然不是為了去喝咖啡。鋪了地板的房間保留了老屋的橫梁，重新裝潢後變成了咖啡廳。咖啡廳飄出了奶油的香氣，但不會感覺老舊，反而有一種懷舊的感覺。

這家專賣咖啡和格子鬆餅的咖啡廳沒有賣午餐，也許離下午茶時間還早的關係，店內只有我們兩個客人。我和大畠老師面對面坐在靠簷廊的四人座圓桌旁。

來為我們點餐的女人看起來比我稍微年長，感覺很親切。我和老師一樣，點了使用了當令果醬的格子鬆餅和有機咖啡。

「我是在臉書上找到這家咖啡店，剛才的女生是這家店的老闆，她叫橋口陽菜，是笹高八十七屆的學生。」

大畠老師把手機螢幕出示在我面前。即使聽到八十七屆學生，我也沒有特別的感覺，但剛才看到橋口小姐後，我猜到了這件事代表的意義。她應該是立石沙良的同學。

原本以為劇作界泰斗大畠老師一定會動用多年累積的人脈，張羅到別人難以掌握的資料，可以立刻見到想見的人，也可以輕鬆打聽到各種消息，沒想到她竟然透過臉書找人。

我再度深刻體會到，和老師相比，我並不是沒有實力，而是我太不用功了。

不一會兒，剛烤好的鬆餅和現沖的咖啡送了上來。原本覺得拉麵已經把肚子撐飽了，但香味讓胃騰出了新的空間。

大畠老師用刀子切下半塊鬆餅，又大口吃了起來。可能是為了爭取和老闆談話的時間。即使明知道客人上門是為了採訪，如果看到客人一口都沒吃自己做的料理就這樣冷掉，心裡一定不舒服，但看到客人大快朵頤的樣子，或許願意敞開心房暢所欲言。

我也吃著格子鬆餅，內心立刻湧起了享受現烤鬆餅的幸福感。大畠老師看起來只是沉浸在出門在外的放鬆之中。

橋口小姐拿著裝了咖啡的馬克杯走了過來，說了聲「打擾了」，在我和老師之間，背對著簷廊的座位坐了下來。

老師似乎事先已經告知要向她採訪。我剛才進來時沒有注意，也許門口掛了「包場」的牌子。
「兩位是為了立石沙良的事而來吧？」
橋口小姐主動開了口。大畠老師從背包裡拿出記事本，鞠了一躬說「拜託了」，我也慌忙拿出了記事本。
「我和她高一時同班，但幾乎沒有說過話。因為她們那群人都很開朗、引人注目，我們都是一些不起眼的學生。」
「沙良有很多朋友嗎？」
我問。之前從逸夏口中聽到沙良中學時代的情況，以為她在班上受到了孤立。
「雖然以前和她同一所中學的同學對她的評價不是很好，但她剛入學，就和足球隊的隊長交往，因為那個男生很受歡迎，所以說沙良壞話的人也會被當成壞人。」
這很像是沙良會使用的手段。不知道她當初說了什麼謊接近那個男生，但更重要的是……
「那個足球隊的男生沒事吧？」
「什麼意思？」
「他有沒有受傷之類的？」
「妳是問沙良的掃把星傳說嗎？原來媒體的人連這種事也知道。」
「啊，不是。」
我可以感受到大畠老師的視線，她用眼神無聲制止我不要衝太快。

「我也曾經聽說過，和沙良變成好朋友的人都會受傷，或是變得有點精神錯亂，但那個男生在退出足球隊之前都很活躍，在縣賽中成績最好的成績好像是第四名。咦？但他好像在二年級中途就和沙良分手了，因為沙良要參加偶像甄選，覺得會受到影響，所以就甩了他。我只是聽說而已。」

縣賽的最佳成績是第四名應該很厲害，但稱不上是鶴立雞群的才華，所以他才沒有遭殃嗎？我忍不住這樣穿鑿附會地想。

「但是……」

橋口小姐放下了拿到一半的馬克杯，然後看著半空，似乎在回想什麼。

「在我們讀一年級的時候，有一個同學出了車禍。」

我覺得好像突然被一盆冷水澆在身上，差一點跳起來。即使她不說名字，我也知道她說的那個人是誰。我緩緩吞著口水，重新看著她，避免打斷她。

「我曾經好幾次看到她們在一起，因為她們並不是讀一所中學，也不同班，所以我感到很好奇。雖然我和那個同學並不算是朋友，但她鋼琴彈得很好，我很崇拜她，於是我就去提醒她，最好不要和沙良走得太近。沒想到那個同學對我說，不可以這麼說，沙良其實很好。我很後悔，覺得也許她可能反而覺得我很討厭，所以一直想找機會向她道歉，結果還來不及鼓起勇氣說出口，她就發生了車禍。因為其他同學並不知道她和沙良關係很好，也就沒有人把這件事和掃把星傳說扯上關係，而且我現在把這兩件事扯在一起，那個同學可能會很受不了我，覺得我完全沒有成長……對不起，我說這種奇怪的話。」

橋口小姐把馬克杯舉到嘴邊，遮住了自己的臉。我無法整理頭緒。我知道姊姊和沙良是同年級，但之前從來沒有想過她們之間會有交集。

我並不瞭解沙良，就連對姊姊也有很多不瞭解的地方，但仍然無法否定自己的直覺。姊姊和沙良合不來，無論沙良說再多謊，姊姊應該都會識破。

「那個同學死的時候，沙良的情況怎麼樣？」

大畠老師問，但她並不是在助我一臂之力。

「因為我很受打擊，所以不記得其他同學的情況，但她沒有去參加葬禮，於是我當時想，當時她們應該只是有什麼事要談，關係並沒有很好。啊，但我記得那一年文化祭自由表演時，有一個同學彈鋼琴，結果沙良因為過度換氣被救護車送去了醫院。我當時在想，她是不是想起了那個彈鋼琴的同學，但因為沒有其他同學在討論這件事，所以我覺得應該也只是我想多了。」

「請問那個同學表演的是什麼曲子？」

雖然應該打聽沙良的事，但我還是忍不住問姊姊的事。

「那是一首很有名的曲子，連我也知道，就是達啦啦啦，達啦啦啦啦。」

「是〈小狗圓舞曲〉吧。」

「對，就是那首。中學上音樂課時，老師曾經請那個很會彈鋼琴的同學彈了一曲，當時她彈的就是〈小狗圓舞曲〉，所以在文化祭時我就想，啊，就是那一首。」

上音樂課的時候，姊姊應該彈得很不甘願，因為她之前曾經抱怨，不想在不懂得自己彈的鋼琴和別人不一樣的人面前彈琴。

「但沙良和那個同學並不是同一所中學，所以代表那個同學在高中時也曾經在學校彈過。」

「應該沒有，如果有的話，絕對會造成轟動，而且聽說她放棄了鋼琴。」

如果是這樣，沙良發生過度換氣可能和鋼琴無關，因為網路上也沒有姊姊彈奏鋼琴的影片。

只有我家的錄影帶和鋼琴教室每次錄音的ＭＤ上有姊姊的演奏紀錄。如果是ＣＤ，現在或許有時候會聽一下，但碰觸ＭＤ這種現在幾乎已經很少使用的東西，就覺得好像在告訴我，姊姊的時間一直停在那個時代，所以很自然地避開了。

即使不需要仰賴這種東西，我也可以在腦海中播放姊姊的鋼琴。如果我有什麼才華，也許並不在劇本方面，而是辨識音樂的能力。姊姊也瞭解這一點，所以才會向我那麼抱怨。

「沙良有沒有在學校提過她哥哥？」

大畠老師問。她把話題帶回了正題。

「在命案發生之前，我完全不知道沙良有哥哥這件事。在命案發生之後，聽和她讀同一所小學、中學的同學說，她哥哥總是在公園遛達，看起來就怪怪的，當時就覺得為什麼沒有及時採取措施。」

雖然並不是新的線索，但之所以忍不住在內心發出「嗯？」的聲音，是因為我發現內心的天秤已經傾斜，認定力輝斗是好人，沙良是壞蛋。

「聽說沙良的目標是成為偶像，妳覺得她怎麼樣？」

大畠老師問。橋口小姐再度看著半空中的某一點，然後露出認真的眼神看著老師說：

「雖然媒體大肆報導說，她明明沒有入選，卻謊稱自己入選了，把她說成好像和狼來了少年一樣的人，但至少我沒有聽到沙良親口說過她入選了。她參加甄選時評審的反應很不錯，在結果出爐之前，她對她的朋友說，可能有機會入選，也許消息就這樣傳開了，然後走了樣，也可能是週刊雜誌自己寫了這樣的標題。」

「妳很袒護她。」

「因為認為她愛說謊，所以就覺得殺了她也沒關係，這不是太奇怪了嗎？而且沙良的夢想並不是沒有實現，而是在努力的途中，就因為不當的原因沒有了未來。如果她還活著，或許可以成為偶像。我也從高中時就有了想開一家咖啡廳的夢想，如果去年之前死了，我的夢想就無法實現。在我的葬禮上，如果有多事的人提到我的夢想是想自己開店，只知道我過去的人，或許會在內心笑我，個性那麼內向的人怎麼可能開咖啡店，甚至可能有人會滿不在乎地說，幸好我在面對現實之前就死了。更何況是她的父母只疼愛她，她又沒有做錯什麼？雖然我們不是朋友，但同一所高中的同學就這樣莫名其妙遭到殺害，我感到很憤怒，也發自內心同情，不，是發自內心為她的死感到哀悼。」

橋口小姐說的話都沒錯。如果不是先和逸夏見面，而是先見到橋口小姐，也許會覺得防火牆另一端的那個人很可能是沙良。

下午茶時間快到了，我和大畠老師向她道謝後站了起來。

「請問……」

橋口小姐目不轉睛地看著我。

「怎麼了？」

「沒事，妳很像我認識的一個人。」

我盡可能擠出笑容，向她鞠了一躬。大畠老師事先說好要來採訪，來店裡之後並沒有遞上自己的名片。她應該覺得我是大畠老師的助理，和老師一起從東京來這裡，不會想到我和這裡有什麼淵源，即使覺得稍微有點像，應該也不會察覺。

我沒有報上自己的姓名，就走出了咖啡廳。

大畠老師接著指定了一個和「笹塚町滅門血案」無關的地方。那是我第一部擔任編劇的作品中的場景，老師說想去當初在笹塚町這裡拍攝外景的地方。

「就是最後那一幕夕陽沉落的景象吧？但是在半山腰上，那裡什麼都沒有。」

「不是可以看到夕陽沉落在海裡的特等席嗎？」

「這裡的確沒有什麼可以帶妳去參觀的觀光景點，但也不必特地去看夕陽啊，倒是有一家可以喝到很棒葡萄酒的酒吧。」
「酒吧可以等到太陽下山之後再去，而且我之前喝過很多好喝的葡萄酒，但從來沒有親眼看過夕陽沉落在大海中。」
「怎麼可能？妳不是去過夏威夷好幾次嗎？」
「有時候有雲層，即使天氣好的時候，原以為可以看到，但最後還是沒看到。妳是不是根本沒有意識到，能夠輕鬆地說出看夕陽沉入大海根本不足為奇這種話有多麼奢侈？反過來說，就是即使不去夏威夷，也可以看到。」
「嗯，也對啦……」
老師不是那種會說奉承話的人，即使這樣，我也無法感到高興。日起日落不是很稀鬆平常的事嗎？啊啊，這並不是我第一次這麼想。姊姊明明是這個城鎮的人，她也很喜歡夕陽。
想到這裡，就很想念夕陽。
「好，我會帶妳去，只是要走一小段山路，但現在離夕陽還早，在那之前，我們可以先去一個地方嗎？」
「我很樂意。」
我在發動車子之前，拿出了手機。在走進咖啡廳之前，我就已經確認收到了回覆。那個地方離這家咖啡廳和我家都不遠。
這是理所當然的事。因為之前住在那裡的人和姊姊、正隆讀同一家幼兒園，只不過無法保證那棟房子目前還在。即使房子已經不在了也沒有關係，至少可以感受一下那裡的空氣。

那棟房子和超市「晴海商店」剛好位在坡道的兩側。雖然還沒有到老舊的程度，但因為周圍都是五彩繽紛的獨棟房子，所以看起來那棟三層樓的公寓特別老舊。

我把車子停在公寓前的路肩。

「就是這裡。」我對大畠老師說完，一起下了車。

「這裡是妳家？」

「不是。」

我對這棟公寓的感想，讓我對老師的這句話感到生氣。即使三十年前，這棟房子應該更漂亮，周圍沒有這麼多新建的獨棟房子，我也或多或少能體會沙良對住在這裡無法感到滿足的心情。

「這是立石家以前住的公寓。」

「是這樣啊？」

大畠老師瞪大眼睛打量著公寓。

「立石家住在二〇四室，二〇三室是長谷部家。」

大畠老師放棄眨眼的雙眼看著我，我簡單向她說明了從長谷部導演口中聽說的事。即使在老師的注視下，我的視線仍然很自然地看向二樓的房間。六個房間中，二〇三和二〇四剛好位在正中央，但兩個房間的陽臺都沒有晾衣服，落地窗前也沒有窗簾。兩間應該都是空屋。
防火牆比我想像中更薄（我想起導演說是隔板），只要從陽臺稍微探出身體，就可以輕易看到防火牆另一側的人長什麼樣子。
我知道因為我現在是大人，所以才會這麼想。在大人眼中，除非是寒冷的天氣或是下雨的日子，否則被關在陽臺上幾個小時，應該只能算是輕微的處罰。陽臺上既沒有車子，也沒有野狗，根本不會遭遇任何危險。
但是，小孩子的感覺不一樣，會覺得那裡是隔絕在可以安心的空間以外的地方，是遭到拋棄的地方，無處可逃的地方，是必須面對孤獨的地方，更是帶著悲傷和恐懼的地方。
也許覺得防火牆就像是牢房的牆壁。
「所以這裡是成為故事起點的地方。信吾沒有告訴我這個地方，到底想要讓我寫什麼？」
老師說完這句話之後，才露出了失言的表情。不可思議的是，我完全沒有任何感想，就像是聽到一百年前認識的人的名字，也就是前世，或是前世的前世認識的人。
「雖然好像很多房間都沒人住，要不要去敲某個房間的門？」
我正準備表示同意，但又改變了主意。
「如果他們不知道立石家以前曾經住過這裡，會不會變成只是散布不吉利的消息？」

「嗯，即使命案並不是在這裡發生……」

「喂！」

這時，背後響起一個叫聲。是一個六十多歲的女人。我以為她在指責我不能把車子停在路上，忍不住聳了聳肩。

「妳們是雜誌社的人嗎？」

「不，我們從事影像工作。」

大畠老師回答，我覺得那個大嬸露出了興奮的表情。

「是為了立石家的事件嗎？」

「妳怎麼知道？」

「當然知道啊，因為那家人以前曾經住在這裡。除了這件事以外，這裡還有什麼事值得採訪？話說回來，即使在事件剛發生後不久，也只有一、兩名記者來這裡，而且只寫了一行我告訴他們的事。妳們是為那件事而來吧？因為精神鑑定有瑕疵，所以來調查他小時候的情況吧？」

我很驚訝這個大嬸竟然知道精神鑑定的事。難道在判決出爐之後，她也覺得難以接受嗎？這個大嬸住在一〇四室，我把車子停在她家的停車位之後，去她家聽她說明情況。

這個大嬸目前獨居，每個星期有四天去有卡拉OK的小酒館上班，今天是小酒館公休的日子。她說我們運氣很好。

當我和大畠老師坐在廚房的桌前時，她把試喝的罐裝茶放在我們面前，然後說起了之前住在樓上的立石家的情況。

立石家搬來之後，經常可以聽到父親的怒罵聲，和把東西用力丟在地上的聲音。

「原本我覺得住在他們左右兩側的鄰居還真能忍，但後來發現這棟公寓隔壁房間的隔音比較好，我覺得在寒冬季節把小孩子趕去陽臺還是大有問題，也從來沒有人去提醒他們。話說回來，那個爸爸看起來很兇，萬一被他懷恨在心，不知道會有什麼後果，所以大家才不想多管閒事。更何況以前也沒有聽說虐待兒童這種字眼，即使聽到小孩子挨罵，也不會想到要報警或是通知公所。但是有一次，我在深夜下班回家時，看到一個瘦巴巴的孩子站在陽臺上，我覺得不能袖手旁觀，所以就下定決心去提醒他們，結果被趕了出來，叫我不要管別人家怎麼教育孩子，所以我也開始小小地抵抗，只要聽到樓上傳來怒斥聲或是很大的聲音，就用晾衣竿用力敲天花板。妳們看，那裡不是有一個洞嗎？」

抬頭一看，那裡的確有像是晾衣竿敲出來的痕跡。

「這裡有好幾個房間都是八島租來當作員工宿舍，所以經常有人搬進搬出，對短暫住在這裡的人來說，即使住在同一個屋簷下，對鄰居完全不感興趣，也不想和任何紛爭有什麼牽扯。新的住戶搬進來時，甚至不會來向鄰居打招呼，然後不知道什麼時候又搬走了，換了另一戶人家。立石家也在這裡只住了兩年左右，當我發現樓上變安靜後，才知道他們搬走了。雖然是十多年前發生的事件，但我並不驚訝，反而覺得那孩子還真能忍。」

「所以是哥哥力輝斗遭到虐待嗎？」

大畠老師問。

「當然啊，那個妹妹每天都穿著漂亮衣服，她哥哥那麼可憐，她竟然指著陽臺哈哈大笑，那孩子比她的父母更惡劣。」

防火牆另一端到底是誰？謎底一下子就揭曉了，甚至不能稱之為謎團。

「在案發之後，妳沒有把這件事告訴警察嗎？」

大畠老師繼續問道。

「我沒有告訴警察，即使在接受雜誌採訪時，我也沒有說得像今天這樣具體。因為萬一有人說，立石家住在這棟公寓時，如果我及時報警，就可以預防這起命案發生的話，對我來說可就是無妄之災了。」

「那為什麼今天會告訴我們？」

「因為法院判處他死刑。想到如果我說出這件事，也許就會有不同的結果，不是會睡不著覺嗎？那麼可愛的孩子，真是太可憐了。」

大孀腦海中應該浮現出力輝斗年幼的身影。他的指尖碰觸到的是長谷部香導演。

我終於看到了防火牆另一側的景象。

為了去之前拍夕陽那一幕的鐵塔，我把車停在神池家的院子裡。原本打算向阿姨和姨丈打招呼，但屋內和屋外都不見他們的身影。老師穿著球鞋，我穿的是樂福鞋，但無論怎麼想，都覺得老師的鞋子弄髒比較可惜。

繞到屋後，沿著農田旁沒有鋪柏油的山路上山。這裡雖然禁止汽車進入，但允許業務用車輛通行。之前拍攝時，以神池的家為據點，把機器用小貨車載上山，工作人員和演員都徒步上山。這條山路就是這樣一條路。

走了不到一百公尺，大畠老師就上氣不接下氣。

「還可以嗎？」

我問老師，老師雙手放在腿上，聳起肩膀喘著氣。

「原本以為自己很能走，走這種山路時，馬上就知道自己平時運動不足了。」

老師在說話的同時，兩隻腳還是持續向前走。也許我還是不要和她說話比較好，我默默跟著老師的腳步走著，但很快停下了腳步。

前面有不少樹木都倒了，不遠處崩塌的土石把路也堵住了。

「阿姨之前說過，去年的大雨破壞了山路，對不起，我都忘了這件事。雖然應該不至於走不過去，只是不知道前面的路況如何……怎麼辦？」

「雖然有點遺憾，但還是放棄算了。現在上山走多少路，等一下下山就要走多少路，看完夕陽之後，這一帶也會很暗吧？」

我想起在我十二歲生日那一天，姊姊去世的一個月前，她第一次帶我去鐵塔時，姊姊準備了手電筒。我真是丟三落四，竟然還想帶老師去鐵塔。

「對不起，我準備不夠充分。」

「不必放在心上，這裡和事件無關啊。」

老師雖然嘴上這麼說，但仍然一臉遺憾地看著山路前方，轉身走下山。

神池家的庭院也可以看到夕陽，太陽沉落的位置不同時，有時候可以看到沉落在海裡的瞬間，今天海上有點雲。

但晚霞很美，依山傍海的細長形城鎮被橘色的陽光溫柔擁抱。

「接下來妳有辦法自己完成嗎？」

老師看著夕陽問我。這句話是什麼意思？我看著老師，但老師的視線沒有移動。

難道老師此行是為了協助我完成「笹塚町滅門血案」的劇本嗎？

「老師，妳一開始就打算讓我寫這個劇本嗎？」

也許老師是為了激勵我，才和信吾套好招，向我謊稱自己接受了委託。

大畠老師緩緩轉頭看著我，打量我片刻後，噗哧一聲笑了出來。

「這是在關愛中長大的孩子才會說的話，知道自己實力不足，也發現周遭的人很支持自己，對這件事心存感激。但是，這樣無法在妳想要躋身的世界成為高手。既然知道自己實力不足，那就要靠自己加以克服。即使虛張聲勢也無妨，要告訴自己，自己很有才華，支持大畠凜子的不是觀眾或是製作團隊，而是妳自己。」

「好……」

「我會寫《笹塚町滅門血案》的劇本。」

「我也會寫。」

「千尋，我知道妳會寫。」

老師已經多久沒有叫我的名字？原本浮在海上的雲漸漸上升，雲和大海之間露出了縫隙，剛好可以讓太陽擠進去。

「哇，哇，這是怎麼回事啊？」

老師興奮地叫了起來。宛如當線香煙火的紅色圓球掉落地面而嘆息時，從那裡噴出了最後的火花，然後緩緩消失了。這就是這個地方日落的方式。

我邀大畠老師一起吃晚餐，她說今天有一篇隨筆要截稿而婉拒了我的邀約，當我送她回飯店時，她也拒絕了我明天為她送行。

如果直接回家，會讓每天只為自己準備晚餐的爸爸過意不去。還是去之前和逸夏見面的那家「不倒翁」吃晚餐，吃完晚餐可以委託代駕服務。一個人的慶功宴。

怎麼會這樣？

我發現我還沒有去過一個案發現場。雖然也可以明天再去，但既然要去，在和案發時間相近的時間去是否比較好？既然這樣，那就用和當時相同的方法去那裡。

我把車子停在車站的停車場，穿越車站大廳，從東側出口走出車站，聽著〈通過吧〉這首旋律有點悲傷的童謠走過斑馬線，走進了招牌上的字幾乎快看不到的禮品店。這家禮品店沒賣什麼吸引人的東西，而且我來也不是為了買饅頭或是羊羹。

上次和爸爸一起去「影院」咖啡店時，我看到這家禮品店門口貼了「腳踏車出租」的廣告。

當我說要租腳踏車時，禮品店的大叔向我確認，晚上八點之前要歸還，問我有沒有問題。我看了時間，目前是傍晚六點五十分，時間很充分。有兩種出租方式，一天的租車費是兩千圓，半天是一千兩百圓，但老闆算我五百圓。

我租了一輛淑女車來到馬路上。

我傳了電子郵件給爸爸之後，用手機查了地圖。姊姊從這個車站騎腳踏車去鄰町的鋼琴教室上課，從車站回家也是騎腳踏車。我查了車站周圍的公園。在腳踏車可以騎到的範圍內有三個公園。因為都很近，我決定逐一察看。

騎上腳踏車，立刻用力踩了起來。

如果三個公園都有單槓，就很難確定是哪一個公園。來到第一個公園時，就發現這種擔心是杞人憂天。入口處雖然有公園的招牌，但不要說單槓，甚至沒有任何遊樂器材，只是用鐵網圍住一大片空地。同樣用鐵網做成的公園門也關了起來，還掛著鎖。雖然目前公園內一片安靜，但白天應該很熱鬧，會有許多少年在這裡打棒球。

我從上衣口袋裡拿出手機，準備前往下一個公園，這時，突然響起了來電鈴聲。是這個城鎮的區域號碼開頭的陌生電話。我戰戰兢兢地接起來一聽，聽到一個女人彬彬有禮的悅耳聲音。原來是我早上請他們幫姊姊手機充電的手機專賣店，對方通知我，已經為我充好了電。

我很想馬上去拿手機，一問營業時間，得知晚上九點才打烊，於是決定在還了腳踏車之後再去。

我前往第二個公園。位在住宅區內的這個公園內只有沙坑和長椅，可以想像白天的時候，母親帶著學齡前的孩子來這裡的身影。

既然這樣……我忍不住興奮起來。如果那裡有單槓，就可以確定是在那裡。

我用力騎著腳踏車來到公園時，發現那裡真的有單槓。照理說，腦海中應該會想起商店街抽獎中獎時的歡樂鈴聲，但我腦袋裡只有夜晚空氣流動靜悄悄的聲音。

我像是被公園後方傳來的音樂聲吸引般走了進去。在水已乾涸的噴水池前，五個穿著相同T恤的女高中生在練舞。我的視線繼續看向深處，在稍高的涼亭內看到了背包之類的東西，應該是那幾個練舞女生的東西。

我以前曾經來過這個公園。最後因為幾個小學生去學區外而被校方發現，老師把我們臭罵了一頓。

我握住單槓，用力踢向地面，但重力拉扯著屁股。萬一被那幾個女生看到就糗了。在感到丟臉的同時，內心也湧起了鬥志，覺得這不是自己擅長的項目嗎？

這一次，我反手握住了單槓，然後用力向後退一步，助跑了一步之後腳向上踢。身體順利一轉，翻上了單槓。手機掉在地上，我又連續向前翻了兩次，才跳下單槓。

我不需要想像踢太陽的感覺這種建議。

我撿起手機，手機既沒有摔破，也沒有缺角。爸爸傳了電子郵件給我。我確認之後，走向停在公園入口附近的腳踏車。
上次離開這個公園時，我一溜煙逃走了，這一次，我緩緩轉頭看了一眼才離開。
那個地方離有單槓的公園並不遠。雖然還不到晚上八點，但那個路口幾乎沒有車輛經過。路口設置了號誌燈，代表有的時段還是有很多來往的車輛。比方說，以前造船廠生意很好的時候，這條路上也許很熱鬧。
以前是否有一段時間，這個路上的角落曾經供奉了許多鮮花？
無論是南北向和東西向的任何一條路，都無法通往家裡，必須從這裡往東回到車站之後，才能騎回家裡。
即使在車禍發生當天，姊姊在公園內和喜歡的男生見了面，從那裡回家時，也不會經過這個路口。既然這樣，就代表她要從公園去其他地方嗎？
她一個人？
白天的時候和晚上的時候周圍的樣子看起來不一樣，雖然並沒有停下來仔細打量，只是經過……當時完全沒有發現。雖然已經下定決心想要瞭解，但之後也沒有調查，只是經過而已，但我並不是第一次經過這個路口。
今天，我曾經開車，載著大畠老師經過這個路口往西，駛向海邊的方向。因為剛好是綠燈，所以我完全沒有踩煞車就駛了過去。
太陽穴隱隱作痛，我用雙手中指用力按著疼痛的位置，凝視著路口。
我看到了姊姊騎著腳踏車的身影。雖然看到前方的紅燈放慢了速度，但並沒有察覺到汽車，於是直接騎了過去……

姊姊和別人在一起。對方也騎著腳踏車，但騎在姊姊前面。雖然前方的號誌燈從黃燈變成了紅燈，但那個人衝了過去，姊姊也跟了上去……

接著聽到了汽車的煞車聲，對方停下腳踏車回頭看，看到跟在自己身後的女生發生了車禍，於是嚇得逃走了……

還是故意棄姊姊不顧？

〈小狗圓舞曲〉的鋼琴聲響起，心臟用力縮了起來。姊姊在路口的身影消失了。

我從口袋裡拿出手機。剛才設定了七點四十五分的鬧鐘。繼續留在這裡，或許可以看到姊姊其他的身影，但無論是怎樣的情境，姊姊最後還是被汽車撞到。

我合起雙手，閉上眼睛。姊姊，下次我會帶妳喜歡的花來這裡。我小聲嘀咕後，離開了路口。

還了腳踏車後，我去了手機專賣店。

打開折疊式手機，畫質很粗的螢幕上顯示了錯誤的日期和時間。那並不是姊姊去世的日期和時間，但看到時間的改變，真實感受到這支手機獲得了重生。

我鞠躬向女店員道謝，只不過雖然充了電，但需要四位數字的密碼才能打開手機。我當場試了姊姊的生日。因為媽媽第一次為我買手機時曾經叫我用生日當密碼。妳們姊妹越簡單的東西越容易忘記。

但是，密碼錯誤。

我回家再試。我對店員說完後走了出去，走向停車場。爸爸能夠猜到什麼數字嗎？他會勸我別這麼做嗎？他會說千穗也有即使死了也不想被別人知道的秘密，叫我別再繼續調查姊姊生前喜歡的對象是誰。

我突然想到了一個大膽的可能性。不，剛才我就在想，萬一是這樣該怎麼辦？也許因為我不想承認，所以原本只是太陽穴隱隱作痛，現在變成了頭痛。

姊姊是不是不想讓家人知道她喜歡的對象，所以才改了手機密碼？既然這樣，會設怎樣的密碼？像是喜歡的人的生日？

我要怎麼才能知道那個號碼？我作好了被嫌棄的心理準備，打電話給大畠老師。因為老師的採訪筆記蒐集到有關他的基本資料中，或許有他的生日。

就這樣，我順利打開了姊姊的手機。

公園內野貓的照片、和喜歡的人的合影；上高中後結交的新朋友、朋友傳給她的電子郵件——

昨天晚上，我一整晚都沒有闔眼。

到目前為止，有關「笹塚町滅門血案」所見所聞和所有調查的事，以及對姊姊的新發現都在腦袋裡糾結在一起，在我內心形成各種不同的形狀，然後逐一潰散。

黎明時分完成的形狀雖然不再潰散，卻很脆弱，小小的衝擊就會導致徹底粉碎。還少了一點什麼。

那有可能成為補充材料嗎？還是會形成新的形狀？還是終究無法架構出完整的形狀？我在日出的同時，毫無把握地走出了家門。雖然我知道這麼早出門很離譜，但我坐立難安。

我把車子停在神池家的院子，剛好遇到芳江阿姨出來拿報紙。她看到我穿著長袖連帽衫、棉長褲，背著背包，戴著棉紗手套，拿著大鐵鏟，雖然驚訝地瞪大了眼睛，但只說了一句「小心點」。

我並沒有說要去鐵塔。

「阿姨，原來妳知道。」

我對著阿姨的背影問，阿姨轉過頭說：

「是佳奈子去確認之後告訴我的，這是只有我們姊妹兩個人知道的秘密。」

阿姨說完，走進家裡。

只有昨天和大畠老師一起折返的地方，有倒臥的樹木和崩塌的土石。我走了三十分鐘左右，終於來到鐵塔。

「姊姊，我來了。」

對我來說，這座鐵塔就像是姊姊的墓碑。

我從姊姊的手機中找出那張樹的照片，找到相似的地方後，用力把鐵鏟挖了下去。不一會兒，就挖到了裝在雙重塑膠袋裡的餅乾盒。

打開餅乾盒蓋，有一包用塑膠袋包起的東西。那是一疊信。

請原諒我看這些信。我對著在山後方微微探出頭的太陽合起雙手。

一個小時後，我坐在鐵塔基座上看完了信，寄了電子郵件給長谷部香導演。

「故事完成了」。

我寫的「笹塚町滅門血案」或許不是導演想要的故事。

但只有劇作家甲斐千尋能夠寫出這個故事。

我寫的「笹塚町滅門血案」的主角不是立石力輝斗，也不是沙良。

而是一個名叫甲斐千穗，很會彈鋼琴的少女。

完成這個故事的過程，也是我——甲斐真尋的故事。

插曲7

依山傍海的細長形城鎮笹塚町，有一個名叫甲斐千穗的少女。她天生就很會彈鋼琴，帶著家人和周圍人的期待，為了成為一流鋼琴家，她每天都花很多時間彈鋼琴。

但在她中學二年級時遇到了瓶頸。

她想用自己的方式詮釋音樂，但每當她用這種方式彈鋼琴時，以前理所當然可以得手的獎盃就會落入別人手中。

到底該追求自己的音樂，還是為了在比賽中得獎而演奏。是不是能夠不把成為鋼琴家作為目標，只要當一個很會彈鋼琴的普通女生就好？

但她仍然每個星期去鋼琴教室上五天的課，中學放學之後，她騎著腳踏車去車站，然後搭電車去鄰町的鋼琴教室。只不過鋼琴老師非但不支持她，當她陷入瓶頸時還嘆著氣問她，妳最近怎麼了？讓她壓力更大了。

她的媽媽比任何人更希望她成為鋼琴家。她想放棄鋼琴，不，她想要放棄成為鋼琴家的夢想。當她這麼告訴媽媽時，發現媽媽極度失望。

她試圖激勵自己，只要克服自己不擅長的事，就可以走出在鋼琴方面的瓶頸。她在車站附近尋找有單槓的公園，決定挑戰翻身上單槓。

那個公園即使在入夜之後也不會太冷清，有一群少女在路燈下，在噴水池旁練舞。

她在離熱鬧的地方有一小段距離練習翻身上單槓時，一名少年向她打招呼。

就像在踢太陽。她聽從少年的建議，想像著踢太陽的感覺，順利翻身上了單槓。

她興奮地歡呼起來，少年也為她感到高興。

之後，他們經常在夜晚的公園見面。她和他討論了鋼琴的事，她用去上鋼琴課時攜帶的小型ＭＤ機，播放了自己的演奏給少年聽。少年稱讚她用自己的方式演奏的音樂。

少年最喜歡的樂曲是〈小狗圓舞曲〉。少年很喜歡動物，尤其喜歡貓。他在聽〈小狗圓舞曲〉這首樂曲時不知道曲名，覺得好像在和貓嬉戲，所以就愛上了這首樂曲。

公園內有幾隻野貓。當他們坐在長椅上時，那幾隻野貓就會聚集在少年的腳下，雖然他並沒有餵飼料給牠們吃。

在那幾隻野貓的眼中，少年就是牠們熟悉的人。因為少年每天傍晚到半夜十二點之前都會在這個公園逗留。他無所事事，逗弄著來到腳下的野貓，或是茫然地坐在高臺的涼亭內看風景。

對少年來說，家並不是一個安逸的場所。雖然他曾經多次打工，但因為不擅長和他人溝通，所以都無法持續。

少年沒有手機，於是她提議可以寫信。即使不用寫很長的信也沒關係，即使只是在便條紙上寫一行字也無妨，只要把彼此想要告訴對方的話寫下來。

她每隔一天，就用貓圖案的信紙和信封，寫滿滿兩、三張信紙的信給他。她寫了家庭成員、在學校換座位、考試、喜歡的食物、朋友生日時送的禮物，當然還有鋼琴的事。

少年也每隔一天就寫信。起初只有半張報告紙的大小，之後寫了整頁報告紙，漸漸可以用笨拙的文章表達自己的想法。謝謝妳送我印了R字的藍色咖啡杯。我喜歡妳彈的鋼琴。我會努力打工，妳也要努力彈鋼琴。

當她寫給他的信達到一百封時，他把她之前寫給他的信全都裝在袋子裡帶來給她。因為他妹妹會進他房間，他無法放在家裡，又捨不得丟掉，所以希望由她保管。

她提議可以把他們互寫的信埋在某個地方，埋在某個風景很美的地方。少年想到了公園涼亭旁的樹下。因為那裡看到的夕陽很美。她第一次知道，他從來沒有離開過這個城鎮。

看夕陽可以忘記不愉快的事。少女聽到少年這麼說，告訴他有一個很棒的地方。就在這個城鎮山上的半山腰。他們把寫給彼此的信埋在那裡，然後約定以後要一起把這些信挖出來，並拍下了埋信地點的記號。

回程的路上，少女的阿姨看到了她和少年在一起，於是她的父母很快就知道了這件事，她媽媽嚴厲斥責她。

少年自動退出了。因為少女的媽媽比她提早一個小時來到公園。她媽媽跟蹤了她，得知了她和少年在這個公園見面。於是請他不要影響女兒成為一流鋼琴家的夢想。

那天晚上，她來到公園時，不見少年的身影，但貓走到她身旁，身上綁著粉紅色的緞帶，上面用油性筆留了言。

「我支持妳彈鋼琴。R」

那些在練舞的女生頭上都綁著相同的緞帶。一問之下才知道，平時每天都來公園的人拜託她們，希望可以送他。那幾個練舞的女生笑得很開心，好像自己是愛神邱比特。

她知道這是他提出分手。她下定決心，等她用自己的方式彈奏的鋼琴得到認同後，要再來這個公園。

她進了本地的公立高中。

為了決定追求用自己方式彈鋼琴的同時，以音樂大學為目標。

有一次，她同年的少女對她說。

我聽哥哥提過妳，我也很喜歡妳的〈小狗圓舞曲〉。

雖然她沒有仔細問過少年關於他家庭的事，但只聽他提過一次他有一個妹妹，所以他們兄妹的關係應該不太好。

雖然她無法相信那個妹妹說的話，但很在意少年的情況。

她和那個妹妹交換了電子郵件信箱，保持若即若離的關係。有一天晚上，妹妹傳了電子郵件給她。

「哥哥在家自殺未遂，我騎腳踏車去車站接妳，妳快來我家！」

「我知道了。」

這是她手機上留下的最後的電子郵件。

她在前往少年家的途中發生了車禍，離開了這個世界。

那個妹妹明知道號誌燈從黃燈變成了紅色，但仍然衝了過去，隨即聽到了汽車煞車的聲音。

那個妹妹逃離了車禍現場回到家，幸好沒有人看到。

肇事者主動報案、認罪，所以雖然貼出了尋找目擊者的公告，但在目擊者出現之前，公告就撤走了。

少年好不容易適應了金屬加工廠的工作，在車禍發生的第三天，得知在住家和公園中間的路口發生了車禍。又隔了一個星期，在吃工廠老闆娘做的員工餐咖哩飯時，得知是一名立志成為鋼琴家的女高中生發生車禍。他去工廠辦公室找到了當天的報紙，得知她已經不在人世。

少年並不知道她當時要去看自己，而且他也沒有自殺未遂。那是妹妹在說謊。妹妹想看哥哥從工廠下班回到家，看到少女時，不知道會露出怎樣的表情。她只是覺得很好玩。少年不知道只是因為妹妹這種壞心眼的惡作劇，造成了這起車禍。

少年鬱鬱寡歡，在工作上常常失誤，之後經常請假。不久之後，他開始足不出戶，整天關在家裡。

他從小就遭到父親家暴，但之後突然停止了。一方面是因為少年已經長得比父親更高，更重要的是，妹妹想要當偶像，經常參加甄選。

聽說最後選拔時要調查家庭狀況。女兒輕信了在網路上看到的消息，父母為了盡可能滿足女兒，努力偽裝成家人相處和睦的中產家庭。至於兒子，只要無視他的存在就好。

妹妹一直要哥哥別整天躲在家裡，外出找工作，或是接受函授教育，取得高中畢業的資格。

然後就到了命案發生的那一天。那一天是平安夜。

妹妹收到了進入最後階段的甄試不錄取通知。父母去朋友的小酒館參加聖誕派對，妹妹以前就看五官俊俏的哥哥很不順眼。無論父母多麼偏袒自己，她都覺得只是在彌補沒有把自己生得像哥哥那麼好看，父母越寵她，她就越感到悲哀。

這次的最後選拔無論在唱歌和舞蹈方面都很完美，面試時問她的問題，也讓她覺得自己十拿九穩了。她認為一定是主辦單位得知哥哥遊手好閒，整天關在家裡，所以才沒有錄取她。除此以外，她想不到其他理由。

妹妹和朋友一起參加派對時，朋友問她甄選的結果，她只是笑而不答，內心火冒三丈。

回家後，妹妹一口氣喝完了放在冰箱內的罐裝燒酒雞尾酒，拿著媽媽為她準備的圓形蛋糕紙袋和菜刀回到二樓自己房間時，在哥哥房間停下了腳步。

這是這棟房子的結構，所以她知道哥哥在和女生通信，也知道女生送了禮物給他，還知道哥哥向那個女生借了連同錄製了〈小狗圓舞曲〉ＭＤ的小型ＭＤ機。上了高中之後，當她得知那個像是哥哥女朋友的女生和自己同年級時很興奮，因為她找到了捉弄哥哥的材料。

她在哥哥房間停下腳步並不是為了和他一起吃蛋糕。她一手拿著菜刀，向哥哥逼近，說因為他整天窩在家裡，才會害她在甄選中落選。

哥哥沒有向她道歉，顧左右而言他，妹妹更加怒不可遏。

你知道我至今為止有多努力嗎？

就憑妳那張臉？

哥哥幽幽地說。妹妹隨時都在算計別人，那些評審都是成年人，曾經見過數萬名少女，一眼就可以看穿她的內心。

妹妹聽到相貌比自己出色的哥哥挑剔自己的臉，頓時惱羞成怒。

你去自殺啦，去找那個你喜歡的女生啦。

妹妹怎麼會知道這件事？

我殺了你心愛的人。你這個智障根本不知道，只會整天悶悶不樂。

妹妹很會說謊。她用擅長的謊言和真相結合，對哥哥說，我說你自殺未遂，把她約了出來，然後在路口把她連同腳踏車推向車子。雖然她當時為了自己害死了同學感到恐懼和罪惡感，但她絲毫沒有表現出這一點，聲稱自己埋葬了哥哥心愛的人。

她在說出口之後，覺得真的是這麼一回事。活該。

在妹妹露出恍惚沉醉表情的同時，哥哥用菜刀刺向了她的胸口。

他刺了一刀又一刀。

當妹妹一動也不動之後，他茫然地坐在自己房間，腦海中響起了〈小狗圓舞曲〉。和她共度的愉快日子不停地在腦海中甦醒旋轉。雖然他很不擅長背東西，但可以一字不漏記住她信中的每一言、每一語。在埋完這些信，從鐵塔看沉落的夕陽影像消失的瞬間，他的腦袋中也變成漆黑一片。

他把妹妹的屍體搬去妹妹房間的床上。裝蛋糕盒紙袋裡除了蠟燭以外，還放了打火機。他把蛋糕從盒子裡拿了出來，放在妹妹房間中央的桌子上，插好蠟燭，點了火，就直接走出了家門。

他沒有發現喝得酩酊大醉的父母睡在一樓的房間。

他很自然地走向那個公園，在公園的涼亭內等到天亮，在日出的同時，警察找到了他，請他跟警察去警局一趟。

他根本不在乎審判。活在沒有她的世界根本沒有意義，他聽不到任何人說的話，無論問他什麼，他都回答「是」，最後被判處了死刑。

他坐在獨居房，一隻手敲打著節奏。看守覺得他打的節奏是〈小狗圓舞曲〉。因為以前曾經聽他親口提過。

但是，當他用指尖敲打地面後，內心湧起了某種懷念的情感。他現在還無法清楚回想起那是什麼，只知道是遙遠的記憶，在以為孤單無依的黑暗中，指尖感受到體溫，然後似乎聽到隔壁傳來了人的聲音。

一道新的柔光正要照進他漆黑的世界。

這就是真尋寫的「笹塚町滅門血案」的故事。

迷人戲劇製作公司的佐佐木信吾，介紹我認識了收養立石力輝斗為養子的支持者。我問他怎麼會認識對方，他只說是透過電視方面的人脈，沒有向我詳細說明。

那位支持者並不是力輝斗的親戚或是有血緣關係的人，而是廢死團體的人。既然力輝斗願意成為他的養子，是否代表他想要活下去？雖然我抱著這樣的期待，但似乎是他無論對任何事都表示同意。

對方問我和力輝斗的關係，我說小時候是同一棟公寓的鄰居，他同意為我轉交那封信。

會被第三者看到的信上無法寫太多內容，我在信上只問了一件事，「當年在陽臺隔板另一端鼓勵我的人是不是你？」

我正在翹首盼望他的回信，接到了回到笹塚町老家的真尋傳來的電子郵件，希望我告訴她小時候住的那棟公寓的地址。雖然我完全不記得公寓的住址，但我告訴她，公寓前的馬路對面是一家私人經營的小超市「晴海商店」。

兩天後的傍晚，收到了她的回覆。她說知道防火牆的另一端是誰，也完成了說明整起命案全貌的架構。光是第一個問題，我就想馬上知道答案，於是我打電話給她，真尋說，她想見面再談，於是就約定了在東京見面的日期和時間。

但是，隔天又接到了真尋的電話。她要我去笹塚町，還說她會在那裡等我，於是我將並不是很重要的會議延期，在接到電話的兩天後，前往笹塚町。

真尋開車到機場接我，把車子停在離她家最近的笹塚站停車場，對我說只要帶簡單的隨身物品就好，她自己背著背包下了車。我第一次看到她穿輕便的運動服，臉上的表情也和我之前認識的她判若兩人。

穿越熱鬧的車站，來到一條沒有太多行人的馬路，她帶我走在有點冷清的街道上，來到對這一帶具有代表意義的商店街入口時，她沒有走進商店街，而是沿著一棟老舊大樓的狹窄階梯走去地下室。

之前和真尋在東京談事情時，也是去一家感覺很懷舊的咖啡店，但這家名叫「影院」咖啡店更加復古，完全是成為美好舊時代寫照的咖啡店。

推開沉重的木門，店內沒有其他客人，氣宇軒昂的老闆在吧檯內迎接我們。真尋熟門熟路地請我坐在最裡面的桌子旁，我們都點了用店名命名的影院綜合咖啡。

真尋拿起裝在綠色杯中的冰水喝了一口後開了口。

「防火牆另一端的人是立石力輝斗。」

我之前就希望是這樣，而且也有預感，應該就是他，雖然很想趕快知道答案，但輕易聽到答案之後，內心有點遺憾，很希望是由力輝斗寫信告訴我這件事。當得知是從住在同一棟公寓的大嬸口中得知這件事時，這種想法更加強烈。

也許我又把內心的想法寫在了臉上，也許是真尋也有同感，她苦笑著對我說：

「對不起，妳應該更希望聽到當事人親口告訴妳。」我也坦誠地笑了笑。

咖啡送上來後，真尋從背包裡拿出了裝了Ａ４紙的Ｌ形夾遞給我。

「這是『笹塚町滅門血案』的零號大綱。」

我默默接了過來，沒有喝一口咖啡，就直接看了起來。

甲斐千穗。她的身影仍然留在我的記憶中。我對她也和這起事件有關感到驚訝，而且很快發現內心湧起的莫名情感是嫉妒。即使如此，真尋還是把結局引導向我。

宛如我就是那道希望之光。

我把大綱收回Ｌ形夾放在桌角，喝著已經冷掉的咖啡。

「我想按照這份大綱寫劇本，當然會把事件的名稱和劇中人物寫成虛構的名字，因為這是劇情片，但主題就是『笹塚町滅門血案』，我會在描寫沙良的說謊成性和陷害他人的基礎上，明確說明殺害沙良的動機另有原因。在審判的問題上，提出精神鑑定的問題，讓觀眾瞭解力輝斗只是被情勢所逼。」

真尋直視著我說這些話。之前都覺得她說話時總是看著我喉嚨的位置，她曾經看著我的眼睛說話嗎？我沒有理由反對她的意見。

「我很想早日看到會是怎樣的劇本，而且我已經有好幾個場景想要拍了，而且謝謝妳也把我寫進去。」

我告訴真尋，我終於寫信給力輝斗。

「希望可以收到他的回信，妳可以直接見到他。即使得知了他和姊姊之間的關係，導演，現在也只有妳能夠支持力輝斗。」

「謝謝，但是……」

「但是什麼？」

「為什麼要來這家咖啡店？這家咖啡店的確很棒，但妳為什麼約我來這裡？看了妳寫的大綱之後，我很納悶為什麼不是去鐵塔？」

「因為有一樣東西要交給妳。」

真尋說完，回頭看向吧檯。老闆彎下身體，不知道從吧檯下方拿了什麼出來，然後拿了過來。

「給妳。」

他遞給我一個用原本的白色已經泛黃的瓦楞紙盒。因為這裡是咖啡店，而且從紙盒大小判斷，裡面應該是杯子。

「給我嗎？」

老闆點了點頭，我戰戰兢兢地接過來，打開紙盒，裡面是一個馬克杯。拿出來一看，上面用金色的英文字寫著『H. Hirotaka』。這是……？

「你怎麼知道我爸爸的名字？」

「幸好猜對了。」

真尋微笑著說，並告訴我說，這個杯子是明年即將迎接五十週年的這家咖啡店在二十週年紀念時為老主顧訂做的。

「我小時候打破了我爸爸的那個杯子，我和姊姊一起去買了一個相似的杯子，不知道是弄錯了，還是姊姊臨時改變了主意，她把杯子送給了力輝斗。我想到現在應該可以在網路上訂到更相似的杯子，於是就請老闆把自己用的杯子借我看一下，結果老闆說，他沒有訂做自己用的，但有一個為客人訂做的杯子遲遲無法交給客人，然後就拿了出來。結果……」

「我太驚訝了，因為真尋說，很可能是她朋友的爸爸，而且說是在海邊發生了令人難過的意外，我覺得應該八九不離十了。雖然我不知道客人家的住址，但其實可以查到，只是因為心有愧疚，所以就一直留在這裡。真的很對不起。」

老闆向我鞠躬說道。

「不，謝謝你好好保存了這麼多年，我不知道爸爸是這裡的老主顧，但是，你剛才說愧疚……」

「我可以坐下嗎？」老闆打了聲招呼後，拉了旁邊雙人桌旁的椅子坐了下來。

「這棟大樓以前是電影院，裕貴先生經常在看完電影後來這裡。這裡的老主顧幾乎都比他年長，而且都是本地人，所以有很多熱心的人會告訴他很多事。從物美價廉的小酒館，到哪一戶人家的垂枝梅種得很漂亮，各式各樣的事都會和他分享。裕貴先生也是親切老實的人，聽了那些介紹之後，真的會去別人告訴他的地方，所以大家都很高興。」

我記得那天吃晚餐時，爸爸似乎曾經說，要去看垂枝梅。媽媽當時回答說，你在都市長大，或許會覺得很稀奇，我覺得這種東西根本不值得特地去看。所以爸爸可能一個人去了別人介紹的地方。

我去看了！我可以想像爸爸開朗地說這句話的樣子。

「那一天，裕貴先生問，有沒有夕陽漂亮的地方，結果那天我記得有三個客人在店裡，有人說可以去半山腰的寺院，也有人提議去神社和公園，有一個喜歡釣魚的人說，在笹濱海岸前端，有一塊只有在退潮時會露出來的岩石區，站在那裡時，當夕陽沉落時伸出雙手，夕陽就像是落入自己的手中，可以捧在手上。一個人去的時候萬一滑倒很危險，然後說好下次約幾個想去的人一起去……我記得在兩天後，其中一人臉色大變地拿著報紙來店裡。我猜想裕貴先生一定是想向大家炫耀……」

「爸爸一個人去了那裡嗎？」

老闆默默點頭。真尋也一臉快哭出來的表情看著我，但是，我並不覺得悲傷，反而覺得是出現在眼前的一道光。

「所以這代表我爸爸不是自殺，而是意外身亡嗎？」

真尋用力點頭，似乎表示同意。

「妳以為他是自殺嗎？難以相信，裕貴先生怎麼可能自殺？他那天興奮地告訴我，下個星期要重新上映《星際大戰》，還得意地告訴我，那部作品總共有九部曲，一直說很期待、很期待……」

老闆發自內心地感到驚訝。

「妳要去那裡？我可以準備鞋子和繩子。」

真尋的語氣讓人安心。

「知道這件事太好了，能夠知道這件事太好了。」

我擦著眼淚，真尋從背包裡拿出毛巾。她為什麼為我準備這條毛巾？

我想到老闆剛才說的「下個星期」這幾個字，問爸爸最後看的是哪一部電影。原來目前已經倒閉的那家電影院上映的是一部懷舊的喜劇片。爸爸說他看電影時捧腹大笑，在這裡喝咖啡時還忍不住笑了出來。

這和我讀小學時用電腦查到的答案不一樣，如果不來這裡就不可能得知的真相，為我帶來了更大的希望。

爸爸最後看到的景色，一定可以引導我走向那片景色的遠方，引導我邁向下一個世界。

有朝一日，我希望自己描繪的景色，可以讓更多人邁向下一個世界，從中感受到希望。

到時候，我就會為自己活在這個世界感到驕傲。

我要拍電影。我要持續拍電影——

作者訪談

湊佳苗的世界

角川春樹事務所　撰文

刊載於《ランティエ》二〇二〇年三月號

《落日》出版以來多次再版，許多書店店員也都發表了熱烈的感想。想請教一下您有關於這部作品創作的秘密。

去旁聽了法庭的公開審判後，
深入思考了「真實和事實的差異到底是什麼？」這個問題

——《贖罪》入圍了愛倫坡獎，您的作品在海外也越來越受好評。

湊佳苗（以下稱「湊」）：我之前去紐約參加了頒獎典禮，帶給我極大的良性刺激。如果現在要樹立目標，那就是我希望能夠再度受邀參加愛倫坡獎。

——可以請教您《落日》執筆的經過嗎？

湊：在寫作品時，有時候我會請責任編輯提示可以成為小說主題的關鍵字。之前編輯給了我「島嶼」這個關鍵字時，我寫了《望鄉》；給了我「信」這個關鍵字時，我寫下了《往復書簡》。這次編輯給我的關鍵字是「電影」和「審判」。如何將這兩個關鍵字結合，寫出怎樣的故事？我想到了如果用電影這個濾鏡來看審判，不知道會看到怎樣的景象。我實際去法庭旁聽之後，深入思考了「真實和事實的差異到底是什麼？」這個問題，於是我決定要把內心的這種想法，作為這部作品的主題之一。

——這部作品的主角是劇作家千尋和電影導演香。這兩個人和身為作家的您有共同的部分。

湊：同樣身為創作者，的確和我很相像。我希望「創作故事是怎麼一回事？」成為這部作品的另一個重點。我剛才提到，在著手寫作品之前，我會請編輯提供關鍵字，但有時候也會將自己「想看」、「想瞭解」的想法作為作品的主題。「想看」和「想瞭解」感覺很像，平時在使用時也不會想太多，但仔細思考之後，就會覺得兩者似乎完全不同。向量的方向完全相反，比方說，「想看」是從球的內部朝向外側，「想瞭解」是從外側朝向中心，但是我認為在寫故事時，同時需要這兩者，我也必須同時重視這兩件事。

——所以妳分別用兩位主角的角色來加以呈現這兩件事。

湊：沒錯，「想看」的千尋和「想瞭解」的香。我在寫作時一直在思考，希望這兩個有著完全相反向量的人在相遇之後，可以擦出一些火花。

——除此以外，您身為創作者的其他想法，有沒有投射在這兩位主角的身上？

湊：千尋看事物的某些角度比較接近菜鳥，所以我在寫的時候會回想起踏入文壇之前，參加劇本比賽時的心情。香有某些天才的部分，也許我對她的影響就不大了。我持續寫作十年，目前的感想都藉由千尋的老師大畠老師說出來了，希望剛踏入文壇的自己能夠體會（笑）。

日落才會有日出，今天的結束，才能迎接明天的到來

——原來是這樣。在作品的尾聲，香說之後還要繼續拍電影，感覺也是您的心情寫照。

湊：每次寫一個故事，就會有新的發現，也會有新的機遇，得到某些可以帶我走向未來的東西。這就是我一路走來的創作之路。其實原本計畫在我踏入文壇剛好滿十週年的二〇一八年推出這本《落日》，但最後延誤了，去年才出版，但仍然是我為創作生涯進入新的階段所寫下的作品。所以，在這部作品的結尾中，表達了我對未來十年的決心。

——包括這部作品在內，您踏入文壇後，許多作品都是以第一人稱創作。請問是有什麼特別的理由，讓您採用這種方式寫作嗎？

湊：我認為即使對相同的事物，不同的人的看法、看到的樣子都不相同，這也是我感興趣的部分，既然有和我不同的看法、思考方式，我很想知道到底是怎麼回事。我認為是這種想法形成了用第一人稱寫下多種不同角度看法的寫作方式。不同的章節，由不同的人敘述故事，看到的劇情就會不一樣。我希望讀者原本對事物的認識，在掩卷之後完全改觀。

——從您這次的書名就可以感受到這一點。聽說《落日》這個書名中包含了「重生」的意思。

湊：日落才會有日出，今天的結束，才能迎接明天的到來。書名中包含了這樣的想法。在字典上查「落日」這個字，差不多第二個註釋就會出現「沒落」的意思，但我很希望能夠藉由這部作品，讓「落日」這兩個字有不同的感覺。而且，作品中描寫的夕陽，也是在我熟悉的土地上所看到的。我目前住在洲本市，剛來到淡路島生活時，我住在北淡町。這裡的夕陽沉入大海的景象很美，獲選為百大夕陽之一。我平時在家就可以看到，一直覺得是很平常的風景，但朋友來家裡玩時，看到之後很感動，說沒想到在日本也可以看到這麼美的夕陽。我們往往很難發現有些唾手可得的事其實很珍貴，我在寫的時候，也想起了當時和朋友之間的對話。

——您已經完成了創作人生邁向新階段的作品，請問您對今後的作品是否有什麼構想？

湊：這次的作品中，順利融入了自己對創作的態度，和想要珍惜的事，我對於最後走向光明，或者說朝向正面發展的結局也很滿意，也有「一冊入魂」的感覺，覺得在這本書中，注入了自己的靈魂。至於今後……在這部作品中也提到，我很喜歡《星際大戰》，不久之前看了完結篇，深刻體會到可以看到完結的幸福。我相信應該並不是只有我這幾十年來都一直期待新一集的《星際大戰》作品，可見故事可以陪伴人生。我想要寫一些能夠讓讀者願意追隨主角成長的作品。這也是我最近的想法。

國家圖書館出版品預行編目資料

落日 / 湊佳苗著；王蘊潔譯 . -- 初版 . -- 臺北市：皇冠文化出版有限公司, 2020.12
面；　公分 . --（皇冠叢書；第 4900 種）（大賞；123)
譯自：落日

ISBN 978-957-33-3643-3(平裝)

861.57　　109017867

皇冠叢書第4900種
大賞｜123

落日

落日

RAKUJITSU

作　者—湊佳苗
譯　者—王蘊潔
發 行 人—平雲
出版發行—皇冠文化出版有限公司
台北市敦化北路 120 巷 50 號
電話◎ 02-27168888
郵撥帳號◎ 15261516 號
皇冠出版社（香港）有限公司
香港上環文咸東街 50 號寶恒商業中心
23 樓 2301-3 室
電話◎ 2529-1778　傳真◎ 2527-0904
總 編 輯—許婷婷
責任編輯—陳怡蓁
美術設計—嚴昱琳
著作完成日期— 2019 年
初版一刷日期— 2020 年 12 月

法律顧問—王惠光律師

讀者服務傳真專線◎ 02-27150507
電腦編號◎ 506123
ISBN ◎ 978-957-33-3643-3
Printed in Taiwan
本書定價◎新台幣 450 元 / 港幣 150 元